'이후'의 말들

임지연
건국대학교에서 공부했다.
2005년 계간 『시작』을 통해 평론 활동을 시작했다.
평론집 『미니마 모랄리아, 미니마 포에티카』 『공동체 트러블』 『'이후'의 말들』, 인문에세이집 『사랑, 삶의 재발명』 등을 썼다.
1950-90년대 한국시를 세계(문학), 젠더, 자연, 몸 등의 관점으로 연구하고 있으며, 최근 가이아, 동물, 생태, 신유물론을 공부하면서 세계의 관계성과 재배치에 대해 모색 중이다.
현재 건국대학교 KU연구전임교수로 재직하고 있다.

ARCADE 0014 CRITICISM '이후'의 말들

1판 1쇄 펴낸날 2022년 6월 10일
지은이 임지연
디자인 최선영
인쇄인 (주)두경 정지오
펴낸이 채상우
펴낸곳 (주)함께하는출판그룹파란
등록번호 제2015-000068호
등록일자 2015년 9월 15일
주소 (10387) 경기도 고양시 일산서구 중앙로 1455 대우시티프라자 B1 202-1호
전화 031-919-4288
팩스 031-919-4287
모바일팩스 0504-441-3439
이메일 bookparan2015@hanmail.net

ⓒ임지연, 2022, printed in Seoul, Korea

ISBN 979-11-91897-20-3 03810

값 25,000원

'이후'의 말들

임지연

나는 지금 '이후'의 시간 속에 산다. 그렇게 되었다. 기존에 머물던 삶의 지반은 의도치 않게 부서져 떠밀려 사라지고 나는 새로운 지평 위에 서 있다. 삶의 외부는 이전과 다를 것이 없지만, 내가 참여하는 세계는 이전과 다르다. 그렇게 느낀다. 나에게 '이후'란 이동과 변화, 새로움과 관련된다. 이것은 좋은 일인가? 우선 그것은 고통을 전제 한다. 이전의 것으로부터 이동하기 위해서는 그것이 깨져야 하기 때 문이다. 중요한 것은 '이후'의 방향에 있으며, 변화에 대한 해석에 있 다. 나는 그것을 모색하는 중이다. 그래야 잘 깨질 수 있다. 모색은 모든 역설적인 것들로 뒤범벅된 현상들의 연속이지만, 나는 기꺼이 그 어려움 속에서 기뻐할 것이다.

나의 글쓰기는 세 '이후'의 시간 속에 있다. 4.16 세월호 사건 이 후, 강남역 페미사이드 사건 이후, 그리고 지질학적으로 홀로세 이 후가 그것이다. 이렇게 정리하고 나니, 마치 내가 세 '이후'를 구상 하고 기획한 것 같지만, 전혀 그렇지 않다. 이 정리는 사후적인 것이다. 나의 미욱한 글들을 다시 읽으면서 사유의 흔적과 궤적을 쫓아가다 발견한 것이기 때문이다. 4.16 세월호 사건을 바라보면서 문학의 증언능력에 대해 생각하고, 강남역 사건 이후로 나는 어떤 여성 비평가인지 다시 생각하게 되었다. 그리고 자연과 인간이 평화롭던 홀로세가 끝나고 인류세가 시작되었다는 최근의 지질학적 담론을 공부하면서 새로운 생태적 비전을 모색하기 시작했다. 인간, 자연, 기계의 관계성에 대해 깊은 고민이 시작되었다. 이것은 4.16 이전, 강남역 사건 이전, 인류세 이전으로 우리가 돌아갈 수 없다는 사실을 자각하는 과정이기도 했다. 나는 이 변화를 문학적으로 해석하고 이후의 비전을 모색하기 위해 이론적 개념들과 관점을 생성해야했다. 그 과정에서 세 번째 평론집이 나오게 되었다. 그러나 해석을위해 좋은 개념과 관점들이 창안되었는지는 모르겠다. 별로 성공적이지는 않은 것 같다. 나의 게으름과 무능함을 깊이 반성한다.

세 '이후'는 개별적인 사건처럼 보이지만 사실 긴밀하게 연동되어있는 것 같다. 4.16 세월호 사건을 의미화하면서 해석자에서 증언자의 위치를 확보하려고 하였는데, 그것은 1990년대 여성과 문학을 읽어 내는 새로운 관점을 제공해 주었다. 그리고 여성의 의미는 자연과어떻게 배치되는가에 따라 확연하게 달라질 수 있었다. 자연(지구)과여성을 등가적으로 배치했던 1990년대를 예각적으로 바라볼 수 있는 시선을 얻게 되었다. 가이아 개념을 비판적으로 재설정하면서 여성과 지구, 생태, 기술, 증언 등의 개념들이 어떤 질서를 찾아야 한다고 생각하게 되었다. 아직 그 계보와 체계를 짜 맞추지는 못하고있지만, 향후 나의 글쓰기가 나아가야 할 방향이라고 생각한다. 나의세 번째 평론집은 2010년대를 살아 내면서 산출된 부끄러운 글 꾸러미이다. 지난 시기는 지금과는 사뭇 다른 지평의 사건들로 가득한 것 같지만, 현재의 사건들은 그것과의 연결 속에서 질적 차이를 갖는다. 나의 글들이 낡아 보인다. 낡은 것들을 내놓기 부끄러워 미루고 미루던 일을 '파란' 출판사의 도움으로 시작했다. 감사한 일이다.

제1부는 4.16 이후의 문제의식과 강남역 페미사이드 사건 이후에 읽은 여성에 대한 글들이다. 1990년대적인 것들도 이 관점에서 읽어 내려고 노력했던 것 같다. 제2부에는 생태와 혼종성, 몸에 대한 글들이 묶여 있다. 일관된 주제는 아니지만, '이후'라는 지평 위에서 읽고 쓰는 자로서 머무르고자 했다. 제3부와 제4부는 2010년대 중후반 왕성하게 활동했던 시인들의 시에 대한 글들이다. 우연히 내게 도착해 나를 스며들게 한 여러 시인들의 시에 사랑과 감사를 보낸다.

나의 두 번째 평론집(『공동체 트러블』, 2013) 서문 말미에 이렇게 쓰여 있다. "그 공동성에 트러블을 만들어 나가며 그리고 새삼 신뢰하며, 다시 '이후'의 이후, '바깥'의 이후, '공동성'의 이후를 생각해 본다"고 말이다. 약 10년 전쯤 내가 생각한 '이후'가 무엇인지 분명치 않다. 아마 그 시절의 '이후'란 미래적인 것 정도에 그친 사유일지도 모르겠다. 그러나 우연하게 지금 나는 세 번째 평론집 서문에서 '이후'를 강조하고 있다. 이 우연이 아름답다. 이후를 위해 고통과 변화, 새로움은 시차는 있겠지만 동시적으로 엮여야 할 것이다. '이후'의 시간에서 가장 앞섰던 것은 고통과 울음이었다. 개인적인 나의 '이후'도 그러했다. 이제 고통에 변화와 새로움을 교직·교차시켜야 할 때가 되었다. 그것은 어떤 미래의 텍스트가 될 것인가? 나는 '이후'의 시간을 기꺼이 살아 낼 것이다.

다른 이들이 쓴 책의 서문에서 감사하다는 긴 인사를 자주 읽었다. 왜 그렇게 썼는지 이제 잘 알겠다. 지금의 나는 수많은 사람들과 비인간 행위자에 의해 이루어졌다는 사실이 사무친다. 내 아이들 한

솔과 송이에게 감사하다는 말을 전한다. 바쁜 엄마 때문에 많이 외로웠을 텐데, 지금은 절친이 되어 주었다. 기쁨 속에 사시는 부모님께 사랑한다는 말을 전한다. 이 말 이외에 다른 어떤 말이 필요하겠는가. 그리고 『시작』 편집위원 선생님들은 내 든든한 우군이 되어 주셨다. 이분들 덕분에 넘어지지 않았다. 감사하다. 평론가로서의 삶의 문을 맨 처음 열어 주신 건국대 김진기 선생님께 감사드린다. 언제나 건강하시길 바란다. 건국대학교 몸문화연구소 선생님들께 감사의 인사를 드린다. 연구와 삶을 함께 나눈 학문 공동체 속에 머물수 있는 행운을 주셨다. 이 땅의 모든 시인들에게 존경과 애정을 표한다. 그대들이 있어 내가 있을 수 있다는 것을 안다. 그리고 6층 내연구실 밖에서 들어오는 햇살과 바람, 새소리, 오토바이 소리, 내 앞에 있는 책상과 모니터, 색색의 펜들이 지금의 나를 있게 해 주었다. 감사하다!

2022년 4월 일감호가 내려다보이는 연구실에서

기쁜연못(怡潭) 임지연

차례

005   책머리에

제1부

013   4.16 이후, 어떻게 말할 것인가?
      ─수치심의 윤리와 증언문학의 가능성

033   갱신되는 독법/들─1990년대 여성시의 역설에 대하여

050   여성혐오 시의 가능성과 불가능성

071   1990년대적인 것을 말하는 방법과 계보

제2부

093   손상된 지구에서 생존하기─인류세와 한국문학

112   혼종적 말하기의 지정학적 위치와 정치성─황병승과 채상우의 시

126   생태를 세속화하기─김종철, 『근대문명에서 생태문명으로: 에콜로지와 민
      주주의에 관한 에세이』 읽기

137   몸의 역설, 그리고 윤리적 결단으로서 글쓰기
      ─오민석의 평론집 『몸-주체와 상처받음의 윤리』 읽기

제3부

149   기교주의자의 몸말─이인원, 『그래도 분홍색으로 질문했다』

160   울퉁불퉁하고 무작위적으로 봉제된 사물들의 언어
      ─금은돌의 시에 대하여

174 펄럭이는 은유의 그물에 낚이는 타자들의 물질성

　　　―박연준의 신작 시 읽기

186 인공언어 제작자, 지구-헵타포드의 비정한 세계의 기록

　　　―김준현의 시집 『흰 글씨로 쓰는 것』 읽기

201 시적 하이브리드(괴물, 병신)의 실패담에 대하여

　　　―최금진과 김이듬의 시

213 '강박적 말하기'라는 모순 회로와 '나를 설명하기'라는 윤리성

　　　―정철훈의 신작 시 읽기

제4부

225 나(세계)는 책이다!―한용국의 시

238 비휴먼적 세계의 주인공들―손미와 김준현의 시

249 시선의 정치성, 시선의 (탈)정체성―김기택의 시

257 기쁨의 윤리, 악몽의 구조―손택수와 김정수의 시

269 다자연과 기쁨의 시학―김형영의 최근 시

일러두기

인용문 가운데 일부는 읽기의 편의를 위해 현행 맞춤법 규정에 따라 띄어쓰기를 수정하였습니다.

제1부

4.16 이후, 어떻게 말할 것인가?
―수치심의 윤리와 증언문학의 가능성

1. 해석자에서 목격자로

2014년 4월 16일 아침을 기억한다. 강의가 없는 날이어서 늦은 출근을 준비하고 있었다. 별로 특별할 것이 없는 봄날이었다. 거실과 방을 오가며 TV를 보고 있었다. 화면에 파란색 배가 뒤집혀 있었다. 수학여행을 가던 아이들이 사고를 당했다고 했다. 구조 중이라고 했고, 전원 구조되었다고도 했고, 그러면서 배는 점점 가라앉고 있었다. TV 화면에서 눈을 뗄 수가 없었다. 그리고 우리는 아니 나는 4.16 이후를 맞게 되었다. 그 당시 나는 이 사건의 의미를 파악할 수 없었기 때문에 '4.16 해석학'이 필요하다고 생각했던 것 같다. 끊임없이 물었다. 문예지 편집위원인 나는 4.16의 의미를 공식적으로 묻기도 했으며, 개인적으로 모든 정보를 취하며 사건의 의미를 물었다. 해석 주체가 되어야 했기 때문이다. 4.16은 의미 덩어리였다. 정권은 정권대로, 지식인은 지식인대로, 세월호 유가족은 유가족대로 의미를 산출했다. 4.16 정국이 전개되었지만, 정권은 4.16의 핵심을

피해 가며 단순한 재난 사건으로 축소했다. 우리는 아니 나는 4.16
이 재침몰하는 과정을 또다시 두 눈을 뜬 채 바라보아야만 했다.

그리고 어느 순간 '4.16 해석학'이 그다지 유의미하지 않다는 판단
이 들었다. 해석에 집중하면 할수록 해석의 미로에 갇히게 된다. 그
리고 4.16은 점점 미래에나 해결될 수 있는 사건으로 변질되었다.
미래에나 해결될 해석학적 싸움이라고 생각하게 된 것이다. 중요한
것은 나의 문제였는데, 나는 해석할 능력이 없다는 것과 내가 4.16
목격자라는 것이었다. 목격자임에도 나는 해석자로 남고 싶어 했다
는 것을 숨기고 싶지 않다. 많은 사람들이 세월호가 침몰해 가는 것
을 목도했다. 사건 일지를 실시간으로 파악했다. 나는 누구인가?

한국문학은 4.16 이후의 문학을 맞이했다. 작가들은 4.16에 대해
쓰고자 했고, 미적 거리에 대해 생각했고, 어떻게 써야 할지 난감해
하며 괴로워했다. 그리고 문학적 행동을 계속했다. 그럼에도 내가
보기에 2015년도까지 작가들의 언어는 다양한 것 같지만, 거의 동일
했다고 보인다. 부끄럽다고 고백하기. 1970-80년대처럼 사건을 폭
로할 수도 없었고, 진실을 드러낼 수도 없었고, 위로할 수도 없었다.
왜냐하면 4.16에 대한 직접적 책무는 작가에게 있지 않았기 때문이
다. 한국문학은 1970-80년대처럼 한국 사회에 대해 책임을 지지 않
아도 될 만큼 자율성을 확보하고 작가들은 가시적 책임으로부터 자
유로울 수 있었기 때문이다. 그런데 중요한 것은 작가들이 4.16을
자기 문제로 삼기 시작했다는 것이다. 문학의 문제로, 작가의 문제
로, 언어의 문제로 재전유하면서, 정확하게 한국문학은 4.16 이후를
맞이했다. "이 사건에 내가 엄연히 개입해 있다는 확신"(윤대녕)으로
부터 오는 윤리적 죄책감 혹은 수치심은 4.16 이후 작가들의 현실이
되었다. 이제 문제는 어떻게 말할 것인가에 있다.

작가들은 4.16에 대해 쓰고 싶다는 욕망을 공유했지만, 그 사건과 어떻게 자기 관계를 맺어야 할지, 어떻게 써야 할지, 무엇을 써야 할지, 무엇을 쓰지 말아야 할지 난감하다고 했다. 그것에 대해 쓰거나 쓰지 않거나 하는 문제가 아니었다. 어떻게 말할 것인가의 문제가 핵심인 것이다. 우리는 해석자가 아니라, 목격자라는 공통감각이 형성되었다.

2. 수치심의 재발견, 증언(자)의 역설

4.16 이후 우리가 느낀 감정은 다양했다. 분노, 부끄러움, 죄책감, 슬픔, 절망, 허무, 르상티망, 그리고 수치심. 국가권력에 대한 분노부터 자기 자신에 대한 죄책감까지 복잡한 감정이 우리를 관통했는데, 내가 주목한 것은 수치심이었다.

부끄러움의 영역에서 죄책감과 수치심은 어떻게 다를까? 두 감정은 타인 앞에서 느끼는 부정적 감정이라는 점에서 공통적이지만, 감정 주체의 태도와 효과에 따라 작동 기제가 서로 다르다. 가령 윤동주의 시에 두드러지게 나타나는 부끄러움은 대체로 죄책감에 가깝다. 부끄러움의 대상이 자기 자신을 향해 있을 뿐 아니라, 자기 성찰의 결과 치유 가능한 감정이기 때문이다. 부끄러움의 부정성이 자기 파괴로 치닫지 않고 자기를 성찰 주체로 성장시키기 때문이다. 그의 시 「자화상」에서 우물을 통해 자기를 들여다보는 자는 자기를 미워하다가 결국 그리워하게 된다. 최종적으로 자기를 긍정하는 힘은 부끄러움의 윤리에서 나온다. 윤동주의 시에서 느껴지는 삶에 대한 희망과 건강한 성찰은 거기로부터 나온다.

그러나 수치심은 좀 더 치명적이고 근원적이다. 최근 심리학 연구에 따르면, 수치심과 죄책감의 가장 큰 차이는 자기평가의 초점이

전면적인가, 부분적인가에 있다. 어떤 실수를 저질렀을 때 수치심
은 전면적인 자아 자체를 문제시하는 반면, 죄책감은 부분적인 특정
행위에 대해서만 부끄러움을 갖는다. 수치심은 관찰하는 자와 관찰
당하는 자로 분열되는 반면, 죄책감은 통일된 자아가 유지된다. 또
한 수치심은 자기 가치를 평가절하하여 자기를 무능력하게 인식하
는 반면, 죄책감은 자기 가치를 손상시키지 않는다. 수치심이 타자
의 부정적 평가를 절대시한다면, 죄책감은 타자의 평가를 일정한 효
과 정도로만 받아들인다. 수치심이 숨거나 도망치고 싶은 욕망이라
면, 죄책감은 고백이나 사과하기로 나타난다.[1] 정리한다면, 수치심
은 타인의 시선으로 자기의 도덕적 결핍을 평가할 때 나타나는 부정
적 감정으로서, 부끄러움을 전면화한다는 점에서 근원적이고, 더 고
통스러우며, 치료되기 어려운 감정이다. 가령 김종삼의 시에 나타난
부끄러움은 수치심에 가깝다. 그의 시「민간인」에서 한국전쟁 중 죽
은 '영아'에 대한 부끄러움은 치유되기 어려운 것이다. 그리고「운동
장」에서 일찍 죽은 동생 '종수' 앞에서 느끼는 부끄러움은 그가 죽을
때까지 치유되지 않았다.

　타인 앞에서 느끼는 이 지독한 감정은 대체로 부정적인 감정으로
평가받아 왔다. 가령 '너는 우리 집안의 수치'라거나, '오늘은 국치일
이다'라고 할 때 수치심 말이다. 수치심을 느끼는 주체는 결핍의 존
재로 인식되었다. 그러나 수치심은 긍정적인 윤리적 감정일 수 있었
다. 김종삼의 삶과 시는 수치심이 어떻게 긍정적 윤리로 확장될 수
있는지를 보여 준다.

---

[1] June Price Tangney and Kurt W. Fischer, *Self-Conscious Emotions*, New York:
The Guilford Press, 1995, p.116.

아감벤은 목격자와 수치심의 역설 구조를 통해 수치심의 사회역사적 특징을 분석했다. 그는 아우슈비츠에서 살아남은 자가 느끼는 특수한 구조의 수치심을 사유의 대상으로 삼았다. 아우슈비츠의 가해자가 느껴야 할 (법적) 수치심이 아니라, 피해자의 윤리적 수치심에 대한 것이다. 아감벤이 주목한 것은 피해자 앞에서 느끼는 하위 피해자들의 수치심이며, 이 수치심이 어떻게 증언의 역설을 가능하게 하는가였다. 아감벤은 유대인 수용소에서 살아남은 프리모 레비의 텍스트를 중심으로 생존자의 수치심을 분석한다. '나는 살아 있다. 고로 죄가 있다.'는 감정은 생존자들이 갖는 공통감정이었다. 학살은 우연적으로 불시에 일어났으며, 어떤 기준도 없이 행해졌다. 이때 생존자들은 누군가 나 대신 죽었기 때문에 내가 살아남았다는 부끄러움을 갖게 된다. 수치심이 타인의 시선에 의해 발생하는 것이라면, 이때 생존자들에게 타인이란 누구인가? 그것은 죽은 자, 내 앞에서 나 대신 죽어 간 자들이다. 엄밀하게 말하자면 수치심은 죽인 자들의 감정이어야 한다. 그러나 아이히만은 나는 하느님 앞에서만 죄가 있다고 말하면서 수치심의 구조를 보편화했다. 죄 없는 생존자들은 오히려 수치심 때문에 파괴당했다. 프리모 레비의 자살은 그것을 웅변한다. 증언하고 증언해도 치유될 수 없는 것, 살아남았다는 수치심 말이다. 생존자들은 수용소 안에서 죽어 간 자들에 대해 증언해야 했다. 여기서 누가 증언할 수 있는가라는 질문이 발생한다.

증언할 수 없는 것, 증언되지 않은 것에는 이름이 있다. 수용소의 은어로 그것의 이름은 (독일어로) '무젤만(Muselman)'인데 말 그대로 '이슬람교도'라는 뜻이다.

가스실에서 최후를 맞이한 '이슬람교도'들은 모두 다 똑같은 이야기를 갖고 있다. 아니 보다 정확히 말해 아무런 이야기도 갖고 있지 않다. 그들은 마치 바다로 흘러가는 시냇물처럼 비탈을 따라 내려가 맨 밑바닥에 이르렀다. (중략) 그들, '이슬람교도'들, 익사한 자들이 수용소의 중추를 이룬다. 끊임없이 보충되고 항상 동일한 이 익명의 집단, 아무 말 없이 행진하고 노동하는 익명의 비인간 집단, 이미 너무나도 배가 고픈 나머지 실제로 아무런 고통도 느끼지 못하는 그들에게서 하늘이 주신 광채는 빛을 잃었다. (프리모 레비)[2]

아감벤은 가스실로 들어간 '이슬람교도'들을 증언 텍스트에서 추출한다. '이슬람교도'란 수용소 가스실로 가기 전의 존재들을 일컫는 말인데, 폐렴에 걸리지 않기 위해 몸을 구부리고 흔드는 모습 때문에 생긴 별명으로, '걸어다니는 시체'로 불리기도 했다. 이들은 이미 인간의 영역을 벗어나 어떤 공포나 감정을 느끼지 못해 독일군이나 포로들 모두에게 성가신 존재들이었다. 그러나 수용소에서의 죽음을 경험한 자들은 생존자가 아니라, '이슬람교도'들이었다. 그렇다면 누가 증언할 수 있는가? '온전한 증인'은 누구인가? 아감벤은 일견 증언 가능한 자를 '이슬람교도'들이라고 말한다. 그러나 온전한 증언자는 이미 죽었기 때문에 언어가 없다. 경험은 있으되 언어가 없는 자들. 따라서 죽음의 경험은 없지만 그것을 목격한 자들, 언어가 있는 자들이 '의사(擬似) 증인'이 될 수 있다. 아감벤은 이를 '증언 불가능성'으로 증언해야 하는 '증언의 역설'이라고 하였다. 생존자, 즉 의사 증인은 온전한 증언자를 법적으로 위임한 역설적 지위에 놓이게

---

2 조르조 아감벤, 『아우슈비츠의 남은 자들』, 정문영 역, 새물결, 2012, pp.61-65.

된다.[3] 그렇다면 누가 증언할 것인가? 생존자들이다. 가스실로 들어가는 이슬람교도들을 목격한 자들만이 남는다. 증언 불가능성을 증언해야 하는 자들이 남는다. 그리고 증언만이 남는다.

나는 세월호에 타고 있던 304명의 사람들이 선장과 해경, 그리고 나쁜 국가에 의해 수장당하던 4월 16일 아침을 잊지 못한다. 부끄러운 고백일 수 있지만, 죽어 간 그들 때문이 아니라, 수장당하는 과정을 내가 실시간으로 목격했다는 사실 때문이다. 명랑한 아이들의 목소리, 얼굴들, 사랑한다고 남긴 문자들을 보았다. 나는 이 사건에 연루되었다. 이 사건으로부터 도망쳐지질 않는다. 세월호와 함께 수장당한 사람들, 아이들 앞에서 해소할 길 없는 부끄러움을 느낀다. 나는 당신들이 죽어 가는 걸 보고만 있었다. 사랑스런 아이들이 죽어 갈 때 그냥 눈 뜨고 보고만 있었다. 나는 해석자가 아니라, 목격자이다.

목격자로서 4.16에 연루되었다는 자각은 많은 시인들을 '부끄럽다. 그러므로 써야 한다.'는 글쓰기 욕망을 작동시켰다.

> 배가 더 기울까 봐 끝까지
> 솟아오르는 쪽을 누르고 있으려
> 옷장에 매달려서도
> 움직이지 말라는 방송을 믿으며
> 나 혼자를 버리고 다 같이 살아야 한다는 마음으로
> 갈등을 물리쳤을, 공포를 견디었을
> 바보같이 착한 생명들아! 2학년들아

---

3 조르조 아감벤, 『아우슈비츠의 남은 자들』, pp.48-54 참조.

그대들 앞에

이런 어처구니없음을 가능케 한

우리 모두는……

우리들의 시간은, 우리들의 세월은

침묵도, 반성도 다 부끄러운

죄다

　　　　　　　—함민복, 「숨쉬기도 미안한 4월」 부분[4]

자발적 가난을 숭고미로 확장하며 삶과 언어의 일치를 실험하는
시인 함민복의 이 부끄러움은 2014년 4.16 직후 작가들이 지녔던 공
통의 태도였다. 이 시를 읽는 독자들은 부끄러움 때문에 숨쉬기도
어려워하는 볼이 빨개진 사람을 떠올릴 것이다. 시적 주체는 바보같
이 착한 2학년들의 숭고한 마지막 장면을 상상해 내고는 부끄러움
의 주체가 된다. "다 같이 살아야 한다는 마음"으로 죽음의 공포를
이겨 냈을 것이라는 윤리적 상상은 부끄러움을 더욱 숭고한 대상으
로 만든다. 부끄러움이 자기 자신으로 돌려져 있다는 점에서 이 시
의 구도는 낡았다. 윤동주처럼 성찰의 윤리를 강력하게 요구한다.
4.16 직후 발간된 시집 『우리 모두가 세월호였다』는 시 장르가 갖는
기민한 세계 대응력을 증명하고는 있지만, 시적 행동의 차원에 머물
러 있었다. 함민복 시의 진정성은 2014년도 4.16에 대한 인식의 정
도를 가늠하게 한다. 2014년 7월에 발간된 이 시집을 많은 독자들이
기대하며 박수를 보냈지만, 어떤 실망감 같은 것을 안겨 준 것은 사
실이다. 부끄러움의 시학이 동일한 구도에서 반복되고 있기 때문이

---

4 고은 외 68인, 『우리 모두가 세월호였다』, 실천문학사, 2014.

다. 그러나 조금 다른 차원에서 부끄러움이 드러날 때도 있다.

만나지 않을 사람은 만나지 않겠다
바라보지 못할 곳은 바라보지 않겠다

우산도 더 이상 쓰지 않겠다
눈 오면 오는 대로
비 오면 오는 대로
맞으며 젖으며 그대로 살겠다

　　　　　　　─방민호, 「새해 아침─세월호 0101」 부분[5]

이 시기 시인 방민호는 4.16에 대해 집요하고 끈질기게 시적 작업을 했다는 점에서 주목할 만하다. 2014년 4월 18일부터 2015년 2월 27일까지 날짜를 매겨 가며 세월호를 주제화한 시집을 출간하였다. 부끄러움과 수치심이 지식인의 삶을 어떻게 변화시키는가를 진솔하게 드러냄으로써 목격자 의식을 성찰의 차원에서 보여 주고 있다. 4.16이 대상이 아니라 나의 삶 안으로 들어왔을 때 나의 삶은 어떻게 변화하는가? 시인은 더 이상 옷을 사지 않고, 밥도 적게 먹고, 우산도 쓰지 않겠다고 한다. 4.16이 시인의 삶을 바꾸었다. 4.16과 나와의 관계 맺기에 대한 하나의 응답이 될 수 있을 것이다.

수치심은 타인의 윤리적 기준에 내가 부합하지 못했을 때 발생하는 감정이지만, 어떤 타인인가에 따라 달라진다. 4.16을 통과하며 나는 목격자라는 자기 인식과 함께 수치의 감정이 얼마나 윤리적일

---

5 방민호, 『내 고통은 바닷속 한 방울의 공기도 되지 못했네』, 다산책방, 2015.

수 있는가에 주목했다. 그리고 증언문학의 가능성에 대해 묻는다.

3. 증언문학은 가능한가?—체르노빌 - 후쿠시마 - 세월호

증언은 문학인가? 어떻게 문학일 수 있는가? 증언은 대체로 언어 이외의 분명한 목적성을 갖는다. 프리모 레비처럼 홀로코스트를 증언하거나(유럽), 리고베르다 멘추처럼 수탈자에 대한 정치적 고발을 하거나(중남미), 알렉세예비치처럼 인터뷰를 통해 역사 이면을 증언하는(벨라루스) 등 다양한 형태가 있지만, 증언은 대문자 역사 뒤에 은폐된 풍부한 이야기들을 드러내고자 하는 목적을 갖는다.

증언문학은 작가의 범주를 확장한다. 2015년 노벨문학상은 벨라루스의 스베틀라나 알렉세예비치가 수상했다. '노벨문학상에는 외무부가 존재하는가'라는 질문이 더 이상 새롭지 않은 것처럼, 이 상의 권위에 대해 논란이 많았다. 그럼에도 세계문학이라는 제도 안에서 이 상은 증언을 문학의 영역으로 인정하는 효과를 낳았다. 알렉세예비치의 『체르노빌의 목소리』는 증언문학은 문학인가에 대한 응답일 수 있다. 작가, 언어, 미적 형식의 차원에서 기존의 증언문학은 본격문학이 아니라, 차원이 떨어지는 문학으로 평가절하되어 왔다. 알렉세예비치의 노벨상 수상은 증언문학의 문학성에 권위를 부여한 사건이 되었다. 흔히 이 작품을 '목소리 소설'이라고 명명하지만, 이러한 명명법은 적절하지 않다. 증언은 문학의 영역에 있지만, 시/소설/희곡이라는 전형적 장르 밖의 것이기 때문이다. 굳이 전통 장르 안으로 소환할 필요가 없다. 작가, 화자, 인물, 언어, 형식의 차원에서 소설과는 다른 지점이 있기 때문이다.

『체르노빌의 목소리』의 대표 저자 알렉세예비치는 체르노빌 원전 사고를 경험한 수많은 이들을 20년간 인터뷰하였다. 이 작품에서 알렉세예비치의 목소리는 서문의 형태로만 존재한다. 그것도 자신을 증언자(독백 인터뷰)라고 한정한다. 이 책에서 알렉세예비치의 목소리는 의도적으로 소거되어 있다. 오직 체르노빌에 대해 말하는 자들, 말할 수 없었던 자들, 말해야만 하는 자들의 목소리만 존재한다. 그렇다면 이 작품의 작가는 누구인가? 적어도 알렉세예비치라고만은 말할 수 없다. 이 모든 목소리가 알렉세예비치의 것이 아니기 때문이다. 제일 저자는 체르노빌을 경험한 벨라루스의 수많은 이들이고, 제이 저자는 책을 기획하고 목소리를 녹음하고 문자화한 알렉세예비치일 것이다. 이 책은 수십 명의 복수 저자들에 의해 만들어졌다. 알렉세예비치는 기획자, 녹음자, 출판자의 역할을 담당했다. 증언문학은 이처럼 저자의 영역을 한껏 확장하고, 저자의 권위에 대해 도전하고, 저자를 새롭게 발명한다.

나는 이 책을 오랫동안 썼다. 거의 20년이 걸렸다. 발전소에서 일했던 사람들과 과학자, 의료인, 군인, 이주민, 주민들과 만나고 대화를 나눴다. 체르노빌은 그들 삶의 중요한 부분이었고, 그들의 땅과 물뿐만 아니라 그 속의 주위에 있는 모든 것을 오염시켰다. 그들은 이야기하며 답을 모색했다. 우리는 같이 고민했다. 그들은 자주 서둘렀고, 시간이 부족할까 걱정했는데, 그때만 해도 그들이 하는 증언의 대가가 삶이라는 것을 나는 몰랐다. 그들이 반복해서 말했다. "적어 두세요. 우리는 우리가 본 것을 이해 못 했지만 그렇게라도 남겨 두세요. 누군가 읽고 이해하겠죠. 나중에, 우리가 죽은 후에······."[6]

---

6 스베틀라나 알렉세예비치, 『체르노빌의 목소리』, 김은혜 역, 새잎, 2011, p.13.

이 글에서 중요한 것은 체르노빌레츠들의 증언의 욕망이다. 그들은 이야기하고 싶어 했다. 시간이 부족할까 봐 서두르면서 말이다. 문학, 정치, 진실을 위한 것이 아니라, 오직 자신의 삶을 위해 증언한 것이었다. 증언자들의 이야기는 역사로서의 체르노빌이 결코 말해 줄 수 없는 이야기들의 바다를 이룬다. 그 작은 이야기의 물결들이 모여 바다를 이룬다면, 우리는 이 사건의 의미를 이해할 수 있을까? 그러나 해석의 불가능성 사이로 흘러나오는 삶의 고통과 기쁨의 진실에 대해서는 공감할 수 있을 것이다. 독자들은 고통의 공동체에 참여하게 될 것이다.

이 작품을 읽으면 한국의 세월호와 일본의 후쿠시마를 동시에 보는 것 같은 느낌을 받는다. 누군가는 사건을 은폐하거나 축소하고, 그것을 사는 자들은 이 사건이 무엇인지 모른 채 고통을 당한다는 것. 그리고 증언의 형식이 중요해진다는 것.

교복을 입었는데 양말이 없대요. 양말이 없다는데 말은 안 해요. 그냥 양말이 없다는 신호만 주는 거예요. 제가 링거를 맞는데 너무 더워서 건우 아빠한테 양말을 벗겨 달라고 했어요. 양말을 벗었는데 꿈속에서 애가 양말을 못 신고, 가야 할 때가 되었는데 양말이 없다고 엄마 양말 빤 거 없냐고 하는 뉘앙스의 신호를 주는 거예요. 그런데 내가 양말을 안 빤 거예요. 그래서 '아, 엄마도 양말 안 신었네. 우리 쌤쌤이네.' 이렇게 농담을 하는데, 그 순간 아들이 딱 사라져 버린 거예요. 잠이 확 깨는데 그때 아빠가 옆에 있더라구요. 그래서 제가 "건우 꿈꿨어. 우리 건우가 뭔가 다 준비되었다고 하는 것 같아. 목욕 다 하고 정갈하게 다 준비했는데 양말이 없다고 하네." 그랬더니 아빠가 힘없이 "그러냐."하더라구요. (중략)

우리 아들이 나와 준 것에 대해서 감사하기도 하고. 그러다 내가 미쳤나 싶은 생각이 들어요. 아들이 이렇게 나온 것이 감사할 일인가요. 실은 거기(팽목항)서 우리가 마지막이 될까 봐 너무 힘들었어요. 나만 남으면 어떡하지. 우리 아들만 못 찾으면 어떡하지…… 죽었어도 좋으니 못 찾는 것보다는 찾아서 몸뚱어리라도 찾아 만났으면 좋겠다 이 생각밖에 없었어요. 포기하고 나니까, 나온 것이 그렇게 고맙고 감사하더라구요. 그래서 짐 챙기면서 그랬어요. "하느님 고맙고 감사합니다. 돌아와 줘서, 아들, 고마워." 옆에서 다들 부러워하더라구요. 이게 부러워할 일인지. 그런데 그게 부러워요. 거기에선. 그리고 서로 축하를 해요. 이게 말이 돼요?⁷

『금요일엔 돌아오렴』은 4.16 이후 기록과 증언에 관한 기념비적인 작품이라고 할 수 있다. 2015년도 애도와 기억의 방식은 '잊지 않겠습니다'라는 선언과 함께 한국 사회 곳곳에서 4.16을 장소화하고 있었다. 그러나 무엇을 기억할 것인가의 문제에서 가장 분명하게 답한 것은 『금요일엔 돌아오렴』이라는 한 권의 책이었다. 나는 이 책을 4.16 증언문학의 출발점이라고 평가하고 싶다. 박근혜 정권은 4.16을 유병언 정국으로 전환하면서 사건을 은폐하였고, 우리는 또다시 두 눈을 뜬 채 정권의 대국민 사기극을 지켜봐야 했다. 이때 가장 먼저 기억의 정치를 수행한 것이 '4.16 세월호 참사 시민기록위원회 작가 기록단'에 의해 기록된 유가족의 이야기였다. 증언자는 유가족들이었다. 기록단은 이야기를 받아 적었다. 증언의 힘은 강력했다. 이

---

7 4.16 세월호 참사 시민기록위원회 작가 기록단, 「나 백 살까지 살려구요」, 『금요일엔 돌아오렴』, 창비, 2015, pp.28-29.

야기는 눈물과 슬픔의 공감대를 형성하면서 무엇을 기억해야 하는 가라는 질문에 응답했다. 솔직히 이 시기 기억 투쟁은 구호성이 강했다고 생각한다. 기억의 내용과 형식에 대해서는 모호했고, 기억의 정치만 강조되었던 때였다. 그런데 이 증언집이 제기하는 기억의 방식은 보다 구체적이고 직접적이었다. 무엇을 어떻게 기억할 것인가에 대해 증언은 구체적인 방법을 제시할 수 있었다. 4.16은 일어났지만, 이 사건의 전모는 아직도 오리무중이다. 유가족의 증언은 4.16의 의미를 완전히 다른 방식으로 만들어 냈다. 대문자 역사로는 이해할 수도 없는, 상상조차 할 수 없는 의미들. 부서진 대지에 하나의 장소를 기억하기!

「부서진 대지에 하나의 장소를」은 일본 후쿠시마 원전 사태에 대해 사사키 아타루가 쓴 글의 제목이다. 사사키 아타루는 "비도덕성에서 비도덕성으로 옮겨 가는 것"으로서의 "타락론"을 통해 "지금 여기 부서진 대지-근거를 새로 만들어 내"기를 제안한다. 이탈이 아니라 이행으로써 더럽혀진 대지에 살 수 있는 근거를 새롭게 찾아내기 위한 방법이었다. 일본의 후쿠시마는 한국의 세월호이고 벨라루스의 체르노빌이라는 점에서 이들의 사유 방식은 우리에게 의미 있는 참조점이 될 수 있다. 그는 하나의 장소 만들기에 관한 글쓰기에 대해 다음과 같이 발언한다.

우리는 당사자는 아닙니다. 여러분은 오늘, 지금 이 자리에 계십니다. 그 말은 죽지 않았다는 의미입니다. 어쩌면 집도 가족도 잃지 않았겠죠. 물론 우리도 언젠가 그녀들 그들처럼 될지 모릅니다. 그런 의미에서 우리와 그녀들 그들의 입장에는 '상대적'인 차이만이 존재할 뿐입니다. 그러나 상대적인 입장의 차이야말로 '절대적'입니다. 그러므로 제 안의 무엇인가는 제가 섣불리 대변해서 말하는 것, '그녀들 그들'과 자신을 안이하게 동일시하고 감상에 젖어 '설교'하는 일을 강하게 거부합니다. (중략) 사망자, 이재민을 어떻게 '이용'하지 않고, 그러나 압도적인 이 현실에 소설로써 응답할 수 있을까요.[8]

우리는 후쿠시마의 당사자는 아니다. 아직 살아 있기 때문이다. 사사키 아타루는 이 '상대적 차이'에 주목하고 있는데, 이는 차이를 강조하기 위해서이다. 안이한 동일시로는 압도적 현실에 대한 글쓰기의 형식을 만들어 낼 수 없기 때문이다. 그는 글쓰기의 방법을 제안하였다. 섣불리 대변하지 말기, 안이한 동일시 하지 말기, 감상에 젖어 설교하지 말기, 후쿠시마 경험자들을 이용하지 말기.

차이에 주목하는 것은 최소한의 보편성과 연대를 구축하기 위한 전략이다. 안이한 동일시로는 부서진 대지에 하나의 장소를 만들기 어렵다. 슬픔과 눈물의 연대는 우리를 쉽게 당사자와 동일시하게 한다. 아감벤의 용어를 빌리자면, '의사 증언자'는 '온전한 증언자'의 자리에 너무나 빠르고 쉽게 앉을 수 없다. 아감벤은 증언의 역설을 통해 증언의 가능성을 제안했다. 증언 불가능성으로서의 증언이 그것이다. 이미 죽은 자의 죽음을 우리는 증언할 수 없다. 그럼에도 죽음을 경험하지 않았기 때문에 증언할 내용은 없지만, 언어를 가진 '의사 증언자'의 증언은 도대체 무엇인가. 아감벤은 증언의 구조를 산출했지만, 문학으로서의 증언에 대해서는 말하지 못했다. 사사키 아타루는 그 지점에서 '안이한 동일시'를 반대하고 있다. 반-대변하기, 반-설교하기, 반-이용하기. 이와 같은 방법들은 4.16과 관련하여

---

8 쓰루미 슌스케 외저, 『사상으로서의 3.11』, 윤여일 역, 그린비, 2012, pp.47-48.

우리에게 긍정적인 참조점이 될 수 있을 것이다.

4. 4.16 증언시를 어떻게 발명할 것인가?

이제 차이에 주목하는 증언의 긍정적 모델을 발명하는 일이 우리에게 남아 있다. 내가 보기에 『금요일엔 돌아오렴』은 동일시의 오류를 범하지 않는 조심스러운 방법 중 하나라는 점에서 긍정적이다. 그러나 더 많은 방법들이 작가들에 의해 발명되어야 할 것이다.

엄마 알지?

내가 원래 빛이잖아.

별빛이 엄마의 꿈속으로 쏟아질 때

내가 태어났잖아.

나 그래서 좀 예쁜가?

빛은 보이는 것보다 훨씬 더 환하게 구석구석 만질 수 있고

그렇게 모두의 마음까지 들어가는 힘이 있잖아.

나 그래서 좀 아름다운가?

에스텔이라는 가톨릭 본명도 나에게 딱 어울리잖아.

엄마 덕분에 나는 이름도 두 개.

어둠 속에서 모두를 아름다움으로 이끄는 것.

빛으로 모든 것을 채운 게 별, 이니까

　　　　　―「슬픔도 눈물도 다 녹아서 가장 아름다운 영혼으로」 부분

그런데 엄마, 나 요즘 살쪘어.

뜨거운 밥에 참기름이랑 고추장 넣고 비벼 먹는 거

내가 좋아하잖아.

너무 많이 먹었나 봐. 이제 정말 돼지가 된 것 같아.

그러니까 엄마, 나 수학여행 가는 날

밥 못 차려 준 거 생각하면서 가슴 아파하지 마.

나 잘 먹고 화장실도 잘 가.

—「내가 다 지켜보고 있어」부분

엄마,

제훈이 생각날 땐

라디오 볼륨을 마구마구 키워 주세요

엄마가 음악을 들어야 나도 들을 수가 있거든요

벚꽃이 피면 벚꽃 가지도 꺾어다 주세요

엄마가 벚꽃 향기를 맡아야 나도 맡을 수가 있거든요

탈모에 좋은 샴푸로 매일매일 머리도 감기예요

엄마가 곧 그림 공부를 시작할 거라고 했잖아요

엄마가 이젤 앞에서 붓을 들고 그림을 그릴 때

껌딱지처럼 엄마 등 뒤에 붙어 잔소리할 사람,

나 말고 또 누가 있겠어요

이래 봬도 나는야 예민하고 깔끔한 제훈이

모자지간에도 에티켓은 필수 아니겠어요

웃음이 나면 목젖이 보이도록 웃어야 해요

흥이 나면 콧노래도 흥얼거려야 해요

그게 엄마와 나니까

우리니까요

—「나는 우리 가족의 119, 부르면 언제든 달려옵니다!」부분[9]

이 시들의 저자는 모호하다. 시집의 서지 사항에는 저자가 '곽수인 외'로 되어 있다. '곽수인'은 죽은 단원고 학생이다. 그러나 이 시를 직접 쓴 사람은 문단에서 왕성하게 활동 중인 시인들이다. 인용시는 차례대로 이영주, 이우성, 김민정 시인이 썼다. 그러나 시인들이 쓴 것은 아니라고 기록해 놓고 있다.

그리운 목소리로 채원이가 말하고, 시인 이영주가 받아 적다.
그리운 목소리로 수정이가 말하고, 시인 이우성이 받아 적다.
그리운 목소리로 제훈이가 말하고, 시인 김민정이 받아 적다.

그렇다면 이 시는 누가 쓴 걸까? 이 시집에서 시적 주체의 형식은 독특하다. 시집에는 "단원고 아이들의 시선으로 쓰인 육성 생일시 모음"으로 부제가 달려 있다. 4.16 이후 안산 와동의 치유 공간 '이웃'에서 정신과 의사 정혜신과 심리 기획가 이명수에 의해 기획된 생일시는 치유 프로그램의 일환이었다. 돌아오지 못한 단원고 아이들의 생일날 가족과 친구, 지인들이 모여 생일 모임을 하는 프로그램에서 아이의 시선으로 쓴 '육성시'를 발표, 낭송한 것을 모아 펴낸 시집이다. 주목할 것은 이 시집의 핵심이 '치유'에 있다는 것이다.[10]

아이들 부모님이 공통적으로 하는 얘기가 있습니다. "아이에게 잘 있다는 말 한마디만 들을 수 있으면 숨을 쉴 수 있을 것 같다"는 말입

---

9 곽수인 외저, 『엄마, 나야』, 난다, 2015.
10 이와 관련하여 나는 2021년도에 치유적 관점으로 생일시를 연구한 바 있다. 임지연, 「세월호 트라우마 치유를 위한 시적 주체의 능동적 역할—세월호 '생일시'를 중심으로」, 『문학치료연구』 61, 한국문학치료학회, 2021.

030

니다. (중략) 그래서 아이의 '생일시'에서 그 메시지가 어떤 방식으로든 부모에게 전달됐으면 하는 소망이 있습니다.[11]

살아남은 부모들의 고통을 치유하기 위해 쓰인 이 시는 목적이 분명하다. "아이에게 잘 있다는 말 한마디만 들을 수 있"기를 바라는 유가족에게 아이들의 목소리가 직접 전달될 수 있어야 했다. 이 시들은 아이를 고통이 아니라, 그리움으로 기억하기를 제안한다. 4.16 직후의 기억하기가 '고통을 기억하기'였다면, 이제는 '그리움으로 기억하기'로 변화되고 있다. 기억의 방식 또한 장소와 국면마다 변화 가능한 것임을 보여 준다.

이 시집은 아이의 목소리도 다르고, 그것을 받아쓴 시인들도 다르지만, 형식에 있어서는 동일하다. 기억하기와 회복하기가 그것이다. 아이의 사실적 재현을 통해 아이를 기억하기와 유가족이 일상의 회복을 통해 고통으로부터 벗어나기를 바라는 시인의 말이 그것이다. 인용 시에서 알 수 있듯이 생전의 채원이의 모습, 부모가 바라는 수정이에 대한 상상, 유가족이 삶을 회복할 수 있기를 바라는 마음이 드러나 있다. 시집에 실린 시는 이 영역을 벗어나지 않는다. 이는 유가족의 치유를 위한 것을 목적으로 삼고 있기 때문이며, 시인들 역시 이 목적에 동의했기 때문이다. 아마 이 시는 치유의 목적에는 어느 정도 성공적일 것으로 판단된다. 아직 이 시를 문학의 미적 가치로 판단할 수 있는지는 답하기 어렵다. 이 시를 증언시로 본다면, 증언문학 혹은 증언시의 미적 가치와 특질에 대한 논의가 따로 있어야 하기 때문이다.

---

11 곽수인 외저, 『엄마, 나야』 중 「intro」, p.4.

증언의 구조에서 본다면, 이 시는 삼중의 구조로 되어 있다. 죽은 아이들-유가족-시인의 구조는 증언의 역설과 복잡성을 잘 보여 주는 것 같다. 온전한 증인에 대한 유가족의 증언, 그리고 그 증언을 토대로 한 시인의 상상력, 사사키 아타루가 말한 '반-대변하기'의 태도, 시인들의 미적 거리와 정직성의 문제들. 그렇다면 이 시는 아이-부모-시인의 중층적 구조라는 점에서 저자의 개념을 확장한다. 내가 아는 한 한국시사에서 이러한 시집은 처음이다. 증언 시집(치유)의 새로운 형식이 등장했다고 봐야 한다.

이 시집이 증언시의 가장 좋은 모델이라고는 생각하지 않는다. 근원적으로 4.16은 치유되지 못할 것이며, 특히 유가족의 고통은 완전히 치유될 수 없기 때문이다. 또한 미학적 문제에 대한 판단에 대해서는 아직 말하기 어렵다. 그럼에도 문학은 고통받는 자의 언어로 고통에 대해 말하고, 더 적극적으로 고통을 경감시킬 의무가 있다. 시인들은 기존의 미학과 언어를 포기해야 하는 모험을 감행하면서까지 증언의 미학을 탐색하고 있다. 물론 4.16 문학의 가능성이 증언문학에만 있는 것은 아니다. 많은 작가들은 목격자로서 4.16을 자기 문학의 자양분으로 삼고 있다. 시인들은 4.16을 자유로운 언어 형식으로 자기화하고 있는 것 같다. '4.16 문학'은 한국문학의 뚜렷한 흐름으로 자리 잡아 가고 있는 중이다.

나는 '나'를 전면에 내세우는 글을 처음으로 썼다. 늘 텍스트로부터 멀어지려고 안간힘을 쓰며 비평을 해 왔다. 이 글을 쓰면서 울었다는 것도 고백한다. 해석자에서 목격자로의 전이를 인정했기 때문이다. 나의 수치심이 부서진 대지 위에 하나의 장소를 만들어 낼 수 있을까? 미약하겠지만, 부끄럽겠지만, 다만 그럴 수 있기를 바랄 뿐이다.

갱신되는 독법/들
—1990년대 여성시의 역설에 대하여

1. 다소 회고적으로 말한다면

다소 회고적으로 말하자면, 1990년대 여성시의 등장을 보며 나는 기쁨에 찬 환호를 보냈다. 1980년대 말 변혁운동의 하위 범주로 여성 주체가 등장했지만, 그때 여성은 주체로 인정받지 못했다. 여성 모순은 총체적 변혁이 이루어지는 과정에서 자연스럽게 해소될 것으로 여겨졌다. 따라서 여성의 특수성은 변혁운동의 지평에서 촛농처럼 녹아내렸다. 나는 그때 대학의 여학생 운동 조직에서 일을 하고 있었는데, 전체 모임에 나가 발언을 해야 할 때 당혹감을 넘어 분노감까지 느껴야 했다. 여학생(여자 대학생)의 특수성은 충분한 고려의 대상이 되지 않았을 뿐 아니라, 특수성을 강조하는 것은 전체 운동 지평의 장애물 같은 것으로 이해되었다. 나는 전체를 대표하는 자리에 앉아있던 그들(남자 대학생)을 이해시키려 노력했다. 그러다 화를 냈고, 급기야 울음을 터뜨려야 했던 시간을 기억한다. 보편과 특수, 전체와 부분이 변증법적으로 실현되는 예는 드물며, 사실 그것이 어떤 것인지 알지 못한다. 그 불균형과 모호성을 나는 자책감으로 메웠던 것 같다. 나의 여성성은 부정적인 것으로 내면화되고 있었다. 동시에 윤리적 폭력이 무엇인지 알게 되었고, 올바름의 내부에 똬리를 튼 재위계화를 성찰하게 되었다.

이후 나의 여성적 자의식은 여성 아님과 여성임 사이에서 시계추 운동을 했다. 그 딜레마는 아직도 비평가로서의 자의식에 긴 그림자를 드리우고 있다는 것을 숨길 수 없다. 그리고 그림자는 나에게 지속적으로 물었다. 여성이란 누구의 이름인가? 여성은 어떻게 말(안)하는가? 여성의 젠더-하기는 어떻게 가능한가? 어떻게 여성으로부터 탈출할 것인가? 어떻게 여성-되기를 할 것인가?

그런 상황에서 1990년대의 여성시는 나의 물음에 탁월한 답을 내주는 것 같았다. 눈이 번쩍 뜨였다. 나희덕과 김선우의 시를 읽으며 여성적 정체성이 어떤 점에서 긍정적이고 탁월한지에 대해 알게 되었다. 이처럼 1990년대 여성시의 등장은 시적인 것뿐 아니라, 여성 정체성이나 여성의 정치성을 확장시켰다. 김선우의 시를 읽으며 늙은 여성의 몸이 이토록 아름다우며 숭고할 수 있는지 놀랍기 그지없었다.

그러나 그 환호 안에는 역설이 숨겨져 있다. 여성은 여성적 아름다움과 숭고함만으로 자기를 설명할 수 없다. 이 환호의 역설을 읽어 내지 않고는 1990년대 여성시의 긍정성을 충분히 평가하기 어렵다고 본다. 환호와 함께 묻혀 버렸던 것들이 보이기 시작하고 있다.

나는 이 글에서 1990년대 여성시를 재독하려고 한다. 이러한 비판적 독법은 새로운 것이 아닐 수도 있다. 하지만 선행된 비판들이 역설의 징후를 예견하는 비평가적 감식안이었다면, 지금은 분명한 젠더 시각을 가진 독자들에 의해 새로운 독법이 마련되고 있다.

2016년 강남역 사건 이후 나타난 '#문단 내 성폭력' 운동이나 '미투 운동' 현상은 텍스트를 새롭게 읽어 내려는 독자들이 등장하고 있다는 점을 반증한다. 비가시화되어 있던 여성은 이제 혐오와 차별의 대상임을 자각하고 비판하는 존재로 가시화되고 있다. 지금의 여성은 이전의 여성과 다른 방식으로 존재한다.

2000년대 이후 여성문학이나 여성시의 개념은 비평장에서 천천히 해체되어 갔다. 나는 그 해체의 현장을 긍정적으로 평가했었다. 그것은 1990년대까지 여성성으로 불렸던 고정적인 개념 틀을 전복하는 작업이었다. 여장남자 시코쿠(황병승)가 보여 주었던 젠더 수행성의 문제들, 나라고 부를 수 없을 때까지 분할되는(김행숙) 주체의 해체 문제. 2000년대 시는 젠더 개념을 해체하고 재구성하는 의도적 과정이었다.

그러나 빠뜨린 것들이 있다. 현실에서 여성은 여전히 혐오와 차별의 대상이었으며, 제2시민으로 위계화되고 있었다. 그렇다면 시는 '그래야 함'이라는 올바름과 계몽의 시선으로 세계를 파악했던 것일까? 현실 속 여성적 삶에 대해서 2000년대 시는 무지했다. 더 정확하게 말하자면 계몽적으로 무지를 선택했다고 말할 수 있을까? 이제 시의 독법은 현실로서 여성적인 것이라는 시각을 갖게 되었다. 이전에는 비가시적인 것이 가시성의 지평으로 떠오르게 된 것이다. 그것은 시의 독법에서조차 여성적인 것을 얼마나 누락하고 있었는지를 성찰하게 한다.

2000년대 미래파 시는 1990년대 시에 대한 비판적 반동의 물결 위에 있었다. 2000년대에 여성시의 개념이 소멸되었다면, 그것은 1990년대 여성시가 보여 주었던 확고한 주체성에 대한 비판이었을 것이다. 2000년대 시의 여성성의 해체는 생물학적으로 고정된 여성 주체, 사회가 강제하는 규율로서의 여성성을 위반하는 작업이었다. 그럼에도 2000년대 시는 여성적 현실을 누락했다. 이제 2010년대 시는 여성의 현실을 어떻게 다루고, 여성의 범주를 어떻게 해체하며, 남성이라는 타자들과 어떤 관계 맺음을 할 것인가라는 질문 앞에 서 있다. 그에 대한 참조점으로 1990년대 여성시를 재독하는 것도 의미 있을 것이다.

2. 자연으로서의 여성 몸이라는 이상화된 판타지[1]

1990년대 여성시가 성취한 긍정적 가치는 여성 몸의 발견이었다. 물론 이는 여성 몸에 한정되지만은 않는다. '억압된 것의 회귀'라는 1990년대의 코드는 남성/여성, 정신/육체, 문명/자연, 합리적 근대/비합리적 탈근대, 이성/감정의 이분법적 구도를 근원적으로 회의하기 위한 것이었다. 그것은 전자(1980년대적인 것)에 억눌린 후자(1990년대적인 것)들이 급부상하는 계기를 마련했다. 그 후자를 대표하는 항에 몸이 있었다. 특히 생태주의 및 에코페미니즘 이론이 뒷받침되면서 여성의 몸은 생물학적 본성으로서의 생명 원리인 모성 이미지를 부여받았다.

1990년대 여성 몸은 남성과는 다른 고유한 가치를 탐색하는 데 주요한 매개물이었다. 특히 여성 몸의 긍정성은 질과 자궁, 유방으로 특화되었다. 1990년대는 가부장제 시스템을 주도하는 남성과는 완전히 다른 여성 몸을 긍정적인 가치로 인식하면서 새로운 여성 이미지를 탄생시키고자 하였다. 그것은 나희덕과 김선우의 시에서 두

---

1 이 부분은 임지연, 「1990년대 여성시의 이상화된 판타지와 역설적 근대 주체 비판」, 『한국시학연구』 53, 한국시학회, 2018의 일부임을 밝힌다.

드러졌으며, 두 시인은 여성시의 긍정적 모델로 평가되었다.

어디서 나왔을까 깊은 산길
갓 태어난 듯한 다람쥐 새끼
물끄러미 나를 바라보고 있다
그 맑은 눈빛 앞에서
나는 아무것도 고집할 수가 없다
세상의 모든 어린것들은
내 앞에 눈부신 꼬리를 쳐들고
나를 어미라 부른다
괜히 가슴이 저릿저릿한 게
핑그르르 굳었던 젖이 돈다
젖이 차올라 겨드랑이까지 찡해 오면
지금쯤 내 어린것은
얼마나 젖이 그리울까
울면서 젖을 짜 버리던 생각이 문득 난다
도망갈 생각조차 하지 않는
난만한 눈동자,
너를 떠나서는 아무 데도 갈 수 없다고
갈 수도 없다고
나는 오르던 산길을 내려오고 만다
하, 물웅덩이에는 무사한 송사리 떼

—나희덕, 「어린것」 전문[2]

---

2 나희덕, 『그 말이 잎을 물들였다』, 창작과비평사, 1994, p.22.

1980년대에 「뿌리에게」로 찬사를 받으며 등장한 나희덕의 시는
건강하다는 고평을 받았다.[3] 나희덕의 시적 방법은 자연과 여성성을
등치시키고, 자연의 미덕을 여성의 가치로 투영하는 것이었다. 인용
시는 1990년대 나희덕의 특징을 대표하는 시로 시적 가치관이 어디
에 정향되어 있는지를 단적으로 보여 준다. 어린 새끼(자연)를 바라
보는 시선은 출산과 육아를 담당하는 어머니에 정박되어 있으며, 모
성적 책임을 방기함으로써 느끼는 죄책감과 출산 및 육아에 대한 숙
명적 책임감이 강하게 드러난다. 모성애는 죄책감을 수반할 때 더욱
모성적일 수 있으며, 여성의 자기보존(산을 오르는 행위)을 포기할 때
완성된다. 그러나 이 시는 여성의 입장에서 보았을 때 전혀 건강하
지 않다. 출산과 육아에 대한 전적인 책임을 여성에게 지우고, 죄책
감까지 요구하기 때문이다. 죄책감은 타인과의 관계에서 도덕적 실
수나 위반으로부터 생기는 사회적 감정이다. 그것은 피해 입은 상대
를 배려한다는 점에서 도덕적이지만, 자아가 고통받아야 한다는 점
에서 부정적이다.[4] 다람쥐 새끼와 마주한 여성이 느끼는 죄책감은
여성을 출산과 육아를 책임지는 사적 주체로 한정한다. 물론 이것은
자궁과 유방을 가진 생물학적 존재로 고정화하는 가부장제 사회의
폭력이기도 하다.

우리가 후끈 피워 냈던 꽃송이들이
어젯밤 찬비에 아프다 아프다 합니다

3 김기택, 「'막 갈구어진 연한 흙'에서 태어난 시」, 나희덕, 『그 말이 잎을 물들였다』,
p.100.
4 임홍빈, 『수치심과 죄책감』, 바다출판사, 2013, pp.27-28, pp.369-370 참조.

그러나 당신이 힘드실까 봐

저는 아프지도 못합니다

밤새 난간을 타고 흘러내리던

빗방울들이 또한 그러하여

마지막 한 방울이 차마 떨어지지 못하고

공중에 매달려 있습니다

떨어지기 위해 시들기 위해

아슬하게 저를 매달고 있는 것들은

그 무게의 눈물겨움으로 하여

저리도 눈부신가요

몹시 앓을 듯한 이 예감은

시들기 직전의 꽃들이 내지르는

향기 같은 것인가요

그러나 당신이 힘드실까 봐

저는 마음껏 향기로울 수도 없습니다

—나희덕, 「찬비 내리고—편지 1」 전문[5]

    찬비에 고스란히 젖은 꽃송이들은 아프다고 말하지만, 시적 주체는 아프다고 말할 수 없음을 고백한다. 목소리를 가진 주체임에도 불구하고 아픔의 이유와 고통에 대한 자기표현을 적극적으로 하지 않는다. 그것은 당신이 힘들까 봐서이다. 당신이라는 타자가 나의 고통 때문에 더 고통스러울 것을 염려하여 시적 주체는 고통을 숨긴다. 이는 타자를 배려하기 위한 자발적 희생이라는 모성성을 긍정하

---

5 나희덕, 『그 말이 잎을 물들였다』, p.14.

기 위한 것이다. 모성의 건강한 희생은 이상적인 여성성이기도 하지만 동시에 가부장적 남성 사회가 요구하는 규범이기도 하다. 나희덕의 시를 급진적 관점에서 말한다면, 젠더화된 여성성을 수행하는 유순한 여성이 재현되는 시라고 볼 수 있다. 가부장제 사회가 요구하는 젠더 규범을 이의 제기 없이 수행하는 착한 여성으로 그려지기 때문이다.

나희덕의 여성성은 인간의 근원적인 자궁이며 삶의 본래적 순결을 유지하는 세계인 동시에, 여성 자아의 초극에 가까운 무한한 희생적 의미로 평가되었다.[6] 물론 나희덕의 시는 1990년대 새롭게 수용된 에코페미니즘과 철학적 지반을 공유하면서 대지와 여성의 이미지로 새롭게 형상화했다는 점에서 긍정적이다. 그러나 나희덕의 여성성에 대한 긍정 일변도의 평가는 1990년대가 펼쳐 놓은 여성성의 한 측면만을 강조함으로써 1990년대를 특권화한다. 1990년대를 특화하는 방식은 1980년대의 충분한 성찰과 평가 속에서 구성되었다기보다, 대립적 단순 비교를 통해 자기 우위를 점하려는 세대론적 단절의 욕망이었다.[7] 1990년대 여성적인 것은 '또 하나의 문화'와 '여성과 사회' 그룹의 풍부한 논점들(여성 고유의 문화, 계급으로서의 여성)을 어떻게 전유했는가라는 질문을 삭제한 채 진행되었다. 1990년대에 여성의 몸이 다루어질 때 예상되는 위험성과 딜레마에 대해서 전면

---

6 정끝별,『오륙의 노래』, 하늘연못, 2002, p.120. 정끝별은 이 글에서 여성적 자아의 욕망을 억압하거나 희생시킴으로써 여성은 아름다울 수 있다는 낯익은 가부장적 신화의 잔재가 남아 있지 않은지 의심할 것을 부기하였다. 그러나 전면적인 비판이 아니라, 의심의 수준에서 지적하였다.
7 1990년대 말 평론가 방민호는 1990년대를 단절의 욕망이 두드러진 시기로 명명한 바 있다. 김정란 외(좌담),「90년대 문학을 결산한다」,『창작과 비평』, 1998.가을, p.39.

적으로 평가하지 않았다는 점도 마찬가지 이유라고 할 수 있다.

김선우의 시를 읽어 보자. 김선우는 자연과 모성성을 육체적 감각
으로 결합한다.

강원도 정선
어라연 계곡 깊은 곳에
어머니 몸 씻는 소리 들리네

—자꾸 몸에 물이 들어야
숭스럽게스리 스무살모냥……
젖무덤에서 단풍잎을 훑어 내시네

어라연 푸른 물에 점점홍점점홍
—그냥 두세요 어머니, 아름다워요

어라연 깊은 물
구름꽃 상여 흘러가는
어라연에 나, 가지 못했네

—김선우, 「어라연」 전문[8]

김선우의 시에서 여성 몸은 어머니 몸으로 대표된다. 인용 시에서
늙은 어머니의 몸은 아름답다. 그것은 어머니의 현실적 육체 때문이
아니라, 어라연 깊은 계곡물과 동일시되기 때문이다. 출산 능력이

---

8 김선우, 『내 혀가 입속에 갇혀 있길 거부한다면』, 창작과비평사, 2000, p.10.

부재한 늙은 어머니의 몸은 가부장 사회가 배제하는 제2시민의 몸이다. 1990년대 김선우는 이처럼 늙고 죽어 가는 어머니의 몸을 새로운 미학적 가치로 인식하였다는 점에서 높이 평가받았다. 그러나 어머니 몸은 이상화된 자연과 동일시되었을 때 가치를 인정받는다는 점에 주의하자.[9] 가령 똥(「양변기 위에서」)은 혐오의 대상이지만, 파밭, 애기호박, 엉겅퀴꽃 같은 자연물과 어우러질 때 거름이라는 생산적 가치로 전환된다. 비가시적 사물이 되어야 할 똥이 건강성과 생명성을 상징하는 사물로 변화하는 이 놀라운 마법은 자연과 어머니 몸을 동일화하는 과정에서 나타난다.

그녀를 지날 때 할머니는 합장을 하곤 했다. 어린 내가 천식을 앓을 때에도 그녀에게 데리고 가곤 했다. 정한 물과 숨결로 우리 손주 낫게 해 줍소. 그러면 나무는 쏴아, 쏴아아 소금내 나는 바람을 일으키며 내 목덜미를 만져 주곤 하였다.

오래된 은행나무. 노란 은행잎이 꽃비 내리는 나무 아래 할머니가 오줌을 누고 계셨다. 반가워 달려가니 머리가 하얀 할머니는 엄마로 변해 있었다. 참 이상한 꿈길이지. 오줌 방울에 젖은, 반짝거리는 은행잎이 대관령 고갯마루로 날아오르고 있었다.

(중략)

---

9 이재복은 김선우의 모성성을 자연과 모성의 연대라고 명명한다. 이재복, 「여성시와 생명—김선우의 『내 혀가 입속에 갇혀 있길 거부한다면』을 중심으로」, 『한국어와 문화』 9, 숙명여자대학교 한국어문화연구소, 2011, p.99.

이상도 하지, 자살이란 말이 떠오른 건. 꿈 없는 길, 인간에 절망한 그녀의 자살 의지가 낙뢰를 불러들였는지도 몰라. 부러진 가지, 그녀가 매달았던 열매 속에서 피 흘리는 엄마들이 걸어 나왔다.

—김선우, 「어미木의 자살 1」 부분[10]

또한 김선우의 시에서 어머니 몸은 아이를 낳아 키우는 개체적 영역을 넘어서 대지모신적 능력을 갖는다. 시에서 오래된 은행나무는 치병을 기원하면 병을 낫게 해 주는 확장된 모성으로 표현된다. 오래된 은행나무는 할머니-어머니-나로 이어지는 여성의 계보를 구축하면서 자매애적 연대를 가족사적으로 구성하고, 은행나무의 자살을 통해 피 흘리는 엄마들의 비극적 현실을 상징화하고 있다. 여성사의 역사성과 여성적 연대, 그리고 최고의 가치를 내장한 여성성을 서정적 언어로 형상화한 김선우의 시는 여성시사에서 새로운 지평을 열었다고 해도 과언이 아니다.

그러나 어머니 몸을 자연과 대지모신으로 연결하는 상상력은 동시에 여성시의 한계를 내포한다. 자연이란 순수한 객관적 영역이 아니다. 또한 문명에 오염되지 않은 순수의 공간도 아니고, 풍요와 평등의 원리가 관철되는 이상 세계도 아니다. 그러나 김선우의 시에서 자연은 모성성과 생명성의 원리로 구현되는 이상화된 유토피아에 가깝다. 그 공간에 여성의 몸을 배치하고 여성을 이상적 원리로 추상화하고 있다. 그의 시에서 여성은 현실적 존재가 아니라 추상화된 신화적 존재가 되는 것이다.

---

10 김선우, 『내 혀가 입속에 갇혀 있길 거부한다면』, p.22.

여성의 몸을 자연으로 이해하는 방식은 성 본질주의로 경사되기 쉽다는 점을 쉽게 무시할 수 없다. 시몬느 보부아르가 『제2의 성』에서 섹스/젠더를 구분한 이래, 여성주의는 여성 억압의 기원을 생물학적 본성으로부터 떼어 내려는 이론적·실천적 노력을 지속해 왔다. 여성의 몸은 생물학적 자연으로 확정할 수 없으며, 오히려 이러한 인식이 여성 억압을 용이하게 한다. 생물학적 자연으로 고정된 여성성은 여성을 출산과 육아라는 사적 영역에 가두고, 근대문명과 사회 시스템으로부터 배제되는 과정을 자연스러움으로 인정하기 때문이다. 자궁과 질, 유방을 갖는 생물학적 몸이라는 인식은 이미 문화적으로 구성된 젠더화의 결과이지 그 원인이 아니다. 여성 몸을 자연으로 인식하는 나희덕과 김선우의 시적 방법은 1990년대적 새로움을 가질 수는 있었지만, 역설적으로 차별에 순응하는 반여성적 이미지를 내장하고 있다.

주디스 버틀러에 따르면 주체란 문화적으로 구성되는 것이며, 문화적 구성물로 형성되어 가는 과정에도 그것과 타협하고 협상하는 '과정 중의 주체'이다. 주체란 인종, 섹슈얼리티, 민족, 계급, 건강한 몸이라는 당대 사회가 정한 규범에 따라 구성된다. 하지만 그러한 문화적 규범에 딱 맞아떨어지는 몸을 생산하지도 않는다. 따라서 주체란 고정된 무엇이 아니라, 반복적으로 수행되면서 생산되는 미결정성 그 자체이다. 이러한 관점은 여성을 차별과 배제의 대상으로 용인하는 성 본질주의에 저항할 수 있는 논리를 제공한다. 나희덕과 김선우의 시에서 자연화된 여성 몸은 생물학적 요인에 의해 구성되는 몸으로서, 억압적 현실을 자연화한다. 시인의 의도는 새로운 여성의 몸을 발견하고 여성 억압을 해체하는 것이었겠지만, 결과적으로 여성 현실을 자연화함으로써 여성 억압을 견고하게 하는 역설적 효과로 나타난다.

또한 이상화된 여성성은 여성혐오의 또 다른 표현이라는 점에서 해석할 수 있다. 혐오(disgust)란 역겨운 대상이 주체의 입을 통해 체내화할 가능성에 대한 불쾌감이라는 특징을 갖는다. 또한 대상을 오염물처럼 취급함으로써 특정 집단을 배제하는 사회적 무기로 활용되는 사회적 감정이다.[11] 마사 누스바움은 혐오 중에서도 가장 대표적인 대상이 여성의 몸이라고 강조한다. 여성 차별적 혐오는 거의 모든 사회에서 규칙적으로 나타나며, 여성이 출산과 같은 동물적 삶과 연관되어 혐오 물질로 오염된 존재로 상상된다는 것이다.

남성에 의한 여성혐오가 일반적이지만, 여성에 의한 여성혐오도 존재한다. 우에노 치즈코에 따르면 여성혐오(misoginy)는 젠더 불평등 사회를 구성하는 핵심적 요소인데, 여성혐오 개념에는 남성의 여성 멸시뿐 아니라, 여성의 자기혐오를 포괄한다. 여성의 자기혐오는 사회가 자신을 혐오의 대상인 여성으로 호명할 때 그것을 내면화함으로써 스스로를 오염물이나 열등한 것으로 여기기 때문에 나타난다.[12] 그런데 여기에서 벗어나는 방법 중 하나가 여성 자신을 다른 여성보다 우위에 두는 명예 남성이 되거나, 숭고한 여성으로 인식하는 것이다.[13]

나희덕과 김선우의 여성성은 자연과 동일시한 대지모신과 같은 숭고한 여성을 표상한다. 이는 여성의 생명 창조와 돌봄 노동의 가

---

[11] 마사 누스바움, 『혐오와 수치심』, 조계원 역, 민음사, 2015, pp.116-206.

[12] 혐오(disgust) 일반과 여성혐오(misogyny), 그리고 여성혐오와 자기혐오의 이중 구조에 대한 개념은 이 책 중 「여성혐오 시의 가능성과 불가능성」 참조.

[13] 여성이 남성혐오의 시선에서 벗어나는 또 다른 방법 중 하나는 추녀, 마녀가 되는 것이다.

치를 재고하려는 긍정적 의도를 지니지만, 동시에 가부장제 시스템에서 배제되는 혐오 여성(창녀, 과잉 성욕자, 비체, 출산 능력이 없는 여성 등)과 거리를 두고자 하는 무의식적 욕망이 개입했을 수 있다. 여성을 성녀와 마녀, 어머니와 창녀로 이분화하는 방식은 여성 차별이 사회화되는 방식인데, 이는 여성 내부에도 존재한다. 이는 남성의 여성혐오 시선에 포획되지 않으려는 자기혐오의 전략이기도 하다. 남성의 권위에 도전하지 않을 뿐 아니라, 남성을 위로하고 치유하는 희생적인 돌봄을 체화한 여성은 남성혐오 시스템으로부터 거리를 확보함으로써 안전하게 보호받을 수 있다는 순응적 태도가 개입되어 있다. 여성은 숭고하지 않을 뿐 아니라, 차별적 자기혐오를 내면화할 수 있다. 이러한 기제들을 성찰하지 않을 때 여성성은 이상화된 존재로 단순화할 위험성이 크다.

1990년대 이후 문민정부, 국민정부, 참여정부가 들어서면서 성폭력특별법, 남녀차별금지법 등이 제정되고, 호주제가 폐지되었다. 이 시기 페미니즘은 갈등과 투쟁이 아니라, 국가 및 제도와 협력 관계를 맺게 되었다.[14] 이는 1980년대 여성해방을 지향하는 전투적 페미니즘에서 1990년대 후반 약진기를 경험한 후, 2000년대 '길들여진 페미니즘'[15]으로 전환되는 과정으로 이해할 수 있다. '길들여진 페

---

14 권수현, 「여성운동과 정부, 그리고 여성 정책의 동학: 한국 사례를 중심으로」, 『아시아여성연구』 50, 숙명여자대학교 아시아여성연구소, 2011, pp.21-34 참조.
15 '길들여진 페미니즘'은 미국의 정치철학자 낸시 프레이저가 서구 페미니즘의 흐름을 분석하면서 명명한 용어이다. 그는 1990년대 이후 좌파적 에너지가 빠져나간 후 분배와 같은 정치투쟁이 사라지고, 젠더를 정체성이나 문화적 구성물로 이해하는 쪽으로 페미니즘의 무게가 이동했다고 파악하면서, 1990년대 이후 등장한 페미니즘의 특징을 '길들여진 페미니즘'으로 불렀다. 낸시 프레이저는 젠더 정의에 재현, 정체성, 차이가 포괄되었지만, 평등 및 분배 투쟁을 심화시키지 못한 결과에 이르렀다고 '길

미니즘'의 특징이 문화적 재현을 강조하는 정체성 정치라고 한다면, 1990년대 여성시의 정점이었던 나희덕과 김선우의 대지모신적 자연-여성 이미지는 이러한 사회적 분위기를 선취했다고 볼 수 있다.

페미니즘의 정체성 정치란 특정 집단, 즉 인종, 민족, 문화, 젠더 집단 같은 소속 여부에 기반하는 정치적 형식인데, 특정 집단의 소속 여부는 집단의 경계를 분명히 한다.[16] 즉 '여성이란 누구인가'라는 질문을 통해 범주적 정체성을 형성하는 것이 페미니즘의 정체성 정치이다. 1990년대 긍정적 모델로 평가받았던 대지모신적 여성 이미지는 페미니즘의 약진 이후 우리 사회에 도래한 '길들여진 페미니즘' 시기를 앞서 예고하는 역설적 언어였다.

3. 갱신되는 독법/들

최근 1970년대 민중시를 읽을 기회가 있었다. 1970년대 민중문학은 피지배층 일반을 가리키던 용어 '민중'이 역사적 주체로 부상하던 시기를 대표한다. 이때 민중시는 『창작과 비평』의 지지를 받으며 신경림, 김지하, 조태일, 김준태 등 민중시인들이 막 등장하던 무렵의 시들이었다. 1970년대 초반 긴급조치 시대에 이들은 새로운 정치를 꿈꾸며, '문학적 올바름'을 온몸으로 사유했던 시인들이다. 지금까지 그들은 문학과 정치의 관계를 직접 매개했던 존경받는 시인으로 시사에 기록되어 있다.

그러나 그들의 시에서 여성은 비가시적인 민중이었으며, 민중의

들여진 페미니즘'을 비판한다. 낸시 프레이저, 『전진하는 페미니즘』, 임옥희 역, 돌베개, 2017, pp.222-242 참조.

16 마리 미콜라, 『섹스와 젠더에 대한 페미니즘의 관점들』, 강은교 외역, 전기가오리, 2017, p.33.

이름 속으로 용해된 존재들이었다. 여성은 민중을 형상화하기 위한 실천적 수사로 존재했다. 신경림의 시 "서울로 식모살이 간 분이는/아기를 뱄다더라. 어떡헐거나./술에라도 취해 볼거나"나(「겨울밤」) "모두 함께 죽어 버리자고 복어 알을 사 온/어버이는 술이 취해 뉘우치고/애비 없는 애기를 밴 처녀는/산벼랑을 찾아가 몸을 던진다"에서(「산일번지」) 여성들은 비극적으로 처리되어 있다. 남성적 목소리의 민중시인 조태일도 이 부분을 자조와 익살로 스스로를 위안하는 민중들의 "술 애기"[17]로 한정한다. 그것은 남성-민중들이 술을 마시며 자신의 비극적 삶을 위로하는 이야기라는 것이다. 여기서 여성은 민중의 지평 위에서 사라진다.

또한 조태일은 "아직까지도 처녀막이 파열됐다고 여기지 않는 자들은/다리를 벌리고/한강 다리 위에 서서/수면에 비춰 볼 일이요."라고 노래하였다(「나의 處女膜 3」). 조국의 수난을 처녀막이 파열된 처녀로 비유하는 수사는 정치적 올바름을 획득한다. 그러나 여기서 여성은 혐오적 존재다. 강간당하는 여성의 현실은 정치적 올바름이라는 이념 뒤에서 소멸된다. 민중시의 남성적 목소리는 억압당하는 민중의 편에 서 있다는 점에서 긍정적으로 평가받아 왔다. 하지만 그것은 여성을 재위계화하면서 구성된 시적 올바름이라는 한계가 있다.

나는 1970년대 민중시를 읽으며 전에는 포착할 수 없었던 비판적 지점들이 느껴졌다. 이와 같은 독법은 당대적 평가가 아니라, 현재적 관점이 과도하게 개입된 해석의 시차를 야기할지도 모른다. 그럴 위험성이 있다는 것을 감출 수 없다. 그러나 텍스트의 독법은 갱신된다. 아니 갱신되어야 한다. 그 갱신의 힘이 시를 움직이게 하는 힘

---

17 조태일, 『조태일 전집 1』(시론·산문), 창비, 2009, p.57.

이 될 수 있을 것이다.

　1990년대 여성시는 이전에는 존재하지 않았던 새로운 여성 주체를 상상하게 했다. 고유한 여성의 언어가 어떤 것인지 감각할 수 있었다. 우리는 새로운 여성과 여성시의 탄생에 환호했다. 하지만, 미처 포착하지 못했던 역설들이 존재한다. 그 역설을 포착하는 우리의 시각은 최근 기울어진 운동장을 다시 뒤흔드는 전투적인 페미니스트의 움직임에 힘입은 바 크다.

　변화는 시작되었다. 독법의 갱신도 시작되었다. 여성혐오라는 현실을 날카롭게 포착하면서도 규율화된 여성성을 해체하고, 수행되는 여성이면서 능동적으로 수행하는 여성을 제안하며, 남성으로부터 배제되는 여성을 드러내면서 다른 여성을 재위계화하는 여성을 자기비판하고, 여성의 보편적 범주를 확정하면서도 확정될 수 없는 모호한 여성을 창안할 때가 되었다. 갱신하는 독법과 함께 갱신되는 텍스트를 기다리는 중이다.

여성혐오 시의 가능성과 불가능성

1. 문단 내 여성혐오 시 논쟁

한국 사회의 페미니즘이 리부팅 중이다. 한때 여성 없는 페미니즘으로 불리며 곤경과 모순을 감내하며 수면 아래에 있던 페미니즘이 재격발되는 중이다. 이와 관련하여 내가 주목하는 것은 여성혐오(misogyny) 시를 둘러싼 논쟁이다. 이 글은 논쟁을 둘러싼 담론의 지형을 분석하거나 도덕적이고 윤리적인 가치판단을 목적에 두지 않고, 방법적 여성혐오 시의 불/가능성을 짚어 보기 위한 시론에 해당한다. 기존의 논쟁은 비평가들과 작가들이 입장에 따라 분명한 진영을 형성하고, 질문을 통해 쟁점을 예각화하면서 논쟁에 참여하고, 개별 논리와 진영 논리가 풍부해지고 세련되어지는 과정이었다. 반면 현재 여성혐오 시 논쟁은 쟁점이 무엇인지 분명하지도 않고, 이것이 논쟁인지 아닌지도 명확하지 않다. 본격 논쟁이 되기 위해서는 보다 많은 입장들이 제출되어야 할 것이다. 아마 이 논쟁은 비평가들의 적극적 참여나 진영 논리가 생겨날 것 같지 않다. 윤리와 도덕, 낙인과 범죄, 문학의 정치와 자율성이라는 역설이 개입될 수 있기 때문이다. 그럼에도 논쟁은 시작되었다.

논쟁의 중심에 류근의 시가 있다. 논쟁의 원거리 배경은 리부트되는 한국 사회의 페미니즘 현상에 있을 것이다. 2015년부터 메갈리아의 미러링 전략과 일베의 혐오 발화, 그리고 2016년 강남역 10번 출구 페미사이드(여성 살해) 사건을 통해 한국문학장에서 페미니즘 감수성과 행동력이 표면화되었다. 이른바 SNS를 통한 문단 내 성폭력 고발 사건은 페미니즘의 부상이라는 자장에서 발생했다. 시인 지망 여고생들이 이른바 '등단 시인', 권력화된 남성 시인에게 성폭행·성추행당했다는 사실을 폭로하면서 일파만파 확장되었다. 그러나 아이러니하게도 이제까지 추문으로만 떠돌던 문단 내 성폭력 사건의 발화자는 문학장 내부의 여성 피해자가 아니라, 문학장에 진입하기를 욕망하는 여성들이었다는 점이다. 문학 권력을 소유한 것처럼 보이는 여성들은 피해자의 자리에 서지 않으려고 한다. 나를 포함한 많은 여성 문학인들은 명예 남성일까? 문단 내 성폭력 사건은 더욱 공론화되어야 하며, 법적·제도적 차원에서 검토될 필요가 있다. 나는 우리 사회의 법 만능주의나 사회적 가중처벌에 대해 비판적 입장에 있었지만, 추문으로만 떠돌던 문단 내 성폭력 문제의 해결은 가시적 영역에서 다루어질 필요가 있다고 본다. 그것이 꼭 법적 공론화를 말하는 것은 아니다. 문학의 자율성과 윤리, 문인의 개인적 성찰의 차원으로만 해결될 수 없다는 것을 알고 있다. 성찰은 중요한 도덕적 태도이지만, 그것은 인간을 최고의 이성적이고 도덕적인 주체로 인식할 때 가능하다. 완벽한 성찰이 가능한 인간은 현실적으로 가능한가? 그것은 인간의 오만함이 아닌가? 따라서 도덕적 성찰과 제도의 개입, 문학장의 자율적 공론화와 공적 해결[1] 과정이 동시적으로 작동해야 이 문제의 핵심에 접근할 수 있다고 본다.

최근 류근 시인은 송승언 시인을 명예훼손으로 고소했다. 이 사건의 발생 원인은 사실상 2016년 9월로 소급된다. 한 일간지에서 특정하지는 않았지만 류근 시인임을 알 수 있는 칼럼이 발표된다. 기자는 그를 "젊은 한때 통(通)했던 속(俗)의 야만성이 행간마다 선연하다. 여자가 해 준 밥을 먹고, 여자의 몸을 품평하고, 여자가 던진 원망의 눈길을 변명 삼아 다른 여자에게로 이동하는 일이 낭만으로 여겨졌던 시절이 병풍처럼 펼쳐진다. 그는 언뜻 세계와 불화하는 듯도 하다. 가진 자와 성공한 자들에 비해 처량하고 궁상맞은 자신의 신세를 노래"하는 시인으로 평한다. 그리고 "야만의 세계를 꼭 빼닮은 야만의 시에 여자의 자리는 없다"는 여성혐오 혐의를 두었다.[2]

"한국 문단과 여혐"이라는 부제를 단 이 기사 제목은 「왜 내 시집 기사 안 써 줘요」였는데, 류근 시인은 이에 "노골적 기사 청탁"을 한 "삼류 청탁 쓰레기 시인"으로 만든 기사에 반발했다. 기사 청탁을 칼럼 제목으로 삼았던 만큼, 류근 시인은 기사 청탁 시인으로 오인한 데 대해 반발했지만, 사실상 기자와 류근 시인 모두 여성혐오 시에 대한 입장이 논란의 핵심이었음을 간파하고 있었다. 류근 시인은 SNS를 통해 "사실관계에 대한 정확한 확인도 없이 이렇게 뭉개 버리면 그 언론은 권력도 아닌 양아치 폭력"이라고 되받아쳤다. 그는 "구체적 작품 근거(작품 인용 등)도 없이 개인적 지레짐작만으로 여혐

---

1 한 좌담에서 김신현정은 문단 내 성폭력 사건 해결에 대해 '공적 해결'이라는 용어를 사용한다. 이는 사회 내에서 이 사건을 어떻게 바라보고 해석할지, 이것이 정말 문제라는 데 공감할 수 있는지, 이 모든 것을 결합한 시민적 상황을 말한다. 「어떻게 할 것인가—문단 내 성폭력과 한국의 남성성」(좌담), 『문학동네』, 2016.겨울, p.27.

2 황수현, 「왜 내 시집 기사 안 써 줘요?—한국 문단과 여혐」, 『한국일보』, 2016.9.15.

에 대한 총알받이"로 자신의 시집을 이용한 것에 대한 불쾌감을 드러냈다. 논란은 기사 청탁과 관련한 외형을 하고 있지만, 핵심은 여성혐오 시였다.

논란이 논쟁으로 확산되었던 것은 여기에 비평가 김명인, 소설가 이외수와 손아람이 의견을 덧붙이고, 누리꾼들의 찬반론이 댓글로 붙으면서부터이다. 특히 비평가 김명인은 여성혐오 시에 대한 통찰을 보여 주었다. 그는 류근 시인에 대해 첫째, 진지하고 자기 성찰을 할 줄 아는 사람이라면 다짜고짜 발끈하기 전에 비판의 핵심을 파악하고, 비판받을 만한 점이 있었는지 살폈어야 했다는 강도 높은 성찰론에 입각해 비판했고, 둘째, 여혐에 대한 총알받이가 되었다는 생각도 문제임을 지적했다. 여성혐오(misogyny)란 남성 지배를 용이하게 하기 위한 모든 전략(노혜경)의 의미를 갖기 때문에 여혐에 대한 총알받이라는 생각에도 문제가 있다고 비판하였다. 김명인은 류근의 시를 여성혐오 시의 범주에서 해석할 수 있다고 본 것이다.

2017년 1월 류근 시인은 송승언 시인을 명예훼손 혐의로 고소했다. 송승언 시인은 2016년 11월 SNS를 통해 '문학과지성사에 고합니다'라는 글을 공개했다. 핵심은 "문지가 가진 권력", "문지의 출판 권력"이 성폭력 가해자 문인이 될 가능성에 대한 비판과 출판의 비민주적 과정에서 "성폭력 등의 사회적 문제를 일으킨 작가들의 죄를 눈감아 주는 도구로 활용"된다는 비판이었다. 류근 시인은 "문지에는 심사를 거치지 않고, 문지 동인 개인의 권한으로 무조건 출간시킬 수 있는 책이 연간 0종 있다고 들었습니다. (중략) 비교적 최근의 경우라면 모 신문에 작품 내 여성혐오 문제로 기사화된 C 시인의 경우가 그렇다고 알고 있습니다."라고 쓴 송승언 시인의 제언 부분을 지목하면서 자신을 명예훼손 했다고 주장했다. 송승언 시인은 문단 내 성폭력 사건을 개인이 아니라 출판사라는 문학 제도에 대해 이의를 제기하고 공론화하였다는 점에서 의미 있는 발언이었을 것이다.

그럼에도 류근 시인은 "나는 송승언 시인의 글로 인해 능력도 뭣도 없는 로비를 통해서 시인이 된 것 같은 이미지를 얻었다"[3]고 보았기 때문에 명예훼손이 되었다는 것이다. 직접 거론하지는 않았지만 "모 신문에 작품 내 여성혐오 문제로 기사화된"이라는 전제에 대해서도 동의하지 않았을 것이다. 이들의 명예훼손을 둘러싼 법적 공방은 개인적으로 참담한 일이지만, 문단 내 성폭력의 문제와 여성혐오 시에 대한 문제들이 공론화된다는 점에서 문제의 실마리를 포착할 가능성이 있다고 보인다. 이는 문학적 성찰과 대화로 쉽게 해결할 수 있는 문제의 범주를 넘어섰다. 사실상 여성혐오 시 담론은 한국 사회의 페미니즘, 젠더 불평등, 문학과 정치, 문학의 자율성, 문학과 윤리, 형식과 내용이라는 문제들이 난마로 얽혀 있기 때문이다.

논란은 논쟁이 되어야 할 필요가 있다. 이 문제가 논란이 될 수 있었던 것은 류근 시인의 시가 여성혐오적인가에 대한 성급한 판단 때문이다. 여성혐오란 무엇인가, 류근 시는 어떤 점에서 여성혐오적인가, 아니면 왜 그렇지 않은가에 대한 충분한 근거가 마련되지 않았다. 류근 시인의 시를 여성혐오적인지 여성 친화적인지 혹은 자기혐오인지 분명한 판단을 내리기는 어려울 수 있다. 그것은 판단의 불가능성 때문이 아니라, 다양하고 복잡한 판단들이 제출될 가능성 때문이다.

---

3 류근 시인 인터뷰, 「그의 글은 나를, 내 시를 어떻게 만들었나」, 『매거진 온 페이퍼』, 2017.2.9.

이제까지 '여성혐오 시'라는 용어는 우리 시문학사에서 포착되지 못한 개념이었다. 21세기 문학장에서 '여성'의 의미는 더욱 비가시적인 것이 되었으며, '여성문학'은 해체라는 역설적 곤경에 처해 있었다. 그것은 두 가지 의미를 지니는데, 하나는 여성 차별 혹은 젠더 불평등이 완화되었다는 진보적 자신감 때문이었고, 둘째는 여성 정체성에 대한 개념적 불확실성 때문이었다. 나는 두 번째 문제에 주목하면서 21세기 여성문학을 '이상한 여성 주체의 등장과 탈여성적 문학장의 비균질성'으로 파악한 바 있다. 2000년대 미래파 시의 주체들은 여성의 탈정체성을 통해 젠더의 경계를 자유롭게 넘나들었다. 과거 1980-90년대에 형성되었던 여성의 진보적 자의식과 뤼스 이리가레를 참조한 긍정적 여성성은 미래파 시를 통해 해체되었다. 정리하자면 첫째, 급진적 차원에서 여성적 정체성 해체, 둘째, 온건한 차원에서 여성성 재현이라는 두 방식에 의해 2000년대 여성문학은 여성의 비자명성과 자명성이 혼재해 있었다고 나는 진단한 바 있다.[4]

그러나 2016년 이후 우리 문학장에서 여성의 정체성은 피해자라는 하위주체로 부상하고 있다. 이제까지 여성문학의 성과로 보였던 여성성의 해체가 아무런 의심도 없이 자명한 어떤 것으로 호명되고 있다는 점에서 현재 문단 내 성폭력 담론과 여성혐오 시 개념은 향후 정치하게 세공될 필요가 있을 것이다. '여성이란 무엇인가'라는 질문을 반복해야 한다. 나아가 '여성은 무엇을 할 수 있는가'에 집중해야 한다. 이제 우리는 여성혐오와 문학이라는 음험한 관계를 해명해야 할 때가 된 것 같다. 이를 통해 여성성과 남성성, 권력의 중층

---

4 임지연, 「여성문학 트러블―곤경에 처한 21세기 여성문학 비평」, 『여성문학연구』 26권 0호, 한국여성문학학회, 2011.

성, 시의 윤리, 혐오와 여성혐오, 사건 해결의 폭력성과 정당성 등에
새로운 담론이 생산될 수 있을 것이다.

2. 혐오인가? 여성혐오인가?

비평가 김명인은 여성혐오를 "여성을 싫어한다거나 증오한다거나
하는 뜻이 아니라 남성 지배를 용이하게 하기 위한 전략(노혜경)이라
고 보는 것"이라고 정의하고, "여성혐오만이 아니라 여성 보호, 여
성 존중, 여성 애착 등 겉보기에 매우 여성 친화적으로 보이는 태도
들 역시 차별적인 젠더 역할을 고정화시켜 남성 지배의 구조를 영속
화"하는 맥락에서 접근하였다. 평론가 오혜진은 "여성을 타자화하는
인식 구조"로서 "어머니나 딸에 대한 지나친 숭배, 다양한 상상력을
발전시키지 못한 무조건적인 사랑을 예찬하는 것 등도 다 여성혐오
에 해당"하는 것으로 파악하면서 "무엇이 여성혐오인지 문단이 합의
하는 것부터 시작"할 것을 제안했다. 류근 시인은 "나라는 시인의 시
에는 '혐오', 그러니까 미움에 대한 감정이 거의 없다시피 하다"고 하
면서 "자기혐오"와 "자기 풍자"는 있다고 언급했다. 그렇다면 류근
시인에게 혐오 혹은 여성혐오란 미움에 대한 감정을 말하는 것이고,
자기혐오는 여성혐오 개념 속에 있지 않음을 알 수 있다. 문제는 여
성혐오란 무엇인가에 있다. 여성혐오 개념에 대한 합의 없이 여성혐
오 시에 대해 입장을 표명하기는 어려울 것이다.

먼저 여성혐오를 혐오 일반으로 볼 것인가, 미소지니로 볼 것인가
의 문제가 있다. 이 두 개념은 서로 동일한 특성을 공유하면서도 개
념적 지평은 다르다. 개념의 포지션이 다르다고 해야 옳을 것이다.

혐오의 일반 개념에 대해서는 법철학자 마사 누스바움이 깊이 있
게 천착한 바 있다. 누스바움에 따르면 혐오는 첫째, 단순한 위험

이 아니며, 둘째, 오염성의 특징을 가지고, 셋째, 배제의 이데올로기로 작용하는 부정적 감정이며, 사회역사적 감정이다. 먼저 누스바움은 혐오의 진화론적 근거에 대해 언급하였는데, 그것은 혐오를 긍정하기 위해서가 아니라 혐오의 성격을 규명하기 위한 것이다. 혐오란 자기보존을 위해 혐오 대상을 회피하는 진화적 근거를 가지지만, 혐오의 심리는 사회적 학습에 의해 전염된다는 점을 강조하기 위해서이다. 혐오는 단순한 위험과 구별된다. 가령 독버섯은 위험한 대상이어서 섭취하지만 않는다면 같이 있어도 무방하다. 하지만 혐오 감정은 위험이 제거되어도 여전히 혐오스러운 것으로 남아 있다. 독이 제거된 버섯이라 할지라도 지속적으로 혐오 대상이 된다.

둘째, 혐오는 오염물의 특징을 갖는다. 오염물은 인간의 유한성(죽음)과 동물적 취약성을 연상시키기 때문에 회피 대상이 되는데, 이때 혐오 감정이 발생한다. 혐오는 본능적인 것이 아니라, 개념과 사회적 학습에 의해 구성된다. 오염은 또다시 두 가지 법칙에 의해 작용한다. 첫째, 전염의 법칙이다. 과거에 접촉했던 사물은 이후에도 영향을 끼친다는 것이다. 죽은 바퀴벌레가 주스 잔에 떨어지면, 사람들은 이후 같은 잔에 담긴 주스를 마시길 거부한다. 전염병이 있는 사람이 입었던 옷을 깨끗이 세탁한 후에도 입지 않으려는 경향도 전염될 수 있다는 두려움 때문이다. 혐오의 전염 법칙은 어떤 대상을 무력화시키는 효과를 갖는다. 둘째, 유사성의 법칙이다. 두 사물이 비슷하면 그중 하나에 영향을 준 행위가 다른 것에도 영향을 준다고 생각한다. 개똥으로 만든 초콜릿 조각이나 살균한 변기에 넣은 음식, 살균한 파리채로 휘저은 수프를 꺼려 하는 경우가 여기에 해당한다. 이처럼 사회는 동물성, 유한성, 이와 연관된 젠더와 섹슈얼리티에 대한 태도를 혐오의 감정으로 강력하게 전달한다. 혐오는 개인적 취향이나 본능적 위험물에 대한 강한 거부 감정이 아니라, 사회문화적으로 전염되면서 집단적 감정으로 확장된다.

셋째, 혐오는 특정 집단을 배척하기 위한 사회적 무기, 즉 이데올로기로 활용된다. 인간의 유한성과 동물성을 차단하려는 욕구는 강력하기 때문에 배변물, 바퀴벌레나 점성을 지닌 동물들을 의도적으로 차단한다. 인간은 자신을 구별할 수 있는 집단을 필요로 하는데, 우월한 인간과 저열한 동물의 경계선을 분명히 하려고 한다. 따라서 후자를 혐오의 대상으로 간주한다. 그랬을 때 자신은 유한성과 동물성으로부터 멀어질 수 있기 때문이다. 그런 점에서 혐오는 점액성, 악취, 점착성, 부패, 불결함의 속성이 부여된다. 이는 특권적 집단(지배 집단)이 혐오 대상을 통해 자신의 우월한 인간적 지위를 드러내기 위한 목적을 갖는다. 유대인, 여성, 동성애자, 불가촉천민, 하층계급 사람들은 육체의 오물로 더럽혀진 존재로 상상되어 왔다. 특히 유럽의 유대인 혐오가 전형적이다. 역사적으로 유대인은 점액성을 지닌 여성처럼 혐오스러울 만큼 유동적이고 끈적이고 연하고 잘 스며드는 존재로 상상되었다. 특히 유대인은 본질적으로 여성적인 것으로 인식되었다. 유대인 혐오가 심했던 독일인들은 유대인과 여성을 동일시하면서 순수한 독일 남성은 깨끗하고 안전한 건장함을 가진 반면, 여성-유대인은 유동적이고 악취 나는 더러움을 부여하면서 이 둘을 대비시켰다.

여기서 누스바움은 혐오의 가장 대표적인 대상이 여성의 몸이라고 지적한다. 그는 '여성 차별적 혐오'라고 명명하면서 거의 모든 사회에서 변화 없이 규칙적으로 나타나는 경험적 출발점임을 분명히 한다. 여성의 출산은 동물적 삶의 연속성, 몸의 유한성과 밀접하게 연관된 것으로 보기 때문이라는 것이다. 남성의 몸에서 빠져나간 정액이 남성에게 혐오를 유발한다면, 남성들은 혐오 물질로 인해 여성들이 오염되었다고 본다. 여성은 유약하고, 끈적거리며, 유동적이고, 냄새나는 존재로서, 여성의 몸은 오염된 불길한 영역으로 상상되어 왔다. 혐오는 유한성(죽음)과 동물성(오물)을 담보하는 여성을 대상으로 삼아 지배 집단의 인간적 우월성(순수성, 무한성)을 보증하기 위한 이데올로기로 사용되고 있다. 혐오의 성격인 악취, 점액성, 배설물 섭취 등은 일정한 정치적 목적을 위해 특정 집단의 특징으로 투영되는 것이다.[5]

그렇다면 혐오(disgust)와 구별되는 미소지니(misogiry)는 무엇인가? 누스바움은 여성혐오를 여성 차별 혐오라고 명명하고, 그것을 혐오의 가장 대표적인 형태로 규정한다. 또한 혐오를 진화적 유산의 부산물이라는 점, 혐오와 매력이 결합된 문화가 존재한다는 점, 인간의 죽음이나 취약성을 끌어안고 살아야 한다는 점을 들어 혐오를 근절의 대상이 아니라, 비판적 대상으로 평가한다. 그러나 미소지니로서의 여성혐오는 혐오의 일반적 특징을 공유하면서도 여성 비하나 여성 폭력보다 더 근원적인 것으로 다루어진다.

미소지니는 희랍어 'misos(혐오)'와 'gyné(여성)'의 합성어로 여성에 대한 혐오를 일컫는 말이다. 미소지니로서의 여성혐오는 혐오 일반과는 다른 관점에서 접근할 수 있다. 미소지니로서의 여성혐오를 집중적으로 다룬 학자는 우에노 치즈코이다. 그는 『여성혐오를 혐오한다』에서 여성혐오의 다층적 쟁점과 중층적 특성을 포착하여 광범위한 지배 메커니즘으로 파악하였다. 우에노 치즈코는 이성애 질서가 호모소셜(homosocial, 남성 간 유대)과 여성혐오(호모소셜에서의 여성 배

---

5 마사 누스바움, 『혐오와 수치심』, 조계원 역, 민음사, 2015, pp.166-229 참조.

제)를 핵심으로 하며, 호모포비아(동성애 혐오)를 수반하는 3종 세트가 구조화된 것이라고 보았다.

우에노 치즈코에게 여성혐오는 젠더 불평등 사회를 구성하는 핵심적 요소이다. 따라서 여성혐오는 중력처럼 시스템 전체에 영향을 미치는 근본적인 모순이며, 너무나 자명해서 의식조차 할 수 없을 만큼 광범위하다고 지적한다. 그가 정의한 여성혐오 개념이 탁월한 까닭은 중층적이기 때문이다. 여성혐오는 남성과 여성에게 비대칭적으로 작용하는데, 남성에게는 '여성 멸시'로, 여성에게는 '자기혐오'로 분화한다. 즉 여성혐오는 남성들의 여성혐오와 여성의 자기혐오라는 중층적 구조를 가진다. 그 특징을 살펴보자. 첫째, 남성들의 여성혐오는 호모소셜(성적이지 않은 남성 간 유대)한 남자들이 자신의 성적 주체성(남성성)을 확인하기 위해 사용하는 장치로써 여성을 성적 객체화·대상화·타자화한다. '자기 여자'라는 남성들의 말은 남성성이란 여자를 자기 지배 하에 두는 것을 의미한다. 가장 극단적인 예가 윤간의 형태로 나타나는 전시(戰時) 강간이다. 남성들의 동료 간 연대를 높이기 위해 여성을 집단 강간함으로써 '진짜 남자'의 연대를 구축할 수 있다는 성적 환상이 작동한다. 그에 따르면 여성의 성을 성녀와 창녀로 분리하여 지배하는 것 역시 여성혐오이다. 그것은 여성을 이중 기준으로 구분하는 방식으로써, 여성 멸시뿐 아니라 여성 숭배라는 다른 측면을 포괄한다. 성녀와 창녀, 어머니와 매춘부, 결혼 상대와 놀이 상대 등 익숙한 이분법을 통해 여성혐오를 강력하게 작동시킨다. 여성을 성녀로 추앙하는 행위 역시 호모소셜이 강화된 행위로 여성 지배를 용이하게 하기 위한 메커니즘이라는 것이다.

둘째, 여성혐오는 여성들의 자기혐오를 포괄한다. 여성 역시 젠더 불평등 사회에서 여성혐오를 내면화하였으며, 남성 지배에 동의함으로써 남성들의 여성혐오를 스스로 재현한다는 것이다. 여성들의 여성혐오는 먼저 자기혐오로서의 여성혐오와 여성의 여성혐오로 구분할 수 있다. 여성의 자기혐오는 사회가 자신을 혐오의 대상인 여성으로 호명할 때 여성은 스스로를 오염물이거나 취약하고 열등하다는 자기 인식을 갖게 된다. 여기서 자기혐오가 발생한다. 우에노 치즈코는 대기업 정규직 엘리트 여성이 동시에 매춘녀로 살았던 '도쿄 전력 OL 사건'을 분석하였다. 이 사건은 여성의 자기분열에 의한 자기혐오와 관련되어 있다는 것이다. 또한 여성혐오는 다른 여성들을 혐오 대상으로 취급하면서 여성의 여성혐오를 실현한다. 여성들이 자기혐오를 하지 않는 상태는 예외적 여자가 되는 것인데, 하나는 명예 남성으로 인정받는 '출세 전략'이고, 다른 하나는 여성 범주로부터 완전히 이탈할 수 있는 '추녀 전략(나오 전략)'이다. 이러한 여성의 여성혐오는 역설적인 고통을 수반한다. 여성을 혐오하지 않는 여성이 된다는 것은 일반적 여성이 아닐 때 가능하다. 그리고 이 출세한 명예 남성은 남성적 시각을 통해 일반 여성을 혐오하게 된다. 그렇게 함으로써 자신은 자기혐오에서 벗어날 수 있으며, 남성들의 호모소셜에 동참할 수 있는 허위의식을 갖게 되는 것이다.[6]

우에노 치즈코가 제시하는 미소지니는 중층적이고 복잡성을 띠며, 불평등 사회의 근간을 이루는 메커니즘으로 작동한다. 남성 지배를 위한 여성혐오는 이상적인 남성성, 즉 동물성과 유한성, 오염물이라는 인간적 취약성을 극복한 범주를 구성하는 배제와 멸시의 감정 동학이다. 그런데 이성과 육체라는 이중 구조 위에 형성된 서구 형이상학의 역사는 남성 지배 구조가 얼마나 뿌리 깊고 오래되었

---

6 우에노 치즈코, 『여성혐오를 혐오한다』, 나일등 역, 은행나무, 2012 참조 및 재구성.

는가를 반증한다. 남성 지배 구조를 내면화한 여성들은 자신을 혐오하거나 다른 여성을 혐오함으로써 명예 남성의 역할을 하게 되는 고통을 떠맡는다.

앞서 누스바움은 혐오를 긍정적 지점을 고찰하면서 근절의 대상이 아니라, 비판의 대상으로 바라보았지만, 여성혐오는 극복해야 할 현실적 이데올로기이다. 남성들이 자기 우월적 존재를 과시하기 위해 여성을 의도적으로 혐오의 자리에 위치 짓는 행위는 논리적 근거를 찾을 수 없을 뿐 아니라, 윤리적 타당성의 근거도 마련할 수 없다. 혐오 미학은 가능하지만, 아직 미소지니 미학을 의식적인 창작의 원리로 삼은 작가는 없다. 작가는 역사적 존재이기 때문에 자기가 살아가는 시대를 초월하기 어렵다. 그런 점에서 젠더 불평등 사회에서 여성혐오는 모든 이에게 의식적·무의식적으로 내재되어 있으며, 여성혐오의 스펙트럼이 매우 넓을 수밖에 없다.

페미니스트 윤지영은 여성혐오의 범주를 다음과 같이 설정한다. 여성을 성녀와 창녀로 이분화하는 구조, 여성 신체를 계량화하는 시선, 여성을 성적 객체화하면서 여성을 욕망하는 방식, 능력 있는 여성에 대한 무시감이나 불안감, 규범적 남성성에 도달하지 못하는 것에 대한 공포[7] 모두 남성 지배를 위한 여성혐오의 특징들이다. 여성혐오란 이처럼 영속적 남성 지배와 규범적 남성성을 구축하기 위해 여성을 더럽고 동물적이며, 오염 가능한 혐오 대상으로 배제하는 감정의 경제학이다.

---

7 윤지영, 「현실의 운용 원리로서의 여성혐오」, 『철학연구』 115, 철학연구회, 2016, pp.209-210.

3. 여성혐오와 자기혐오의 이중성―김수영의 시는 여성혐오적인가?

남에게 희생을 당할 만한

충분한 각오를 가진 사람만이

살인을 한다

그러나 우산대로

여편네를 때려눕혔을 때

우리들의 옆에서는

어린놈이 울었고

비 오는 거리에는

사십 명 가량의 취객들이

모여들었고

집에 돌아와서

제일 마음에 꺼리는 것이

아는 사람이

이 캄캄한 범행의 현장을

보았는가 하는 일이었다

―아니 그보다도 먼저

아까운 것이

지우산을 현장에 버리고 온 일이었다

―김수영, 「죄와 벌」 전문

　김수영의 이 시는 여성혐오적인가? 우리는 이 시에서 쉽게 여성
혐오와 여성 폭력을 감지한다. 김수영은 아내를 "여편네"라는 멸시

적 언어로 지칭하면서 폭행을 행사하였으며, 그러한 사실을 과장되게 고백한다. 40명이나 되는 사람들 앞에서 아내를 우산으로 때려눕히는 이 행위는 여성을 자기 지배의 대상으로 타자화하는 극단적 폭력이다. 특히 자신의 아이들은 아버지가 어머니를 때리는 모습을 직접 목격한다. 이는 심리적으로 가족 전체를 혐오 대상으로 전락시키는 효과를 갖는다. 이 시에서 김수영의 과장된 남성성은 아내를 자기 지배 하에 둘 수 있는 사물로 전락시키는 과정에서 형성된다. 김수영의 남자다움은 한편에서는 법과 국가, 혁명과 자유라는 공적 진리의 영역, 다른 한편에서는 돈과 일상, 성과 여성이라는 사적 영역을 통해 형성된다. 그는 4.19 이후 "우선 그놈의 사진을 떼어서 밑씻개로 하자"는(「우선 그놈의 사진을 떼어서 밑씻개로 하자」) 국가권력을 향한 강력한 비판적 목소리를 통해 한국의 국가·법·자유라는 공적 시스템의 후진성을 비판하고, 현대적 시스템을 요청함으로써 자신의 숭고한 남성성을 구성하고자 한다. 반면 돈, 일상, 성, 자연, 여성이라는 사적 영역은 자신의 왜소함과 비겁함, 소심함을 연상시키는 범주이다. 물론 김수영은 이러한 일상성을 새롭게 발견함으로써 왜소한 남성적 주체를 성찰하고 반성의 계기로 삼았다. 그럼에도 숭고한 공적 진리에 도달하지 못하는 자기반성의 도덕적 기율을 마련하기 위해 돈, 일상, 성, 여성이라는 사적 영역을 활용한다. 특히 여성은 공적 진리를 추구해야 할 규범적 남성성을 방해하거나 훼손하는 비진리의 영역으로 설정되기 때문에 아내나 식모와 같은 여성들은 혐오와 폭력의 대상이 된다.

여자를 집중된 동물(「여자」), 무식한 사랑(「만주의 여자」), 무서운 존재(「〈4.19〉 시」), 자신을 죽이는 유희적 존재(「금성라디오」), 성적 대상(「성」), 사랑하는 적(「적 2」)으로 그린다는 점에서 그는 여성을 공적 진리에

도달하고자 하는 남성 주체를 방해하는 존재로 생각한다. 따라서 김수영은 남성성을 구현하기 위해 아내를 지우산으로 때려도 된다는 왜곡된 자기 논리를 성립시킨다. 혐오 대상인 여성을 자기로부터 분리시키거나 훼손할 때 공적 진리의 주체가 될 수 있기 때문이다.

하지만 김수영의 여성 인식을 이처럼 혐오의 관점으로 해석할 때 김수영 시의 양가적이고 모호한 의미망을 이해하지 못했다는 비판을 감수해야 한다. 김수영의 시에서 여성은 근대의 이분화된 시스템을 극복할 수 있는 시적 방법으로 차용되고 있으며, 결국 온몸의 시학이나 반시론과 같은 독특한 논리로 전환되기 때문이다. 김수영의 역사적 평가는 이처럼 긍정적인 입장에서 주로 이루어졌는데, 여성혐오나 부정적 여성 인식의 혐의를 무화시키는 방식이었다. 그러나 새로운 의미로 급부상하고 있는 '미소지니'를 해석 틀로 삼을 때 김수영의 남성성은 여성혐오를 근간으로 구성된다는 점을 부인하기 어렵다. 최근 대학의 문학 수업에서 학생들은 김수영의 시에서 여성혐오를 포착하고 과감하게 비판하는 풍경을 자주 목도할 수 있다. 새로운 개념의 부상이 새로운 독법을 가능하게 하고, 해석의 지평을 확장할 수 있다.

여기서 주목할 것은 김수영의 「죄와 벌」이 여성혐오의 시선뿐 아니라, 자기혐오를 동시에 포괄한다는 점이다. 왜 시적 주체는 아내를 지우산으로 때려눕힌 사실을 이처럼 과장되게 고백하는 것일까? 그리고 자신의 행동을 "캄캄한 범행의 현장"이라는 표현으로 남성적 폭력성을 호들갑스럽게 폭로하는 것일까? 여성혐오에 대한 자기 인식을 자기혐오로 드러냄으로써 김수영의 이상적 남성성에 스스로 균열을 가하고 있음을 의도적으로 명시하고 있다. 여기서 자기혐오는 주변화된 남성성에 대한 혐오이다. 규범적이고 이상적인 남성이

되기 위해 여성을 혐오의 대상으로 추락시킨 자기의 남성성에 대한 고백이며, 성찰이기도 하다. 그런 점에서 김수영의 이 시는 여성혐오와 남성혐오를 동시에 담아내고 있다.

남성들의 남성혐오는 가능할까? 우에노 치즈코는 남성들의 자기혐오를 자신이 남성이라는 사실, 그리고 충분히 남성적이지 않은 남성이라는 두 층위에서 존재한다고 보았다. 코넬은 남성성을 헤게모니적 남성성과 그것에 도달하지 못한 주변화된 남성성과의 공조 관계에 있다고 지적한다.[8] 즉 남성성 역시 헤게모니적인 것에서 배제되는 주변화된 남성성이 존재한다. 이것은 상당히 주목할 만한 관점이다. 남성성이라는 개념 역시 매끈하게 구성된 것이 아니다. 이 말은 남성 역시 여성혐오에 기초한 남성성 때문에 고통을 받고 있다는 의미로 전환될 수 있는 계기가 된다. 특히 자신을 이상적 남성성에 도달하지 못한 자, 충분히 남성적이지 못한 자로 인식하는 남성들은 자신을 공격함으로써 남성성/여성성이라는 허구적 분리를 성찰할 수 있는 기회로 삼을 수 있다. 자기 지배를 영속화하기 위해 만든 남성성이 여성을 혐오 대상으로 추락시키고, 결국 자기 자신도 '남성이 되지 못한 남성'이라는 자기 처벌에 이른다는 점을 짚고 넘어가야 한다. 그러나 이것이 곧바로 김수영이 남성성에 대한 근원적 자기 성찰로 이어지고, 여성과의 연대로 나아간다고 할 수는 없을 것이다. 주변화된 남성들은 헤게모니적 남성성에 도달하지 못하지만, 여성을 자기 지배 하에 둘 수 있다는 이중적 자기 인식을 갖고 있기 때문이다. 김수영은 비판적 관점으로 남성으로서의 자기를 혐오하면서 자신의 소시민적 이중성을 비판할 수는 있었을 것이다. 그러나

---

8 R. W. 코넬, 『남성성/들』, 안상욱・현민 역, 이매진, 2013, pp.124-125.

우리가 문제 삼는 것은 김수영의 비판적 남성성은 여성혐오의 감정에 기반해 있다는 점이다.

그렇다면 류근의 시는 어떠할까? 류근 시인 자신은 "나라는 시인의 시에는 '혐오', 그러니까 미움에 대한 감정이 거의 없다"고 하면서 반면 "자기혐오"와 "자기 풍자"는 있다고 언급했다. 류근 시인은 자기 시의 비밀을 잘 알고 있는 것 같다. 그러나 혐오 혹은 여성혐오는 단지 여성에 대한 미움의 감정만이 아니다. 앞서 살펴보았듯이 규범화되고 이상화된 헤게모니적 남성성을 구현하기 위해 혐오의 자리에 여성을 위치 짓고, 자신의 순수함과 강함 등을 구성해 내기 위한 전략 전체를 내용으로 삼는다. 거기에는 미움뿐 아니라 숭배와 찬양, 사랑을 포괄한다. 그런 점에서 본다면 류근의 시는 김수영의 경우처럼 여성혐오적이면서 동시에 남성혐오적이다. 더 분명하게 말하자면 여성혐오를 용인하는 남성혐오를 작동시키고 있다.

> 마누라는 이제 유방을 키워서 아이에게 젖을 먹일 일도 없고
> 세자 저하 유모로 사극을 찍을 일도 없고 일본 성인 비디오
> 배우로 진출해서 아이들 사교육비를 감당할 일도 없고
> 나에게 잘 보여서 다시 시집갈 일도 물론 없을 텐데
> 이제 나는 저 여자를 어떻게 해석해야 하나
> 똑바로 눈을 뜨고 마누라의 정면을 바라보지 못하는
> 내 미래에 대해서 나는 조금 곤란해지는 것이다
> ─「인문학적 고뇌」 부분

류근은 낭만적 통속성의 세계를 노골적으로 보여 주기를 좋아하는데, 이른바 지배계층의 헤게모니적 남성 세계에 도달하지 못한 루

저들의 통속성의 미학을 지향함으로써 규범적 엘리트들의 고매하고 진지한 위선에 거리두기와 비틀기를 시도한다. 류근 시의 낭만적 통속의 공간에는 여자들이 많이 등장한다. 이 여성들은 남성에 의한 대상화, 객체화, 타자화의 자리에 있다. 그러나 류근의 시는 통속적 공간 속에서 펼쳐지기 때문에 여성들도 통속적이다. 자기 성찰과 권력 비판에 능한 지적이고 품위 있는 부르주아 여성들은 이 공간에 머물지 않는다. 콘돔을 산 애인, 나이 든 다방 여자, 간통하는 여자, 형편없는 전업주부, 공포를 자본과 바꾼 여자 등으로 나타난다. 이들은 대체로 통속의 리얼리티를 표현하는 인물들이지만 동시에 남성에 의해 폄하되거나 배제된 여성들이다. 인용 시 「인문학적 고뇌」에서 "마누라"는 시적 주체에게 비하되고 있으며, 그녀의 유방은 아이에게 젖을 먹이거나 사극 배우와 일본 성인 비디오에 나오는 배우의 역할을 할 수 있는 몸으로 그려진다. 이를 시적 리얼리티로 해석할 수도 있고, 여성혐오로 볼 수도 있을 것이다. 사실상 그 둘을 동시에 함축한다고 말할 수 있다.

논란이 되었던 그의 시집 『어떻게든 이별』(문학과지성사, 2016)에는 남성에 의해 객체화되고 비하된 여성이 자주 등장한다. 주의할 점은 류근의 시에는 자기혐오가 분명히 존재한다는 것이다. 즉 남성성에 대한 비판적 시각이 내재되어 있다는 말이다. 류근 시에 등장하는 남성들은 통속성의 세계에서 흔히 볼 수 있는 루저들이다. 이들의 남성성은 어떻게 구성되었을까? "그 옛날 폭력을 일삼던 수학 선생의 주먹을 참아 내던 일/더 부당한 폭력에도 저항하지 않고 군대를 마쳤던 일/시궁창까지 야비하고 비겁했던 상사와 거래처 인사들을/결국 죽여 버리지 않고 퇴근해 현관의 초인종을 누르던 일"을 경험하면서 구성되었다(「아슬아슬한 내부」). 즉 정상적이고 규범적인 남성성의 기준으로부터 배제되는 하위주체로서의 남성성이다. 이러한 자기혐오는 이상적 남성성에 대한 공격이기도 하다. 류근이 굳이 통속적 세계의 한가운데로 진입한 이유는 이상화된 남성 세계에 대한 비판과 비틀기를 지향하기 때문이다. 그렇다면 류근의 시는 여성혐오와 남성혐오를 동시에 포괄한다. 남성의 주변화된 자기혐오는 이른바 젠더 불평등 시스템에 균열을 가할 수 있는 근간으로 작용할 수도 있다는 점에서 문제적이다. 물론 다른 해석도 가능할 것이다. 류근의 시를 여성혐오적이라고 읽을 때 동시에 주변화된 남성혐오에 대한 시선이 포착될 수 있다는 점을 염두에 두어야 할 것이다. 물론 그것이 거기에 그치지 않고, 루저 남성들이 여성과 연대할 수 있는 분명한 방향이 제시될 수 있다면 더 바람직할 것이다.

여성혐오 비판이 일방적인 낙인찍기, 혹은 무조건적인 도덕적 성찰만으로 충분하지 않다는 점을 강조하고 싶다. 류근 시 논란에 대해 손아람은 "여성을 대상화하는 것보다 주변화하는 것이야말로 한국문학의 치명적인 장애인데, 이게 얼마나 극복하기 어려운 것인지는 질환자로서 누구보다 잘 알고 있으니 마루타 중 하나로 내 작품들을 기꺼이 제공하고 싶다. 이 방식은 너무나 간단해서 거의 무의식적으로 이루어진다."고 언급한 바 있다. 논란의 핵심을 희석하지 않고, 핵심적 문제를 정확하게 짚어 낸 손아람의 말은 현재적 의미를 가지고 있다.

여성혐오 시는 여성들의 시에도 존재할 수 있다. 여기서는 구체적으로 검토할 수 없지만, 여성의 모성성이 극대화된 시, 여성을 지모신적 숭고한 존재로 그리는 시, 혹은 여성의 동물성과 유한성에 침을 뱉는 극단적인 자기혐오 시 등에서 여성혐오는 시적 방법으로 작동된다. 그러나 여성의 여성혐오가 지배적 남성성 시스템을 수행하는 의도를 가지는가, 아니면 남성성 시스템에 균열을 내고 저항하려는 의도를 가지는가에 따라 의미는 균열될 수 있다. 여성혐오는 이처럼 복잡하고 다기하며, 모순적 역설을 내포한 개념이라는 점을 간과해서는 최근 혐오 시대의 성격과 문학적 개입을 충분히 설명해 내기 어렵다. 류근을 둘러싼 여성혐오 시 논쟁은 낙인찍기, 성찰과 윤리, 문학의 자율성, 그리고 정치적 올바름만으로 충분하지 않다. 여성혐오 시학이 어떻게 가능하고 어떻게 불가능한지를 숙고해야 할 것이다.

문학의 가치는 새로움과 독창성에 있는데, 이는 기존 세계를 낯설게 하고, 전복할 때 가능하다. 여성혐오 시는 우월한 남성이라는 빈약한 상상력을 재현하는 것이며, 지배권력의 감정 경제학에 동의하는 낡은 미학의 범주에 있다. 왜냐하면 남성/여성이라는 젠더 차별적 메커니즘은 오래된 역사를 가지고 있으며, 현재 우리 삶을 작동시키는 고통스런 기제이기 때문이다. 문학의 새로움은 여성혐오를 재현하지 않고, 여성성과 남성성을 미학적으로 다룰 수 있는 능력과 관련된다. 여성혐오의 재현은 문학의 도식성, 상투성, 클리셰와 연동되어 있다. 여성혐오를 어떻게 새로운 방식으로 미학화할 것인가라는 질문이 2017년 우리 앞에 도착해 있다.

1990년대적인 것을 말하는 방법과 계보

1. 1990년대적인 것을 말하는 몇 가지 방법

(1) 요철화하기

지난 1990년대 문학을 한마디로 매끈하게 정리하는 일은 어려울 뿐 아니라, 불가능하다. 그 불가능함이란 1990년대 문학의 다양성이나 현재적 의미성을 찾는 데 대한 어려움 때문만이 아니라, 복잡성 때문이다. 1990년대의 복잡성을 이해할 때 1990년대 문학이 무엇인지 조금은 파악할 수 있다. 1990년대는 매끈하고 단단한 대리석의 균질함이 아니라, 울퉁불퉁하고 구멍이 팬 진흙의 요철이 그 특징이기 때문이다.

일반적으로 한국문학사는 10년 단위로 구성된다. 10년 단위의 문학사 구성 방식은 관습적 편의성을 제공한다. 하지만 편의성 말고도 다른 장점이 있다. 문학이 완전한 미적 자율성을 확보할 수 없는 운명이고, 시대적 사건들과 연동하면서 구성된다는 점을 상기할 때, 10년 단위로 역사성을 고려하면서 문학사를 구성하는 일은 필요한 일이기도 하다. 가령, 1950년대 문학을 한국전쟁으로만 환원하는 것은 오류이지만, 동시에 한국전쟁과 완벽하게 분리하는 일 역시 1950년대 문학의 진면모를 파악할 수 없다. 핵심은 전쟁을 전유하는 당대의 복잡성과 작가적 개성에 있기 때문이다. 1950년대 전반기는 전쟁문학과 반공주의, 실존주의 문학이 주도권을 행사하면서 추상적 보편성을 확보하지만, 1950년대 중후반 이후 후진성 담론과 세계주의, 휴머니즘 문학이 발호하면서 1950년대 문학은 구체적 보편성으로 전회하기 시작한다. 이처럼 한국전쟁과 1950년대 문학의 관계는 둘 사이의 연관성의 강도(强度), 거리, 전유 주체, 호명 방식에 따라 달라진다. 1950년대 문학을 한국전쟁으로 일괄 환원할 수도 없지만, 동시에 미적 자율성의 관점만으로도 해석할 수 없다는 사실에 유의할 필요가 있다. 1950년대는 한국전쟁의 자장권 안에 있으면서도 전유 주체와 전유 방식, 전유 거리에 의해 의미가 달라진다는 사실을 인정할 때 1950년대 문학이 비로소 보이기 시작한다. 문학사를 구성할 때 참조해야 할 문제이다.

마찬가지로 1990년대 문학 역시 요철화의 관점으로 바라볼 필요가 있다. 1990년대에 현실사회주의의 몰락이라는 세계사적 사건과 문민정부 출현이라는 국내적 사건이 한국문학장 구성의 외부적 동력으로 작동했다는 점은 이제 상식이 되었다. 1980년대 정치와 문학의 밀월 관계가 종료되었으며, 대신 1980년대 문학이 놓쳤던 문학적인 것, 서정적인 것, 일상적인 것, 개인적인 것, 내면적인 것에 대한 성찰로부터 1990년대적인 것은 새롭게 구성되었다. 그러나 고유한 1990년대적인 것이 구성되는 방식은 사후적이다. 누가 1990년대를 호명하는가, 어떻게 1990년대를 바라보는가에 따라 1990년대적 고유성은 편차를 갖게 된다.

(2) 분절하기

1990년대 문학은 시간적으로 분절되어 있다. 1990년대 초반 유례 없는 시와 리얼리즘 대논쟁이 벌어졌으며, 동시에 다른 편에서는 포스트모더니즘 담론이 폭발했다. 리얼리즘 논쟁은 1980년대 민족문학에 대한 반성으로부터 촉발되었지만 민족문학은 포기할 수 없는 문학적 방법이라는 신념에 기초하고 있었다. 리얼리즘 논쟁의 핵심은 '시는 어떻게 리얼리즘을 확보할 것인가'에 있었다. 이는 사실상 시는 무엇을 할 수 있는가의 문제, 즉 시의 능력을 고양하고 확장하려는 1990년대적 욕망이었다. 반대편에서 벌어진 포스트모더니즘의 열기는 탈이념 시대의 도래에 따른 미학적 탐색의 일환이었다. 포스트모더니즘은 총체성 대신에 파편성, 전형성 대신 신기성(新奇性), 통일성 대신 우연성에 주목하였다. 특히 이승훈이 중심이 된『현대시사상』에서 포스트모더니즘을 집중적으로 조명하였다. 따라서 1990년대 전반기의 문학은 더욱 강력해진 민족문학과 그 대척점에 있던 포스트모더니즘 문학에 의해 동시적으로 구성되었다. 그러나 역설적이게도 이 두 이질적인 문학론의 공통점은 1980년대에 대한 성찰에 있었다. 민족문학론이 1980년대를 계승하는 관점에서 성찰했다면, 포스트모더니즘은 1980년대와 결별하려는 관점을 가지고 있었다. 1990년대 전반기의 문학은 이처럼 이질적인 문학론이 혼재하고 있었지만, 동시에 1980년대를 어떻게 반성하고 성찰할 것인가라는 태도를 공유하였다.

그렇다면 1990년대 문학의 고유성을 어떻게 정의할 수 있을까? '문학 정신의 회복'을 주장하며 1994년 창간된『문학동네』이후 변화는 급물살을 타게 된다. 한국문학의 주류였으며, 길항 관계에 있었던『창작과 비평』,『문학과 사회』는 문학주의를 표방하는『문학동네』

와 때로 대립하고 연대하면서 복잡한 1990년대의 지형을 만들어 나갔다. 1990년대 후반이 되면, 1990년대의 서정성, 내면성, 생태주의에 반발하는 새로운 움직임이 포착된다. 1990년대를 시기적으로 분절할 때 나타나는 이 변화를 포착하지 않은 채 1990년대 문학 혹은 1990년대적인 것을 균질하게 말한다면 그것은 거짓에 가깝다.

(3) 누가 말하는가

1990년대를 이야기하는 태도는 중립적이지 않다. 같은 사태를 두고도 어떻게 바라보느냐에 따라 새롭게 구성되기 때문이다. 즉, 누가 어떻게 그 시기를 바라보느냐에 따라 서로 다른 결론이 도출될 수 있다. 일례로 뉴라이트가 바라보는 역사와 진보주의자가 바라보는 역사는 얼마나 다른가를 생각해 보라.

1994년도를 기억해 보자. 1990년대를 이해하는 완전히 다른 두 태도에 대한 예를 이때에 발견할 수 있다. 1994년이면 고유한 1990년대적인 것을 새롭게 발명하려는 세대론적 욕망이 강해질 때이다. 1994년 『문학과 논리』 4호[1]는 「1990년대 문학 동향」을 특집으로 꾸몄다. 리얼리즘 대논쟁에 참여했던 오성호는 「1990년대 문학 현실을 생각하며」에서 다음과 같이 쓰고 있다.

> 도대체 어쩌다가 이 지경이 되었는가. 지배 세력의 이념적, 물리적 탄압이 공공연하게 자행되던 시절에도 오히려 꿋꿋이 버텨 나오던 민족문학이 이른바 문민정부가 들어서고 민주화가 상당히 진전된(?) 오늘날에 이르러서는 어쩌다가 이 지경이 되고 말았는가. 생각하면 통탄

---

1 윤여탁 외저, 『문학과 논리』 4, 태학사, 1994.

할 일이지만, 지금 중요한 것은 이러한 민족문학의 위기를 극복하기 위해 지혜를 모으고 힘을 집중하는 것이지 화려했던 과거와 초라한 현재를 대비시키면서 한탄이나 하는 것은 아닐 것이다. **그 가운데서도 가장 중요한 것은 오늘날 민족문학의 위기를 초래한 원인에 대한 철저한 반성일 것이다.** (중략)

나의 관견으로는 오히려 진정으로 위기의 극복을 위해 도움이 되는 것은 위기의 **근본 원인을 민족문학 내부에서 찾으려는 노력이 아닐까 생각된다.** (중략) 말하자면 오늘날 민족문학의 위기를 초래한 주원인은 민족문학 진영 내부의 역량의 부족과 분열, 현실에 대한 안이하거나 그릇된 대응 방식 등에서 찾는 것이 더 타당하리라는 것이다.[2]

오성호는 1990년대 현실에 대하여 역사 허무주의를 극복하자고 하지만, 사실 그의 글을 읽다 보면 허무와 환멸, 분노 같은 것들이 활자 사이에 묻어 있다. 1990년대의 현실 인식 역시 1980년대의 연속선에서 이해하고 있는 듯하다. 그는 1990년대 문학 현실을 민족문학의 위기에서 파악하고 있다. 민족문학의 위기는 늘 언제나 존재해왔기 때문에 새로운 현상이 아니며, 따라서 문학의 위기를 민족문학 내부의 위기로 파악할 때 극복 방법은 제출될 수 있다. 민족문학 내부의 역량 부족과 분열, 안이한 현실 인식, 민족문학 만능론, 1980년대식 실천에 대한 근본적 반성을 내부적 처방으로 내놓고 있으며, 동시에 포스트모더니즘 비판을 외부적 처방으로 삼고 있다. 그는 포스트모더니즘을 상업적 이윤을 극대화하는 출판 자본의 한 형태로 파악하고, 의식을 마비시키고 변혁에의 열망을 희석화시키는 지

---

2 오성호, 「1990년대 문학 현실을 생각하며」, 윤여탁 외저, 『문학과 논리』 4, pp.14-15.

배 이데올로기의 한 형태라고 단언한다. 민족문학의 깃발 아래에서 1990년대의 새로운 변화와 징후들은 새롭게 해석될 수 없었다.

반면, 1990년대를 민족문학이 아니라 새로운 문학으로 이해했던 『문학동네』의 현실 인식이 어떠했는지 읽어 보자.

오늘 우리가 다시 문학의 위기를 말하고 문학의 죽음을 넘어설 수 있는 방도가 시급히 모색되어져야 함을 주장하는 것은 만성적 불행 중 독중 환자들이게 마련인 글 쓰는 자들 특유의 관성적 세계 인식에서 연유한 것이 아니라 지금 이곳의 우리 **문학의 입지**가 그만큼 좁고 위태롭다는 객관적 현실 파악이 낳은 자연스러운 결과인 것이다.

특히 **기성의 관행에 안주하지 않는 젊은 문학인들의 모험과 시도를 폭넓게 수용하여 우리 문학의 활력**을 높이는 데 기여하고자 한다. 형해만 남긴 채 **실체는 사라진 문학 정신의 회복**을 추구하고 **모든 교조적 사고방식 및 허위의식에 맞서 싸워 나간다는 전제에만 동의**한다면 『문학동네』는 그 누구에게나 그 문을 활짝 열 것이다. 21세기를 향한 우리 문학의 전진과 보조를 같이할 『문학동네』에 독자 여러분의 관심과 성원을 부탁드린다.[3]

인용문은 1994년 창간된 『문학동네』의 창간사의 일부이다. 이 글의 필자는 1990년대 문학 현실을 빈곤과 무기력으로 진단하고, 현실사회주의의 몰락, 천민자본주의 발호, 영상매체와 컴퓨터의 위협을 그 원인으로 꼽고 있다. 외부적 요인이 문학의 위기라는 현실의 알리바이가 돼 주지 않으며, 문학의 위기는 문학으로 정면 승부해

---

3 「계간 문학동네를 창간하며」, 『문학동네』 창간호, 1994.겨울.

야 한다고 주장하고 있다. 문학에서 기회주의와 허무주의의 확대재
생산 분위기를 비판하고 있는데, 이는 민족문학 진영을 간접적으로
겨냥하고 있는 듯하다. 또한 "어떤 새로운 문학적 이념이나 논리를
표방하지 않으려"는 이들의 태도 역시 1980년대 민족문학을 비판
하면서 자신의 행보로 삼았다. 그리고 "기성의 관행에 안주하지 않
는 젊은 문학인들의 모험과 시도를 폭넓게 수용하여 우리 문학의 활
력을 높이는 데 기여"하려는 이들의 역할론은 민족문학을 지지하거
나 비판적으로 지지했던 『창작과 비평』, 『문학과 사회』와는 다른 문
학 지도를 그려 내고 있다. '문학 정신의 회복'을 표방한 이들은 사실
1980년대 문학과 민족문학으로부터 완전한 결별을 선언하고 있는
셈이다. 이처럼 누가 1990년대를 말하는가에 따라 1990년대 문학은
그 의미와 범주에 차이와 균열이 발생한다. 차이와 균열, 문턱을 고
려하지 않는다면 1990년대 문학의 고유성을 추출하는 데 어려움이
있다. 그렇다면 이 어려움이란 사실 1990년대를 바라보는 방법적 시
각이기도 하다.

2. 계몽적 서정과 서정적 계몽—1990년대 시의 두 계보

아직 나는 1990년대 문학의 특징을 추론해 낼 수 있는 능력이 없
다. 이 방대한 작업은 비평계와 학계의 과제로 우리 앞에 놓여 있
다. 내가 말하고 싶은 것은 1990년대 문학을 이야기할 때 주의해야
할 몇 가지 방법에 있다. 또한 시에서 1990년대적인 것을 무엇이라
고 말할 수 있을까? 이에 대해서도 나는 제대로 이야기할 능력이 없
다. 아직 내게는 1990년대와의 비평적 거리가 형성되지도 않았으며,
1990년대적인 사건에 대해서도 충분히 마련해 놓지 못했기 때문이
다. 그럼에도 시에서 1990년대적인 것을 추출할 수 있다면, 나는 그

특징을 서정과 계몽의 관계에 있다고 생각한다. 서정과 계몽이 분리되어 각기 다른 축을 형성했다기보다, 서로 결탁한 채 계보를 형성해 갔다고 본다. 하나는 계몽적 서정, 다른 하나는 서정적 계몽. 계몽적 서정의 계보는 후일담-해체-환상 계열로서 최영미, 유하, 박상순이 대표적이다. 반면 서정적 계몽의 계보는 몸-자연-낭만의 계열로서 김선우, 이문재, 박정대가 대표적이다. 이 두 계보는 서정과 계몽이 결탁하는 방식에 따른 탐색의 결과라고 할 수 있다.

사실 1990년대 시를 서정시의 제도화, 서정의 문법화 과정으로 읽어도 무방할 것이다. 1990년대 전반기에 이루어진 리얼리즘 대논쟁에는 정치성에 밀려난 서정성을 회복하려는 과도한 욕망이 개입되어 있다. 또한 포스트모더니즘의 열기는 리얼리즘의 틀에 갇힌 서정성을 해체의 방법으로 구원하겠다는 욕망의 결과였다. 이는 서정시라는 장르 자체의 해체가 아니라, 서정의 확장으로 나아가는 방법이었다. 이 역시 서정성 회복에 일정한 역할을 담당했다고 본다.

서정성의 회복이란 서정시라는 장르의 안정화를 부르는 다른 이름이다. 이는 서정 주체의 권력을 강화하는 태도이기도 하다. 서정 주체의 역할과 기능은 무엇인가? 그것은 서정시의 이념인 동일화의 세계관을 확고하게 구축하는 시적 장치이다. 또한 이 시기 서정 주체는 근대문학에 부과된 지적이고 윤리적인 의무에서 자유롭지 않았으며, 여전히 세계를 변혁하고 가르치려는 계몽적인 스승의 목소리를 가지고 있었다. 시적 계몽이라는 역할을 다하기 위해 서정 주체는 숭고한 왕좌의 자리에서 내려올 수 없었다. 따라서 서정성의 회복은 서정시의 이념인 동일화의 전략과 계몽의 역할을 다채롭게 구사하는 1990년대적 시적 전술이었다. 시 장르 자체를 공략하고 있지 않기 때문에 1980년대적인 것에 대한 반성과 성찰은 근본적이지는 않았다. 1990년대 전반 리얼리즘 진영이나 포스트모더니즘 진영은 서로 다른 방향으로 나아가려고 했지만, 서정시를 제도화하고 서정을 문법화하는 공통 효과를 빚어내고 있었다. 시에서 1990년대적인 것을 서정과 계몽의 결탁이라고 말할 수 있는 이유가 여기에 있다. 계몽과 서정이 분화되어 이질적인 계보를 구성한 것이 아니라, 서로 분절되면서 엮이었다.

(1) 계몽적 서정의 계보—후일담-해체-환상

계몽적 서정의 계보는 말 그대로 계몽성을 조타수로 삼아 서정의 바다로 나아가려는 일련의 움직임이다. 이들은 서로 다른 시적 방법을 취하는 것처럼 보였지만, 사실 서정을 바탕으로 방법적으로 계몽을 선택한 시인들이다. '후일담-해체-환상'은 서로 이질적인 요소가 내재되어 있는데, 서정성의 회복과 확장이라는 관점에서 세 항목은 논리적으로 계보화될 수 있다. 최영미, 유하, 박상순의 시를 간략하게 읽어 보자.

> 물론 나는 알고 있다
> 내가 운동보다는 운동가를
> 술보다도 술 마시는 분위기를 더 좋아했다는 걸
> 그리고 외로울 땐 동지여!로 시작하는 투쟁가가 아니라
> 낮은 목소리로 사랑 노래를 즐겼다는 걸
> 그러나 대체 무슨 상관이란 말인가
>
> 잔치는 끝났다
> 술 떨어지고, 사람들은 하나 둘 지갑을 챙기고 마침내 그도 갔지만

마지막 셈을 마치고 제각기 신발을 찾아 신고 떠났지만

어렴풋이 나는 알고 있다

여기 홀로 누군가 마지막까지 남아

주인 대신 상을 치우고

그 모든 걸 기억해 내며 뜨거운 눈물 흘리리란 걸

　　　　　　　　　　　　　　—최영미, 「서른, 잔치는 끝났다」 부분

　최영미의 이 시는 1990년대적 풍경을 전형적으로 보여 주는 풍속
사적 특징을 갖는다. 대중적으로 사랑을 받았지만, 비평계에서는 후
일담 문학으로 취급되었다. 지금도 여전히 그 평가는 유효한 것 같
다. 이 시는 잃어버린 1980년대적인 것에 대한 애도의 형식을 갖는
다. 하지만 애도는 계속 유보된다. 1980년대적인 것을 성찰한다기
보다 잃어버린 것으로서의 1980년대를 낭만화하고 있으며, 그 낭
만성은 신파조에 가깝다. 과거는 찬란했고 현실은 환멸이라는 태도
들. 그런 점에서 최영미의 시는 후일담 문학의 범주를 넘지 못한다.
1980년대에 대한 깊이 있는 성찰이라기보다 1980년대를 추억하고
과거의 사건으로 남겨 놓을 뿐이기 때문이다. 그러나 이 시는 기존
의 여성주의나, 이 시기 여성 시인들이 성취한 자연과 생태를 접목
하여 긍정적인 육체성으로 규정하지 않는다는 점, 당대 1990년대를
맞이하는 한국 사회의 어리둥절함을 반영하고 있다는 점에서 특이
성을 갖는다. 또한 이 시가 대중적으로 사랑받을 수 있었던 이유는
서정 주체의 서정적 태도와 언어의 솔직성에 있을 것이다. 1980년대
시가 숭고한 서정 주체의 윤리적 고결함과 언어의 추상성을 보여 주
었던 데 비해, 최영미의 시는 1990년대 서정시의 새로운 국면을 열
어 놓고 있다고 할 수 있다.

세운상가, 욕망의 이름으로 나를 찍어 낸 곳
내 세포들의 상점을 가득 채운 건 트레이시와 치치올리나,
제니시스, 허슬러, 그리고 각종 일제 전자 제품들,
세운상가는 복제된 수만의 나를 먹어 치웠고
내 욕망의 허기가 세운상가를 번창시켰다

후미진 다락방마다 돌아가던 8미리 에로티카 문화영화
포르노의 세상이 내 사랑을 잠식했다
여선생의 스커트 밑을 집요하게 비추던 손거울과
은하여관 2층 창문에 매달려 내면의 음란을 훔쳐보던
거울의 포로인 나, 오 그녀는 나의 똥구멍
가끔은 서양판 변강쇠 존 홈스가
나의 귀두에 다마를 박으라고 권했다
금발 여배우의 매혹이 부풀린 영화감독이라는 욕망,
진실은 없었다, 오직 후끼된 진실만이 눈앞에 어른거렸을 뿐

네가 욕망하는 거라면 뭐든 다 줄 거야
환한 불빛으로 세운상가는 서 있고
오늘도 나는 끊임없이 다가간다 잡힐 듯 달아나는
마음 사막 저편의 신기루를 향하여,
내 몸의 내부, 어두운 욕망의 벌집이 웅웅댄다
그렇게 끝없이 웅웅대다가 죽음을 맞으리라
파열되는 눈동자, 충동의 벌 떼들이 떠나가고
비로소 욕망의 거울은 나를 놓아줄 것이다
       —유하, 「세운상가 키드의 사랑 2」 부분

1990년대 유하의 시는 1980년대적인 것의 그림자를 삭제하고 새롭게 부상하는 대중문화의 세례를 받은 청년들의 존재 방식을 보여준다. 1990년대 신세대 시인들에게 세계란 유토피아적이거나 총체적이지 않았다. 그들에게 주체는 세계와 동일시할 수 없으며, 균형 잡힌 관계를 맺을 수 없었다. 시적 주체는 욕망에 의해 구성되며, 세계는 균열되어 있었다. 유하에게 주체란 욕망의 거울을 통해 복제되거나 증식되는 수많은 복제품들이다. 그에게 세계는 욕망의 거울이거나 진실의 시뮬라크르일 뿐이다. 세운상가라는 1990년대식 B급 대중문화의 세례를 받은 유하는 파편화된 거울을 통해 자신과 세계를 적극적으로 비추고 있다. 이러한 감각은 1980년대에 시도되었던 강박적 해체와는 달리, 주체 구성의 한 요소로 자연스럽게 받아들인 1990년대식 해체라고 할 수 있다. 유하의 해체 방식은 서정시라는 제도 안에서 작동되고 있을 뿐, 서정 혹은 서정시라는 장르 자체를 해체하지는 않았다. 오히려 새로운 방법을 제시함으로써 서정시의 양식을 확장하거나 리얼리즘적 서정으로부터 구원하고 있다고 봐야 한다.

언제부터인지 오후 2시에서 3시 사이에 한 사람씩 사라지기 시작했다. 그리고 또 언제부턴가 비가 수평으로 내리기 시작했다. 구름이 수직으로 흐르고 지붕은 쓸모없게 되었다.

언제부턴가 오후 2시에서 3시 사이에 마라나는 누웠다. 시간에 눕고 먹구름 속에 눕고 봄빛과 가을빛에 누웠다. 나는 그녀를 통해 사라지는 세계를 본다. 사라져 가는 세계의 폭풍에 취해 그녀가, 흰 천 위에 나뒹굴 때

나는 피를 뽑는다. 그녀의 옷가지를 허리에 둘둘 감고 오후 2시에서 3시를 넘기며 이 세계의 끝에 쓰러진 그녀의 피를 뽑는다. 어느 날 강변에서 그녀가 내 허리에 규산(硅酸)을 바르던 그때처럼.

나 ; 오고
마라나 ; 가고

나 ; 가고
마라나 ; 오고

—박상순, 「마라나: 포르노 만화의 여주인공 1」 부분

박상순의 이 시는 유하의 서정적 해체보다 더 멀리 나아갔다. 세계를 직접 해체하거나 균열을 내지 않는 대신, 세계를 환상적으로 구성함으로써 세계 자체를 의문시하고 있기 때문이다. 환상적인 것은 실재적인 것(대상)도, 비실재적인 것(이미지)도 아니며, 그 둘 사이 어디엔가 불확정적으로 위치한다.[4] 따라서 현실과 완전히 분리되었다고 할 수도 없고, 분리되지 않았다고 할 수도 없는 반실재적 공간을 탄생시킨다. 이 시에서 오후 2시에서 3시는 실재 세계이지만, 동시에 실재 세계가 사라지는 환상적 시간이다. 오후 2시에서 3시 사이 사람이 사라지기 시작한다. 수평으로 비가 내리고, 수직으로 구름이 흐르는 다른 세계로 전환된다. 비실재 영역이 탄생되고 있는 것이다. 이것은 실재 세계와 완전히 다른 어떤 세계이면서, 실재 세

---

4 로즈메리 잭슨, 『환상성』, 서강여성문학연구회 역, 문학동네, 2001, p.32.

계와 맞물려 있기도 하다. 마라나는 누워 있고, 나는 그녀의 피를 뽑는다. 이러한 행위가 어떤 의미를 갖는지 알 수 없지만, 여기서 나는 두 개의 세계 속에서 존재하는 이상한 주체이다.

유하의 해체는 실재 세계에 균열을 가하지만, 박상순의 환상은 실재 세계를 더블로 만들면서 세계 자체를 의문시한다. 그러나 이 역시 서정시에 대한 새로운 방법을 제시함으로써 서정의 양식을 확장하고 있다. 여전히 시적 주체는 서정시의 세계관을 구축하는 왕좌의 자리에서 내려오지 않고 있으며, 주체는 온전히 보존된다.

후일담-해체-환상이라는 일련의 계보는 계몽적 서정성을 구성하는 1990년대식 개성이라고 할 수 있다. 서정시를 확장하고자 하는 서정 주체의 계몽적 욕망이 강하게 드러나 있기 때문이다.

(2) 서정적 계몽의 계보―몸-자연-낭만

1990년대 시에서 몸-자연-낭만의 계보는 언어를 서정적으로 구사하고, 서정시의 원리와 미학을 존중하면서 잘 빚어진 텍스트를 산출한다. 하지만 시적 주체의 작동 방식은 다분히 계몽적이다. 서정과 계몽의 결탁 방식이 자못 역설적이라고 할 수 있다. 1980년대 리얼리즘 시가 놓친 서정성을 확보하고 있으면서도, 세계를 비판하고 변혁하기 위한 계몽적 의도는 지속된다.

옛 애인이 한밤 전화를 걸어 왔습니다
자위를 해 본 적 있느냐
나는 가끔 한다고 그랬습니다
누구를 생각하며 하느냐
아무도 생각하지 않는다 그랬습니다

벌 나비를 생각해야 한 꽃이 봉오리를 열겠니

되물었지만, 그는 이해하지 못했습니다

얼레지……

남해 금산 잔설이 남아 있던 둔덕에

딴딴한 흙을 뚫고 여린 꽃대 피워 내던

얼레지꽃 생각이 났습니다

꽃대에 깃드는 햇살의 감촉

해토머리 습기가 잔뿌리 간질이는

오랜 그리움이 내 젖망울 돋아나게 했습니다

얼레지의 꽃말은 바람난 여인이래

바람이 꽃대를 흔드는 줄 아니?

대궁 속의 격정이 바람을 만들어

봐, 두 다리가 풀잎처럼 눕잖니

쓰러뜨려 눕힐 상대 없이도

얼레지는 얼레지

참숯처럼 뜨거워집니다

—김선우, 「얼레지」 전문

　1990년대는 억압되었던 몸이 폭발적으로 드러난 시대였다. 서구 근대성과 이성 중심주의에 대한 비판은 감각과 몸을 주체로 삼기 시작했다. 1990년대는 그동안 이성에 의해 억압되었던 몸이 귀환하던 시기였다. 1990년대 김선우의 시는 여성의 몸을 스스로 완전성을 갖는 긍정적 의미로 그려 낸다. 뤼스 이리가레가 "여자는 늘 '자기 몸을 만진다.'", "그녀의 성기가 지속적으로 서로를 포개는 두 음순으로 이루어져 있기 때문이다."[5]라고 말한 바와 같이 이 시기 여성의 섹슈얼리티는 여성의 성적 정체성에 대한 새로운 시각을 제시한다. 여성의 섹슈얼리티는 남성적인 것의 결핍이나 보충물이 아니다. 여성의 섹슈얼리티는 스스로 완결성을 이룬다.

김선우의 1990년대 여성시는 가부장적 시스템에서 자유로운 여성의 몸과 감각을 새롭게 산출하고 있다. 이 시는 여성의 성적 정체성을 솔직하게 드러내고 있는데, 이는 남성적 시선에 대한 비판이나 저항이 아니라, 여성 스스로 자신의 성적 정체성을 긍정하고 있다. 얼레지라는 꽃의 자연적 존재와 여성의 몸을 등치하고 이를 서정적 언어로 표현하는 데 성공한 이 시는 가부장적 질서에 대한 대타적 태도가 아니라, 자율적이고 완결적인 여성 주체의 존재 방식을 그려낸다. 그러나 여성의 몸과 얼레지라는 자연을 등치시킬 때 여성은 완결태로서의 자연, 이상적 자연미의 차원으로 전환된다. 여성을 생태주의로 접근한다는 점에서 계몽적 의지를 드러낸다고 할 수 있다. 또한 여성을 성차, 인종, 계층, 계급이라는 현실적 상황을 삭제한 추상적 생명체로 파악한다는 점에서 문제적이다.

> 만일 지금 예수가 오신다면
> 십자가가 아니라 똥짐을 지실 것이라는
> 권정생 선생의 글을 읽었다
>
> 점심 먹으러 갈 때마다 지나다니는 농업박물관
> 앞뜰에는 원두막에 물레방아까지 돌아간다
> 원두막 아래 채 다섯 평도 안 되는 밭에

---

5 뤼스 이리가라이, 『하나이지 않은 성』, 이은민 역, 동문선, 2000, p.32.

무언가 심어져 있어서 파랬다
우리 밀, 원산지: 소아시아 이란 파키스탄이라고 쓴
푯말이 세워져 있었다

농업박물관 앞뜰
나는 쪼그리고 앉아 우리 밀 어린싹을
하염없이 바라다보았다
농업박물관에 전시된 우리 밀
우리 밀, 내가 지나온 시절
똥짐 지던 그 시절이
미래가 되고 말았다
우리 밀, 아 오래된 미래

나는 울었다
　　　　　　　—이문재, 「농업박물관 소식—우리 밀 어린싹」 전문

　　생태주의는 1990년대 문학의 핵심 키워드였다. 세계에 대한 변혁
대신 자본과 문명 비판을 겨냥한 생태주의는 자연을 반자본주의적
인 긍정적 가치로 이해하고, 자연을 문명과 대립시켰다. 근대에 대
한 성찰은 이성적 인간이 형성한 과학이 지구를 개발의 대상으로 파
악함으로써 인간 우위의 생명관을 탄생시켰다고 보고, 다른 생명체
들과 인간의 평등한 관계에 주목하였다. 이것이 1990년대 생태주의
시가 두드러질 수 있었던 조건이었다.
　　앞서 읽었던 김선우의 여성시 역시 문명화된 몸이 아니라, 자연화
된 몸이기 때문에 가부장적 시스템으로부터 자유로울 수 있었다. 문

제는 생태주의가 자연을 가장 이상적인 가치로 등극시킨다는 데 있다. 여기서 전통주의적 서정시가 생태주의와 결속하게 되는데, 청록파로 대변되는 전통 서정주의 시가 현실 세계와 분리된 자연을 조화로운 이상적 가치로 설정한 상황과 연루되기 때문이다. 1990년대 생태주의 시에서 자연은 이상을 과거의 시간으로 되돌리고 추상화하였으며, 계몽의 상징이 되었다. 생태주의 시가 농촌, 즉 근대 이전의 자연 상태로 돌아가려고 했던 이유가 여기에 있다.

이문재의「농업 박물관」연작물도 생태주의라는 이상화된 이념과 자연이라는 방법론이 결탁한 생태주의 시의 전형이다. 위의 시에서 소재가 된 "농업박물관"은 이상 세계로서의 농촌과 자연을 잃어버린 슬픔을 노래하고 있다. "예수"와 "똥짐"을 등치시켰을 때, 농촌사회의 "똥짐 지던 그 시절"이 바로 "예수"의 가치로 전이된다. "똥짐"의 시대는 이제 "오래된 미래"가 되었으며, "농업박물관"에서나 발견되는 "우리 밀 어린싹"은 미래의 이상향에 대한 알레고리가 된다.

아무 데서나 나도 팍 쓰러지고 싶었다

화염에 휩싸인 채 흘러가는 구름들, 들판 위의
집들 빠르게 빠르게 하늘을 건너갈 때
누군가의 깊은 한숨이 마리화나의 새 떼를 날릴 때
날아가는 새 떼들 위로 쏟아지던, 화염방사기 속의 여름
나는 아무 데서나 어디로든 도피하고 싶었다 하늘에서
참새구이들이 투툭 떨어져, 소주병 속으로 떨어져
푸른 정맥 속에서 하나의 길이 예감처럼 솟구쳐 오를 때

사랑을 잃고 나는 걸었네

자전거를 타고 가기도 했네

추억이 페달이었네 폐허와

폐허와 폐허와 또 다른 폐허

속에서 푸푸

푸른 현기증이 나도, 페달을 밟으면서

길옆으로는 가기도 잘도 갔네 아 하면

아이디 아이다 호호호, 푸푸푸 하면서

세월이 갔네 아무 데서나

사랑을 했네

사랑을 잃고 나는 쓰네

—박정대, 「아이다호」 부분

　박정대의 1990년대 시는 건강한 낭만성으로 요약할 수 있다. 이는 시적 주체가 세계를 이상적 태도로 바라보는 데에서 기인한다. 낭만성은 이상과 현실을 대립시키기 때문에 때로 현실을 퇴폐와 허무, 환멸로 구성할 수도 있지만, 박정대의 낭만성은 청춘의 감각과 이국적 동경을 통해 현실을 변형한다. 따라서 그의 시에서 현실은 청춘의 에너지로 가득하다. 그의 시가 건강한 낭만으로 읽히는 이유가 여기에 있다. 시적 주체는 청춘의 푸른 감각으로 가득하고, 언어는 서정적 생동감을 잘 표현하고 있다. 이 시에서 시적 주체는 사랑을 상실하였으나 애도를 원만하게 수행함으로써, 병적 우울이 아니라 생의 에너지로 가득 찬 존재가 된다. 사랑을 잃었으나 추억을 페달 삼아 시적 주체는 "가기도 잘도 갔"다고 하고, 사랑을 잃어 쓰디쓰지만, 쓴 것은 몸에 좋다고 고백한다. 애도를 잘 수행함으로써 건강한 주체로 성장한다. 이 과정에 고뇌가 동반된다. 그러나 현실적 삶의 고뇌가 아니라 젊음 특유의 낭만적 고뇌를 통해 애도를 수행한다. 박정대 시의 낭만성은 그래서 세계를 개선하거나 변혁하지 않고 곧바로 혁명으로 비약된다. 유감스럽게도 혁명은 감정의 구조이지 현실 세계를 겨냥하지 않는다. 현실 변혁이 가능하지 않은 시대에 낭만적 혁명은 그 자체로 현실의 돌파구 역할을 담당한다. 박정대는 혁명적 계몽 의지를 서정과 결합하여 세계를 청춘의 낭만성으로 구성하였다.

제2부

손상된 지구에서 생존하기
—인류세와 한국문학

1. 인류세, '바람계곡의 오무'라는 비인간의 서사

미야자키 하야오의 애니메이션 「바람계곡의 나우시카」에는 '오무'라는 거대한 곤충이 나온다. 1000년 전 전쟁이 일어난 후 지구는 파괴되고 오염되는데, 부해(腐海)라는 곰팡이 숲이 커지면서 사람은 거의 살 수 없는 상태가 된다. 오무는 부해를 지키는 거대한 곤충이다. 내가 보기에 이 애니메이션의 주인물은 나우시카라기보다 오무이다. 나우시카는 오무를 잘 관찰하여 그의 생리와 행동 양식을 잘 알뿐 아니라, 화를 진정시킬 수 있을 정도로 소통할 줄 안다. 오무를 사랑하고, 감각할 줄 아는 생태적 인간이다. 오무의 촉수는 접촉하는 존재들의 생각과 마음을 읽을 수 있는 소통체이자, 치유의 힘을 갖는다. 또한 독을 뿜어내는 부해를 지키는 거대 벌레이다. 알고 보니 부해는 오염과 파괴의 숲이 아니라, 자정과 치유의 숲이었다. 인간은 부해를 파괴하려고 하고, 오무는 부해를 지키려고 한다. 나우시카의 능력이나 영웅적 행동력보다 오무의 생태적 능력과 윤리성이 더 탁월하다. 그렇다면 오염되고 황폐해진 지구를 구원하는 자는 누일까? 구원자가 있다면 그것은 나우시카가 아니다. 오무이다. 사실 오무보다는 오염 물질처럼 보이는 균류들이며, 더 밀고 나가자면 황폐해진 지구 그 자체라고 할 수 있다. 황폐해진 지구를 다시 살리는 것은 브루노 라투르가 어스 바운드(earth bound)라고 불렀던 지구에 부착된 모든 존재들, 즉 인간과 비인간들의 공동체이기 때문이다.

지금은 눈이 열네 개나 되고 수많은 다리와 촉수를 가진 거대 곤충 오무가 「바람계곡의 나우시카」의 실제 주인공이라고 말하는 시대가 되었다. 이른바 인류세의 시대가 도래했다. 2000년 대기화학자 파울 크뤼첸은 새로운 지질시대를 '인류세(人類世, Anthropocene)'로 명명해야 할 만큼 인간의 지질학적 힘과 개입이 막강하다고 비판하였다. 인류세란 층서학적 구분으로서 신생대 제4기 홀로세인 현재를 새로운 지질학적 개념인 인류세로 분리하자는 지질시대 개념이다.

인류세로 우리 시대를 명명한다는 것은 적어도 현재 인류 문명을 거대한 지구사적 관점에서 바라보는 행위이다. 지질학적으로 인류세를 대표하는 화석으로 방사능 물질, 플라스틱, 콘크리트 돌, 닭뼈를 꼽는 연구가 제출된 바 있다. 즉 인간의 뼈가 아니라, 인간의 문명적 효과들이 인류세를 규정할 수 있다는 것은 역설적이다. 인간이 막강한 지질학적 힘이라고 해도, 인간 그 자체가 인류세의 대표 화석이 될 수 없다. 인간이 지구의 주인으로 행세했지만, 사실 인간은 다른 자연물들과 함께 지구를 인간 중심적 시스템으로 변형시켰다고 봐야 한다.

인류세는 인간 중심주의를 근본적으로 회의한다. 문학이 인류세를 받아들여야 하는 이유이다. 근대문학은 영웅화된 근대 인간을 생산해 왔다. 근대는 문명/자연, 이성/몸, 정신/영혼, 과학/문화, 주체/객체를 이분화하는 구조로 작동된다. 근대는 이분법적 구조를 발명하면서 확장되었다. 근대적 인간이란 대립하는 두 항 중 앞의 항에 가치를 둔다. 두 항의 대립 효과는 단지 분리(차이)가 아니라 차별이 되었다. 뒤의 항을 배제하는 방식으로 근대가 만들어졌기 때문이다. 따라서 근대적 인간이란 이성적이며, 고양된 정신을 가지고, 과학적 합리성을 신뢰하며, 지리적으로 서구에 위치하고, 젠더적으로 남성을 말한다. 문학은 근대의 대립 구도를 비판했지만, 그 비판은 근대적 인간이 할 수 있는 최상의 이성적 행동이었다. 인간 중심주의는 근대의 이념이다.

그러나 브뤼노 라투르에 따르면 '인간은 한 번도 근대인이었던 적이 없'었다. 문명과 자연이 분리되고, 초월적 이성과 물질적 몸이 따로 존재한 적이 있었던가? '근대의 헌법'은 인간과 비인간의 분리에 기초한다. 그럼에도 역설적으로 근대적 헌법이 독려하는 것은 그 분리를 침해하는 혼종성들, 괴물들이다. 어마어마한 규모로 확장되는 하이브리드들. 라투르는 "누구도 근대인이었던 적은 없다. 근대성은 시작조차 하지 않았다. 근대 세계는 존재한 적도 없다."고 하였다.[1] 그는 근대의 헌법이 설명하기를 포기했던 모든 것을 포괄하여 비근대의 헌법을 소환한다. 여기서 중요한 것은 행위자이다. 라투르의 행위자는 인간과 비인간의 네트워크를 말한다.

인류세는 라투르의 비근대성에 대한 사유와 닿아 있다. 인류세는 인간을 화산 폭발이나 기후변화, 행성 충돌과 같은 지질학적 힘을 가진 존재로 본다. 인류세 담론에서 기점의 문제를 둘러싸고 벌어지는 논쟁을 보면, 인류세와 인간의 관계를 파악할 수 있다. 논자에

---

1 브뤼노 라투르, 『우리는 결코 근대인이었던 적이 없다』, 홍철기 역, 갈무리, 2009, p.128.

따라 인류세의 시작을 농경이 시작되는 시기(약 8,000년 전), 15세기 신대륙이 발견되던 시기, 19세기 산업혁명 시기, 20세기 인구 폭발과 핵실험 시기로 구분한다.[2] 인류세의 시작 시기를 8,000년 전부터 50-60년 전에 이르기까지 폭넓게 바라보지만, 공통적으로 인류 문명사에서 급진적 전환기를 포괄한다. 그렇게 볼 때 인류세는 인간의 문명사라고도 할 수 있다. 여기서 문명사란 자연을 정복하고 자원화하여 위대한 인류의 문명을 구축하는 역사로 이해할 수 있다.

이는 자연 착취, 과잉생산, 인간 중심주의의 다른 표현이기도 하다. 인류세는 이처럼 지구 단위에서 인간 종이 자연을 착취의 대상으로 삼아 빼앗고 착취한 유럽 제국주의적 백인 남성의 역사와 겹친다. 그래서 인류세는 자본세(Capitalocene), 플랜테이션세(Plantationocene), 열세(Thermocene), 소비세(Phagocene)와 같은 비판적 용어로 대체되기도 한다. 이는 인류세라는 용어가 서구 유럽 백인 남성 중심의 자본주의적 정치경제사라는 의미를 은폐하는 효과를 나타내기도 하기 때문이다. 인류 종은 누구인가? 그리고 지구를 자원화함으로써 손상시킨 책임은 누구에게 있는가? 유럽의 제국주의는 아시아, 아프리카를 식민화하고 자연을 파괴하면서 자신의 자원으로 삼았다. 지구 역사에 인간의 탄소 흔적이 강하게 남아 지구가 심각한 위기에 직면했다는 인류세의 경고는 인류 종 전체에게 향해 있는? 누가 더 환경분담금을 내고, 누가 더 많은 책임을 질 것인가의 문제는 세계 정치경제와 맞물린 복잡한 문제이다. 한국처럼 식민지 근대화 과정을 경험했다고 해서 20세기 초 제국주의 국가들에 책

---

2 김지성·남욱현·임현수, 「인류세의 시점과 의미」, 『지질학회지』 52권 2호, 대한지질학회, 2016, pp.166-167.

임을 돌려야 할 것인가? 한국은 1990년대 이후 탄소 배출량이 가파르게 증가하는 현상에 대해서는 침묵할 것인가? 이 문제는 주권국가들의 정치경제적 비전과 맞물린다. 그런 점에서 인류세란 단순히 지질학적 범주의 문제가 아니다. 지구사적 불평등이라는 복잡하고 해결하기 어려운 문제들과 연결되었다는 점에서 단순하지 않다.

여기서 내가 주목하는 것은 세계정치적 인류세 담론이 아니라, 인류세의 전략적 효과와 성찰에 대한 것이다. 앞서 말했듯이 인류세는 인간 중심주의를 근원적으로 비판하고 성찰한다. 인간의 문명과 과학기술은 정말 인간이 성취한 것인가? 농업의 발달은 누가 이루었는가? 신대륙은 정말 발견되었는가? 영국의 산업혁명은 영국인의 성취인가? 인구 폭발은 인간의 생식력 때문인가? 사실 농업 발달은 땅과 불, 개미와 박테리아, 식물과 새와 나비, 소와 돼지 등이 함께 이룬 것이다. 이 중 그 어느 하나가 빠져도 곡식을 거두기 어렵다. 신대륙 발견이라니! 신대륙에는 이미 인간과 동물이 살고 있었다. 그들에게 콜럼버스는 천연두를 옮기고 자신들을 쫓아낸 침략자일 뿐이다. 또한 영국의 산업혁명은 기계와 과학 실험, 실험실의 현미경, 공장의 기계들, 증기기관과 같은 비인간 행위자들이 함께 작동되었기 때문에 일어날 수 있었다. 20세기 인구 폭발은 집과 마차, 산부인과 병원, 생식세포, 현미경, 정자와 난자라는 물질들의 연결로 이어진 것이다. 그러므로 지구와 인간, 자연과 문명, 주체와 객체는 분리가 아니라 복잡하게 연결되어 있다. 그것이 분리된 적은 없다. 근대인은 그 분리를 이념화시켰다. 그러므로 인간의 문명은 인간의 것이 아니다. 수많은 비인간들의 협력과 저항의 역동적 네트워크가 우연히 혹은 필연적으로 만들어 내는 과정이었다.

「바람계곡의 나우시카」는 부해와 오무들, 균류들, 독성 물질과 나우시카가 함께 만들어 가는 인간-비인간의 서사라고 할 수 있다. 나우시카는 오염되고 손상된 지구에서 살아가는 모든 행위자들에 대해 예민하게 감각하고 소통하는 능력을 지녔다는 점에서만 특별하다. 나우시카가 인간이어서가 아니라 말이다.

2. 지구의 시간, 인간의 시간—쥐와 함께 춤을

인류세는 두 개의 모순적 시각이 엮여 있다. 지구의 시간과 인간의 시간, 거대서사와 지역서사가 동시에 중첩되어 있다. 동시에 연결되었다는 것은 무엇인가? 이 모순과 역설을 어떻게 해결할 수 있을까?

인류세 담론은 인간 중심주의, 유럽 중심주의, 백인 중심주의, 남근 중심주의, 이성 중심주의 등과 같이 인간의 역사에서 제대로 해결된 적 없는 불평등과 위계화의 문제를 포괄하고 있다. 그러나 인류세를 유럽, 백인, 남성, 합리성과 같은 특정 문제들에 집중하면, 지구라는 거대한 시야는 뒤로 물러난다. 아시아 한국의 강남역 근처에서 미세먼지를 흡입하는 20대 여성의 기관지에 초점을 맞출 때, 지구 단위의 기후변화와 세계화라는 지구 변동은 보이지 않는다. 지구의 시간이 뒤로 물러나는 난점이 있다. 마찬가지로 거대한 기후변화와 지질학적 시간에 초점을 맞추면 구체적 인간의 위치와 상황은 잘 보이지 않게 된다.

인류세는 인간이 상상하기 어려운 지구의 시간에 구체적 인간의 시간을 함께 사유해야 하기 때문에 간단치 않다. 지금 폐 속에 들어가 박히는 미세먼지는 거대한 기후변화의 지구 역사에서 비롯된 것이다. 기관지에 들어간 먼지가 목을 간지럽힐 때 재채기를 하는 행위는 문화적으로 체화된 아비투스가 작동한다. 서울숲에서 개와 함께 산책하는 한 노인의 시간에는 수십만 년 전부터 늑대에서 길든 개의 시간도 함축되어 있다. 산책하는 노인의 걸음에는 인간과 늑대의 동맹 관계로부터 시작된 초기 호모 사피엔스의 시간과 연결되어 있다는 사실을 간과해서는 안된다. 현재를 살아가는 인간은 지구의 오랜 역사의 산물이기도 하기 때문이다. 인류세는 두 개의 시간을 겹쳐 놓는 균열의 시간 지대라고 할 수 있다.

디페시 차크라바티는 인류세 담론에서 인류를 세 층위로 분석한다. 첫째, 모든 곳에서 동일한 인권을 지닌 보편주의적 인간, 둘째, 동일하지만 계급, 성, 젠더, 역사 등 차이를 지닌 탈식민적 인간, 셋째, 지구 행성의 지질학적 힘이자 기후변화를 야기하는 단일 종으로서의 인간이 그것이다. 세 층위의 인간이 어떻게 결합할 수 있을지 분명하게 제시하지는 않았지만, 인류세에서 인간이란 이제 지구적 인간 종의 개념까지 포괄하는 복잡한 의미망이 되고 있다는 점은 기억할 필요가 있다. 인류세에서 인간은 누구이고 누구여야 하는지 논쟁적으로 생각할 필요가 있다. 그는 전례 없는 범위와 규모로 확장된, 지질물리학적 힘으로서의 인간이 우리 사유의 지평에서 사라지지 않게 하기 위하여 개념적 균열에 집중한다. 지구 시스템의 긴 역사와 인간을 기록한 역사가 조우하고 얽혀 있다는 사실에 주의를 기울인다. 그는 이를 통해 인간 중심주의와 비인간 중심주의 간의 오랜 논쟁에 근본적인 변화를 초래하였다고 지적하였다. 그는 불평등한 인간의 지평은 줌 인으로, 역사 밖 지구로 시야를 넓힐 때는 줌 아웃의 시각을 요구한다.[3] 그러나 그런 방식으로 보아야 한다면 인

---

3 Dipesh Chakrabarty, "Postcolonial Studies and the Challenge of Climate Change", *New Literary History* 43.1, Winter. 2012; "Whose Anthropocene?:

간은 사이보그가 되어야 할지도 모른다. 인간의 몸은 시각적 한계가 분명하기 때문이다. 현미경과 망원경의 안구를 장착한 사이보그 인간, 즉 비인간의 존재일 때 가능하다. 줌인 줌아웃의 눈을 탄력적으로 사용한다는 것은 그만큼 어렵다는 얘기다.

인류세에서 문학의 서사는 지구 단위로 확장하면서 동시에 특수한 지역을 확보해야 한다는 점에서, 자연과 인간의 오래된 역사와 관계를 재배치해야 한다. 오늘 나와 함께 산책한 반려견은 단지 나에게 밥을 달라고 꼬리를 흔드는 귀여운 개가 아니다. 개와 인간의 역사는 초기 호모 사피엔스 시대로 거슬러 올라간다. 오랜 동맹 관계 속에서 오늘에 이른 것이다.

고생물학자이자 인류학자인 팻 시프먼(Pat Shipman)은 『침입종 인간』[4]에서 호모 사피엔스와 개의 동맹 관계를 인류학적으로 추적하면서 인간을 '침입종'으로 규정한다. 시프먼에 따르면 13만 년 전 아프리카에 거주하던 호모 사피엔스는 네안데르탈인이 거주하는 레반트 지역(중동 지역)으로 대규모 침입을 시작한다. 결국 네안데르탈인은 멸종하고 호모 사피엔스는 인류의 조상이 되어 1만 년 이상 온화한 지구에서 문명을 구가한 것이다. 그러나 네안데르탈인이 멸종한 것은 그들이 어리숙하거나 서툴고 열등하기 때문이 아니었다. 그들은 척박한 기후변화 속에서 자신만의 보수적 입맛과 사냥 방식을 지켜 나갔을 뿐이다. 하지만 그것이 문제였다. 몸집이 작았던 호모 사피엔스는 대형 포식자들과 경쟁하며 승리했다. 이 시기 육식을 했던

A Response"(Whose Anthropocene?: Revisiting Dipesh Chakrabarty's "Four Theses"), *RCC Perspectives* 2, 2016.
4 팻 시프먼, 『침입종 인간』, 조은영 역, 푸른숲, 2017.

동굴곰, 동굴사자, 동굴하이네나 등은 두 호미닌(사피엔스 계보의 종)과 먹이 경쟁과 거주지 경쟁에서 지고 만다. 게다가 네안데르탈인은 침입종인 호모 사피엔스와 전쟁을 벌인 적은 없지만, 경쟁에서 밀려났다고 보았다. 네안데르탈인은 육식 중심이었고, 매복 사냥을 주로 했으며, 숲과 같은 곳에서 주로 서식했다. 반면 호모 사피엔스는 원거리 투척 무기를 사용할 줄 알고, 잡식성이었으며, 이동하면서 서식지를 다양화했다. 수십만 년이 지나는 동안 극심한 기후변화가 반복되었다. 서식지 파괴 및 먹이 경쟁은 두 호미닌을 멸종과 생존의 갈림길에 서게 했다.

시프먼은 호모 사피엔스의 생존에 가장 강력한 변수는 늑대와의 동맹 관계였다고 보았다. 이들이 유라시아에 도착한 이후 1만 년도 채 안 되어 개를 길들이기 시작했다는 것이다. 개의 가축화는 농경이 시작된 이후가 아니다. 개의 조상은 쓰레기장이 아니라 다른 경로로 인간의 주변에 머물기 시작했다. 극심한 기후변화는 반복적이었는데, 먹이 경쟁을 하던 늑대들도 인간이 필요했다. 거대한 매머드 뼈 무덤 주변에는 늑대-개의 뼈가 발견되곤 하는데, 이는 인간과 늑대의 협업을 증명한다. 가축화 과정은 언제나 쌍방향이다. 인간이 야생동물을 길들여 소유하는 것이 아니다. 시프먼은 이 동맹 관계의 원천적 이유는 호모 사피엔스가 '살아 있는 도구'를 창조함으로써 인간이 가지지 못한 동물의 유용한 능력을 빌리려는 것이었다고 보고한다. 가령 1950-60년대 러시아 유전학자 벨라예프의 은여우 길들이기 프로젝트는 단시간에 유전자 조작을 통해 인간에게 친밀한 은여우를 생산하는 데 성공한다. 쌍방적 길들이기는 그렇게 어렵지 않다. 호모 사피엔스는 3만 년 이상 늑대와의 협업을 통해 다른 경쟁 포식자들을 멸종하게 했다. 그리고 지구의 주인으로 군림하기 시작했다.

결정적으로 시프먼은 인간다움에 대해 묻는다. 수십만 년 전 지구의 침입종으로 살아남은 인류는 다른 생물종에 끼치는 영향력에 대해 이해할 필요가 있다고 주장한다. 호모 사피엔스의 적응 능력 중 가장 핵심적인 것은 늑대로부터 능력을 빌리는 것이었다. 그러므로 우리는 누구인가? 우리 인간은 지구 침입종이고, 동물이며, 지구 생태계의 구성원이고, 개의 오래된 동료이다.

인간은 누구인가? 스핑크스의 수수께끼는 인간은 누구인가를 묻는 근원적 질문이다. 처음엔 네 다리, 다음엔 두 다리, 그다음엔 세 다리로 걷는 것은 무엇인가? 인간이다. 네 다리로 걷는다는 것은 동물성을 말한다. 두 다리는 인간성, 세 다리는 지팡이라는 기술을 장착한 포스트 휴먼성이라고 말해도 좋을 것 같다. 인간은 인간이면서 동물이다. 우리의 동물성을 이해한다는 것은 다른 생물종과의 관계를 평등하게 인식한다는 것이고, 나아가 인간 우월주의를 벗어나 지구적 삶을 사유하는 것이다. 그것은 지구의 시간과 인간의 시간이 얽혀 있는 시간성을 동시에 인식하는 일이다.

정유정의 소설 『28』과 편혜영의 소설 『재와 빨강』은 인간과 동물과의 관계를 성찰하게 함으로써 지구의 시간과 인간의 시간을 사유하게 한다. 『28』은 인수공통감염병이 한 도시로 빠르게 퍼져 나가면서 인간과 동물들이 무참하게 죽어 가는 과정을 그린다. 여기에는 통치 권력이 전염병을 어떻게 관리하는지, 인간의 폭력성이 어떻게 자신과 가족을 살육하는지, 전염병이 창궐하는 위기 속에서 가족애란 무엇인지, 그것이 인간만의 것인지 아닌지를 묻는다. 이 소설에서 개가 전염병의 근원이라고 보지만 사실상 인수공통감염병은 인간과 개의 공동의 것이다. 이 소설에서 전염병은 인간이 개와의 동맹 관계를 무참히 짓밟았을 때 발생한다.

순간, 발밑에 둥글고 물컹한 물체가 밟혔다. 움찔해서 발을 치웠으나 이미 우두둑, 소리를 들은 후였다. 기분 나쁜 직감이 허벅지를 긴장시켰다. 헬멧 불빛이 비추는바, 그가 발을 디딘 곳은 베란다에 놓인 사과 박스 안이었다. 발로 밟아 바순 건 그 안에 드러누운 강아지 머리통이었다. 운동화 밑창에는 뭉개진 눈알이 들러붙어 있었다.[5]

인수공통감염병의 진원지인 화양아파트에 신고받아 들어간 119 구조대원 기준이 본 것은 아무렇게나 죽어 나자빠진 개들의 사체다. 이곳은 개 번식업자의 집이었다. 시프먼의 관점에 의하면 개는 수십만 년 전부터 인간과 동맹 관계를 맺어 온 지구의 동료라고 할 수 있다. 그런데 인간은 동맹 관계를 깨트리고 개를 번식 기계로 전락시켰다. 개가 동료가 아니라 학대의 대상이 되는 그곳에서 인수공통감염병이 발생한 것이다. 인수공통감염병은 개와 인간이 모두 동물이라는 사실을 드러낸다. 이 소설은 일상화된 재난을 소재로 한 아포칼립스 소설의 한 부류인데, 동시에 인류세의 시간을 전제로 한다. 개는 수십만 년 전부터 인간과 진화를 거듭하고 호모 사피엔스의 생존에 중요한 역할을 한 오랜 친구 관계였다. 개와 인간의 관계는 지구의 시간과 인간의 시간이 겹쳐져 있다.

편혜영의 『재와 빨강』에는 쥐가 나온다. 쥐는 오랫동안 인간의 곡식을 훔쳐 먹는 동물이면서 부와 다산을 상징하는 기호이기도 하다. 우리는 쥐띠 인간에게 먹을 복이 많고 부지런한 부류라고 의미를 부여하곤 한다. 그럼에도 쥐는 언제나 인간에게 성가신 적이었다. 하멜른의 피리 부는 사나이는 쥐 떼를 몰고 바다로 가 빠트리는 비상

---

5 정유정, 『28』, 은행나무, 2013, p.20.

한 재주를 가진 인간이다. 인간의 문화사에 한 전형으로 살아남아 여전히 쥐 떼와 함께 소환된다. 그러나 피리 부는 사나이가 인류사에 기억될 수 있는 이유는 쥐가 인간 가까이에 존재한다는 사실 때문이다. 쥐 없이 하멜른의 피리 부는 사나이는 존재할 수 없다. 이 이야기의 주인공은 누구인가? 이것은 쥐와 인간이 함께 만든 이야기이다.

> 쥐였다. 그는 재빨리 코펠 손잡이를 잡아 어둠 속으로 재게 발을 놀리는 쥐를 향해 내던졌다. 쥐가 달아나려고 우왕좌왕했다. 그는 손에 힘을 주어 코펠을 찍어 눌렀다. 순전히 먹을 것을 쥐에게 빼앗기기 싫어서였다. 뭔가가 툭 터져 나오는 느낌이 고스란히 전해졌다. 딛고 있던 땅이 쑥 꺼지는 느낌이었다. 그 때문에 자신이 두 번 다시 쥐를 잡지 않겠다고 결심한 게 떠올랐다. 다시 한번 쥐를 잡으면 사람이 아니라 쥐라고 여기겠다던 오래전의 생각도 떠올랐다. "아, 자네 정말 재빠르군그래"[6]

이 소설은 전염병이 창궐하는 C국의 쓰레기 더미 속에서 쥐와 함께, 쥐 덕분에 살아남는 남자의 이야기이다. 정유정의 소설처럼 재난 서사이자 아포칼립스 소설이다. 그러나 정유정이 개에 대한 인간의 무한한 책임 윤리를 드러낸 반면, 편혜영은 쥐와 함께 쓰레기 더미에서 쥐처럼 살아남는 생존 윤리를 보여 준다. 그래서 정유정 소설의 주인공은 자기희생을 통한 숭고한 죽음을 맞이하지만, 편혜영 소설의 인물은 더러운 지하에서 쥐와 함께 공존하고, 쥐를 잡으며

---

6 편혜영, 『재와 빨강』, 창비, 2010, p.173.

쥐처럼 살아남는다.

쥐 역시 지구의 역사에서 인간과 함께 네트워크를 이루는 동물이다. 인간은 쥐를 박멸하려고 노력했지만 한 번도 성공한 적이 없다. 여전히 쥐는 인간과 같은 장소에서, 인간과 함께 살아가고 있다. 여섯 번째 대멸종이 진행되는 지구의 시간에서 인간과 쥐는 동일한 서식지에서 생존하고 있다.

인류세의 시간이란 이처럼 지구의 시간과 인간의 시간이 동시에 엮인다. 이 두 개의 시간은 동시에 존재하지만 균열을 드러낸다. 인간은 동물이며, 다른 지구 종과 함께 네트워크를 이루며 살아왔다는 사실을 부인하기 어렵다. 우리는 한 번도 자연과 분리된 문명 속에서 살아 본 적이 없다. 우리는 비인간들과 함께 지구에서 살아왔으며, 앞으로도 그러할 것이다.

3. 멸종의 시간, 구원의 시간—박테리아, 시체, 맘모스

아포칼립스의 정치성은 현실을 극단적으로 부정하는 비판 정신에 의해 발생한다. 파국은 SF에서 즐겨 쓰는 플롯인데, 이는 지구 단위의 파멸을 상상하는 데 좋은 장치이다. 하지만 부패한 인간 시스템 전체를 파멸시키고 새로운 구원의 시간을 고대하는 자는 지구 단위의 대멸종을 상상하면서 동시에 구원을 탐색한다. 「바람계곡의 나우시카」는 거대한 곤충 오무와 독소를 뿜어내는 부해에서 구원의 실마리를 찾는다. SF 아포칼립스 서사에서 파국은 결국 구원 찾기이다.

그러나 인류세의 관점에서 본다면 그러한 구원은 없다. 인류세는 손상된 지구에서 어떻게 살아가야 하는가라는 윤리적 삶을 요청한다. 그 윤리성을 어디에서 찾을 수 있을지 아직은 아무도 모른다. 그럼에도 오래전부터 시인들은 파국의 윤리성을 탐색하고 인류세적 관점을 견지했다.

하아!四十年동안에最初로한失手는
低氣壓과「페쓰토」라고給仕란놈은窓밖에서웃었다
빡테리아 빡테리아
———그힘은 偉大하다
———그힘은 偉大하다
○
一分間에한마리式잡아삼키니
十六億分이면———時間換算은성가시다
=地球는寒이다
=地球는寒이다
「빡테리아」는 地球를 抱擁하고哄笑한다
크게———
크게———
(그웃음은黑色四邊形에培數로增大한다)

—임화, 「지구와 박테리아」(1927) 부분

카프의 수장이었던 임화는 1920년대 후반 다다의 영향을 받은 「지
구와 박테리아」를 발표한다. '만국의 프롤레타리아여 단결하라'는 국
제적 감각은 지구 단위의 상상으로 나아갔다. 지구적 삶뿐 아니라,
프롤레타리아 계급을 유물론적 힘으로 바꾸는 것은 박테리아다. 박
테리아는 육안으로 보기 힘든 아주 작은 단일 세포 생물이며, 증식의
속도는 엄청나다. 또한 지구에서 살아가는 생물종에서 가장 규모가
큰 집단일 것이다. 임화는 프롤레타리아 계급과 박테리아를 유비한

다. 임화에게 박테리아는 강력하다. 박테리아에 의해 발생한 페스트 역시 인간을 한 번에 거꾸러뜨릴 힘을 가진 행위자이다. 인간보다 더 많으며, 인간을 잡아 삼킬 수 있는 박테리아의 힘은 "위대하다". 사실 박테리아는 지구 역사의 초기부터 존재해 온 테라포머(terraformer)이다. 임화는 그 박테리아로 다시 지구 만들기를 구상한다.

임화의 이 시에서 지구적 삶은 파국으로 치닫는다. 사무원은 페스트에 걸려 급사했다. 하위 계급인 급사는 페스트의 위대함을 아는 자이지만, 페스트에 걸리지 않으리라는 보장이 없다. 시는 인간에게서 박테리아로 이동한다. 박테리아는 지구를 포옹하면서 붉게 웃는다. 인간의 멸종이 곧 지구의 멸종을 말하는 것은 아니다. 박테리아는 인간과 함께 지구를 포옹하고 있지만, 인간의 죽음 이후에도 지구를 포옹할 것이다. 인간이 사라진다고 해서 박테리아에게 무슨 일이 일어나겠는가. 이처럼 포스트 휴먼적 삶은 인간 중심주의를 벗어난다.

겨울에 바다에 갔다.
갈매기들이 끼욱거리며 흰 똥을 갈기고
죽어 삼 일간을 떠돌던 한 여자의 시체가
해양 경비대 경비정에 걸렸다.
여자의 자궁은 바다를 향해 열려 있었다.
(오염된 바다)
열려진 자궁으로부터 병약하고 창백한 아이들이
바다의 햇빛이 눈이 부셔 비틀거리며 쏟아져 나왔다.
그들은 파도의 포말을 타고
오대주 육대양으로 흩어져 갔다.

죽은 여자는 흐물흐물한 빈껍데기로 남아

비닐처럼 떠돌고 있었다.

세계 각처로 뿔뿔이 흩어져 간 아이들은

남아연방이 피터마릿츠버그나 오덴달루스트에서

질긴 거미집을 치고, 비율빈의 정글에서

땅속에다 알을 까 놓고 독일의 베를린이나

파리의 오르샹가나 오스망가에서

야밤을 틈타 매독을 퍼뜨리고 사생아를 낳으면서,

간혹 너무도 길고 지루한 밤에는 혁명을 일으킬 것이다.

언제나 불발의 혁명을.

겨울에 바다에 갔었다.

(오염된 바다)

—최승자, 「겨울에 바다에 갔었다」 전문

오염된 바다에는 누가 사는가? 여자 시체가 산다. 바다는 오염되어 있고, 여자의 자궁은 바다로 열려 있으며, 그 자궁에서 창백한 아이들이 쏟아져 나온다. 바다에 떠 있는 비닐처럼 여자는 세계 각지로 떠돈다. 남아공의 피터마릿츠버그에서 비율빈으로, 독일 베를린이나 파리 오스망가로 떠돈다. 시에서 여자는 바다의 쓰레기로 은유된다 보다, 동일한 물질로 보인다. 문명의 발달은 여자를 폐비닐로 처리한다. 멀리서 보면 그 둘은 구분하기 어렵다. 그러므로 은유가 아니라 같은 물질의 다른 이름이라고 불러도 좋을 것이다. 여자는 매독을 퍼뜨리는 오염의 진원지이며 사생아를 낳는다. 아이들은 오염된 바다에서 죽어 갈 것이다. 세상의 모든 아이들이 죽는다면 인간은 멸종할 것이다. 최승자의 이 시는 아포칼립스적이다. 구원은 어디에 있는가? 어디에도 없고, 어디에도 있다.

　차고 검은 바닷물의 미간 유약하게 빛나는 주름들. 나는 밤바다를 본 일이 없으므로, 다만 그것을 몸이라고 부르기로 한다. 몸은 차가운 거구나 나중에 생각하길 그러했다. 사방은 온통 적요. 발밑까지 와 있던 몸들이 찰방거리며 먼 곳으로 돌아가는 것을 끝까지 지켜본다. 이 도시에는 자신을 주머니쥐라고 믿는 맘모스와 용이 있다.

　직업이 생겼다.
　간이 도시에서 멸종 직전의 용을 관찰하는 단기 계약직.
　소문이 걷는다.
　사실은 조련사들을 감시하고 보고서를 쓰는 일이야 그들은 용을 해치거나 용을 풀어 주곤 하지.

　(중략)

　처음엔 조련사. 다음엔 용. 그리고 감시자를 보냈다. 멸종 직전의 용과 멸종 직전의 용 말고는 아무 관심이 없는 이들과 이미 도시에서 기록이 지워지기 시작한 내가 여기 와 있다. 우리는 자라지 않는다. 멸종을 위한 직업이 생겼다. 도시를 덮은 공사 중 천막들이 출렁인다. 복원된 맘모스들의 귀가 일렁이고 주름과 미간이 주머니 속에서 앞으로 걷는다.
　　　　　　　　　　　　　—김문경, 「멸종을 위한 직업이 생겼다」 부분

"멸종을 위한 직업"은 곧 멸종할 것이다. 간이 도시에 사는 주머니쥐들이 있다. 이들은 원래 맘모스와 용이지만, 자신을 주머니쥐라고 믿고 살아간다. 그래야 멸종되지 않을 테니까 말이다. 그러나 공무원들은 멸종 직전의 용을 감시한다. 공무원의 일이란 그런 것이다. 그 일을 위해 단기 계약직이 만들어지고 나는 그 업무를 보고 있다. 용은 곧 멸종할 것이므로 이 직업도 사라질 것이다. 그러나 이미 이 도시에서 나는 기록이 지워지고 있다. 자신도 곧 멸종될 것이다. 나는 멸종되어 가면서 멸종될 직업을 갖고 생존한다. 이 시에서 생존한다는 것은 무엇인가? 맘모스와 용들은 주머니쥐의 모습으로 멸종을 늦추고, 주머니쥐들은 쥐답게 인간과 함께 살아간다. 인간의 눈에 띄면 구제당해야 하므로 인간의 눈을 피해 인간 가까이에 숨어 있다. 멸종의 게임이다. 역설적이게도 멸종된 생물은 복원된다. 공무원들은 멸종된 맘모스를 복원한다. 그것이 공무원의 일이다. 나는 멸종되고 복원된 맘모스의 주름 속을 걷는 주머니쥐다. 사실 주머니쥐는 맘모스나 용이기 때문이다. 이미 멸종된 나는 멸종당할 위협 속에서 멸종 직전의 직업을 구해 멸종의 시간을 유보하고 있다. 도대체 나는 누구인가?

맘모스의 시간은 멸종의 시간이며, 복원된 맘모스의 시간은 인간의 시간이다. 멸종과 생존의 두 시간이 겹쳐지는 이 균열의 지대가 우리 앞에 도래한 인류세의 장소이자 시간이다. 우리는 나우시카의 시간과 오무의 시간이 동시에 펼쳐지는 인류세라는 새로운 지질시대에 있다. 여섯 번째 대멸종은 조금 늦출 수는 있겠지만, 멸종의 시간은 우리와 함께 흐를 것이다. 서서히 그러나 너무 빠르게 지구의 동료들은 멸종되어 가고 있다. 우리는 멸종의 현장에 있다.

다나 해러웨이는 지구의 반려 종과 함께 살아가기를 요청한다. 해러웨이는 '반려 종 선언'에서 반려 종은 개와 가축과 같은 동물만을 지칭하지 않는다. 인간의 몸은 반려 친족들이 뒤엉켜 살아가는 행성과 같은 곳이다. 나의 몸은 10% 인간 게놈이 있고 나머지 90%는 세균, 균류, 원생생물의 게놈으로 채워져 있다. 해러웨이는 그러한 사실이 너무 기쁘다고 말한다. 나의 몸은 작은 반려 종들이 훨씬 많기 때문에 인간은 이 식사 동료들과 함께 살아간다. 즉 인간의 몸은 수많은 반려 종과 함께 성장하고 살아가는 터전이다. 그러므로 아이들을 낳지 말고 '친척'을 만들라고 요청한다.[7] 박테리아는 우리의 친척이고, 쥐나 개 역시 우리의 동료이다. 맘모스나 공룡은 간접적인 과거의 친척이다. 인간이 강력한 지질학적 힘으로 작용하게 되면서 지구가 손상되는 속도가 빨라지고 있다. 우리는 쥐와 개들과 춤을 추고, 박테리아와 함께 식사를 하며, 오염된 바다에서 머리를 감고, 그리고 사생아를 낳는 일을 계속한다. 우리는 지구의 동료들을 끌어안고 웃거나 슬퍼하며 함께 살고 죽어야 한다. 인간은 한 번도 자연을 정복한 적이 없었고, 쥐를 박멸한 적도 없었으며, 박테리아와 분리된 적이 없었다. 인류세는 우리가 누구인지, 누구와 함께 살아가야 하는지를 근원적으로 묻는다.

---

7 Donna J. Haraway, *Staying with the Trouble*, Duke Univ Press, 2016, p.102.

혼종적 말하기의 지정학적 위치와 정치성
―황병승과 채상우의 시

1. 혼종성의 발생 조건

뒤섞이고 유동하고 결합하는 문화로서의 혼종성(hybridity)은 이제 현대적 삶의 조건이 되었다. 잡종, 쓰레기, 뒤죽박죽이라는 경멸에서부터 대립적인 것들의 조화와 세계화에 대한 저항이라는 찬사에 이르기까지, 혼종성을 바라보는 시각은 다양하다. 우리는 혼종성의 문제를 현상적 설명이 아니라 그것을 바라보는 위치 주체의 관점에서 (정치적으로) 바라볼 필요가 있다. 다양하다는 것 자체만으로는 정치적 난제들을 해결해 주지 않기 때문이다. 지구화 과정은 근대 이전과의 단절에서 오는 새로움이 아니라, 근대 체제 하에서 꾸준히 진행해 온 사회역사적 현상[1]이라는 이매뉴얼 월러스틴의 말을 생각한다면, 지구화의 효과로 나타나는 혼종성의 문제는 근대 체제에 내재한 일상적 현상이다. 가령 서구와 비서구 간의 문화 번역과

---

1 이매뉴얼 월러스틴, 『미국 패권의 몰락』, 한기욱 외역, 창비, 2004, p.65.

상호 침투, 이종교배 작용은 근대를 지속적으로 추동한 내적 요인이다. 이는 한국 근대문학의 발생 지점에 세계적 상상이 필연적으로 개입하였다는 데서도 알 수 있다. 가령 이광수의 조선문학은 비조선적 세계성에 의해 구성되고, 최남선의 신시는 근대라는 외부에 대한 열정에 의해 발생한 경우에 해당한다. 최근 다문화적 상황이나, 이주노동자의 유입, 한류와 같은 현상들은 전 지구화의 속도가 빨라지면서 나타나는 혼종문화의 현상이라고 할 수 있다.

근대는 개인, 계몽, 진보, 합리성이라는 서구 중심의 근대적 가치가 보편성을 획득하면서 전 지구적으로 확장한 역사적 시스템이다. 따라서 혼종성은 단순히 문화적 측면으로만 접근할 수 없다. 그것은 세계 체제 시스템 혹은 글로벌리즘이라는 근대적 구성 요소의 현실적 효과라는 점에서 복합적인 특징을 갖는다. 또한 문학(서정시)에서 장르적 혼종성의 문제를 미학적 차원에서만 구성하는 일 역시 부분적 한계를 갖는다. 따라서 혼종성의 보편적 흐름과 구체적 현상을 동시에 이해하지 않고는 혼종적 텍스트를 정확하게 해명할 수 없다.

문학의 혼종성 문제는 문학의 자율적이고 내재적인 논리에 형성된 미학적 특성 이상의 의미를 갖는다. 비문학적인 것, 하위문화적인 것, 비언어적인 것, 컬트적인 것, 타 장르적인 것, 이질적인 것들이 텍스트 안으로 서슴없이 들어와 고유한 장르 의식의 기저를 흔드는 2000년대 한국문학의 경향은 사실 작가들의 실험의식, 혹은 탈장르적 모험에 의한 것이라기보다는, 그것이 좋은 의미든 나쁜 의미든 글로벌한 혼종성의 한국적 특수성의 효과라고 볼 수 있다. 2000년대 중반 미래파의 등장은 키치적이고 캠프적 특성을 갖는데, 이는 미래파 시의 독창성 혹은 특이성으로만 읽어 낼 수는 없다. 왜냐하면 저급문화에 대한 취향, 하위주체적 정체의 문학적 전유 방식은 전 지구적 혼종문화의 특성이기 때문이다.

나는 여기서 '전유(appropriation)'라고 말했다. 전유란 자신의 조건들을 타인에게 맡기지 않고 스스로 장악하고 주체적으로 관리하는 창조적 태도이다.[2] 혼종성의 특징은 문화적 번역, 중심부/주변부의 경계 흐리기, 탈중심성, 차용, 상호 침투, 포용, 모방, 문화 변용, 문화 횡단, 이종교배, 전유 등의 용어들로 설명할 수 있는데, 이 경쟁적 개념 중에서 내가 주목하는 바는 전유의 특징이다. 전유는 어떤 위치에서 누가 말하는가의 문제와 관련이 있다. 혼종성이 일국적 차원이 아니라 전 지구적 차원의 사건이라고 할 때, 이른바 세계의 중심부(유럽, 미국)에서 벗어난 주변부 세계에서 혼종성은 중심부의 혼종성과는 다른 특징을 갖는다. 중심부/주변부라는 이원적 세계 분할 방식은 근대화 과정의 동인이면서 동시에 효과라고 한다면, 전 지구적 차원에서 세계를 바라볼 때 중심부란 지구의 부분으로서의 중심이다.

주변부 세계에서 혼종성이란 중심부적인 것과의 혼종화 과정이다. 혼종화는 중심부의 혼종화라는 문화적 취향의 재현이 아니다. 이때 혼종 주체의 지정학적 위치를 고려하면서 혼종문화를 읽어 낼 필요가 있다. 그렇지 않으면 우리는 포스트모던적 해체에 열광하면서 우리의 위치를 중심부적인 장소로 의도적인 오해를 통해 위치 짓게 된다. 이는 자기 인식(구성) 방식을 환상적으로 처리함으로써 진실을 외면하려는 태도에 불과하다. 푸코가 근대인의 죽음을 선언할 때 누가 말하는가는 중요하지 않다고 말했지만, 비서구적 세계에서 혼종성의 주체는 누구인가, 누가 말하는가는 여전히 중요한 문제이다. 왜냐하면 푸코에게 그 '누구'란 늘 근대의 최전선에서 합리성으

---

2 앙리 르페브르, 『현대 세계의 일상성』, 박정자 역, 기파랑, 2005, p.355.

로 무장하고 근대적 진보를 진리로 아는 자였으며, 그는 늘 먼저 무언가를 말했던 자였기 때문이다. 그러나 세계 체제에서 주변부인 한국문학의 혼종성은 '누가 말하는가, 어떻게 말하는가, 왜 말하는가'라는 문학적 주체의 정체성과 연관되어 있다. 따라서 혼종적 주체의 지정학적 위치를 고려할 때 전유의 방식은 유의미하다. 물론 이러한 상황은 문학의 계몽적 말하기가 아니라, 사소한 취향의 문제일 수 있으나 그것만으로는 부족하다는 게 내 생각이다. 우리의 문학적 위치 혹은 말하기의 방식이 한국문학의 내적 논리의 발전과 확장이라는 지루한 평가는 우연하게도 국가라는 견고한 통치 제도 내부를 벗어나지 않은 태도와 연관된다. 텍스트는 이미 민족국가를 벗어나 전지구적 혼종성을 향해 나아가고 있는데, 비평은 일국적 차원에서 혼종 주체의 성격을 파악하는 정도에 머물러 있다. 오해하지 말 것은 비평이 세계적 차원에서 한국문학의 혼종성을 읽어 내라는 주문은 아니다. 그와 같은 작업은 필요한 일이지만, 비평계 전체가 해야 할 과제는 아니기 때문이다.

비평은 혼종 주체의 혼종성이 얼마나 아방가르드한가, 얼마나 새로운가, 어떤 취향인가에 대해서만 질문할 게 아니라, 왜 말하는가, 어떤 혼종 주체인가, 왜 혼종성을 선택했는가라는 정치적 차원에서도 질문할 필요가 있다. 그렇지 않을 때 보편화된 혼종성 개념은 우리 문학에서 무의식적 재현 효과를 발생시킬 위험이 있다. 가령 수전 손택의 캠프적 취향을 "과장, 공상, 열정, 순진함 등이 적절하게 혼합된" "속물 취향"[3]으로만 읽어 내는 일은 손택의 캠프적 혼종성과 한국문학의 캠프적 혼종성을 동일화하는 것이다. 거기서 보완해

---

3 수전 손택, 『해석에 반대한다』, 이민아 역, 이후, 2002, p.422, p.433.

야 할 것은 손택의 캠프적 취향이 전 지구적 차원의 보편성을 획득
하고는 있지만, 우리에게는 구체적 보편성을 선취해야 할 과제이다.
즉 시의 혼종성을 형식 실험이나 언어 실험으로만 한정하지 말아야
한다는 것이다. 실험이라는 말에는 모든 시적 행위와 책임이 작가에
게 환원되고, 시의 모더니티를 진보의 방향에서 해석하려 함으로써
시 장르의 문법을 강화·확장하려는 태도가 개입되어 있다는 점을
명심할 필요가 있다.

　혼종성에 대한 외재적 이해 방식에 대해서는 라틴 아메리카의 문
화연구 진영인 '근대성/식민성 그룹'의 트랜스모더니티 개념을 참조
할 수 있다. 이들은 래디컬한 관점으로 혼종문화를 해명하고, 혼종
주체의 지리정치적 위치에 대한 새로운 시각을 제공한다는 점에서
세계 체제의 중심부적 시각을 탈각하는 데 유용한 논리를 제공한다.
이들에게 근대성은 서구의 근대성이 아니라, 근대성/식민성의 동시
적 작용을 말한다. 식민성이 근대성의 다른 이면이라는 주장은 근대
성에 대한 서구 중심적 시각에 대한 비판을 담고 있다. 근대성의 신
화가 은폐한 타자적 차이, 즉 유럽적 보편성이 갖는 동일성의 논리
에 통합되고 배제된 타자들에 대한 급진적 인식을 '식민적 차이'라고
할 수 있다. 이것은 중심/주변, 유럽/비유럽, 제국/식민, 북부/남부,
백인/원주민, 남성/여성 간의 근본적 차이에 대한 인식을 말한다. 이
러한 근대적 인식론에 대한 비판은 '우리 모두는 권력관계 안에 있
는 특수한 위치에서 발화'한다는 지식의 상황성과 인식 주체의 지리
정치적 위치를 강조한다. 서구의 비판적 지식인들은 지리정치적 위
치 때문에 근대성 내부에서 근대성을 비판하거나 해체할 수밖에 없
으며, 식민적 차이에 대해 무지하며, 근대성의 신화에 의해 억압된
타자들의 문화에 무관심하고, 다른 문화의 복수성을 고려하지 않은

채 유럽 문화의 보편성을 내부에서 비판하는 차원에 머물러 있다. 반면 비서구인들의 지리정치적 위치는 근대성에 대한 타자성과 식민성의 관점에서 근대를 비판하고, 식민성의 차이를 체감하고 있으며, 타자들의 관점에서 근대성을 비판하기 때문에 급진적이고 근본적일 수 있다. 즉 이 그룹은 근대 세계 체제의 외부에서 비판할 수 있는 지정학적 위치를 점한다는 점에서 유럽 중심적 근대 시스템을 근원적으로 비판한다. 또한 혼종문화에 대해서도 서구적 근대에 의해 배제된 외부적 타자, 즉 서벌턴의 입장에서 접근할 수 있다는 점에서 일정한 정치성을 확보할 수 있다. 혼종문화가 전 지구적 현상이라고 할 때, 서구 중심의 근대가 아니라, 이 그룹의 주장은 서구 중심주의적 혼종문화로 축소될 위험으로부터 벗어나게 해 준다는 데서 참조할 만하다. 이들은 '복수 문화적이고 다재다능하고 탈식민적이고 다원적이고 관용적이며 민주적'이라는 혼종문화를 요청하고 있다.[4]

앞서 말했지만 혼종성의 문제는 전 지구적 삶의 조건이라는 점에서 혼종문화 자체의 미학만으로 설명하는 데는 한계가 있다. 이질적인 것들이 뒤섞이고 유동하고 결합하고 상호 모방하며 침투한다는 것만으로 근대의 이분법적 원리가 곧바로 해결되지 않기 때문이다. 혼종성 그 자체의 미학만으로 긍정적 가치를 갖기 어렵다. 서구 중심적 혼종문화를 재현하고 증식하는 방법으로는 혼종문화의 정치성을 찾을 수 없기 때문이다. 따라서 혼종성을 말하는 자는 누구인가, 말하는 자의 지정학적 위치는 어디에 있는가, 왜 혼종적 말하기를 선택하는가라는 질문이 필요하다.

나의 관심은 혼종문화의 미학적 특성과 한국시의 장르적 혼종성

---

4 김용규, 『혼종문화론』, 소명출판, 2013, pp.78-119 참조.

을 규명하는 데 있다기보다, 혼종성의 발생적 조건과 어떤 혼종 주체의 말하기인가에 대한 정치성을 탐색하는 데 있다. 정치란 통치가 아니며, 권력 질서의 승인이 아니다. 랑시에르의 말처럼 정치란 자리와 기능을 분배하는 치안 논리와 그것을 방해하는 평등 원리가 불화하는 현장에서 발생한다.[5] 이 글은 한국시의 혼종성이 어떻게 서정시의 치안 질서를 방해하고 정치성을 갖게 되는가에 대한 물음에 대한 응답이 될 것이다.

2. 외재적 혼종 주체와 황병승의 시

2000년대 한국시의 뇌관이라고 평가받았던 황병승의 시는 『여장남자 시코쿠』(문학과지성사, 2005), 『트랙과 들판의 별』(문학과지성사, 2007), 『육체쇼와 전집』(문학과지성사, 2013)으로 이어지면서 미세한 변곡점을 지나지만, 여전히 시적 혼종성을 갖고 있다. 세 시집에는 서사성, 비시적 언어, 동일화된 독백적 발화자를 발견할 수 있는데, 이것은 장르적 혼종이라는 시적 형식미학에 가깝다. 『여장남자 시코쿠』에서는 혼종적 정체성을, 『트랙과 들판의 별』에서는 캠프적 혼종성을, 『육체쇼와 전집』[6]에서는 이전의 시집에서 강하게 나타났던 래디컬한 성격이 다소 차분해지긴 하였지만, 여전히 독백적 혼종성이라 말할 수 있는 특성을 가지고 있다. 이전의 시집에서 보여 주었던 선언적이고 계몽적인 목소리는 단일한 시적 주체의 목소리로 안정화되었는데, 그것은 시적 에너지를 내부에 차곡차곡 쌓은 자의 차분함을 느끼게 한다. 그러나 스타일의 안정성이지, 세계관의 안정화라

---

5 자크 랑시에르, 『정치적인 것의 가장자리에서』, 양창렬 역, 길, 2008, pp.133-138 참조.
6 이 글에서는 황병승의 세 번째 시집을 주로 다룬다.

고 보이지는 않는다.

『육체쇼와 전집』에서 보여 주는 독백적 혼종성에는 자기 탐색의 미로가 내장되어 있다. 이전의 시집에서 새로운 주체의 탄생을 선언하는 강렬하고 다성화된 계몽적 목소리가 울렸다면, 세 번째 시집에서는 자기 정체성을 탐색하는 자의 혼란스러움이 묻어난다. 황병승의 시에서 정체성 탐색은 결과적으로 실패할 수밖에 없다. 따라서 실패하는 자의 자기 탐색 과정이 혼종성으로 나타나는데, 이때 시적 주체의 발화는 독백적이다. 그러나 단순히 단일화된 독백이라기보다 자기를 스스로 타자화한 독백에 가깝다.

문제는 황병승 시의 독백이 외재적 타자성을 구성한다는 점이다. 이전의 시집에서도 타자의 목소리를 가지고 있었지만, 그때의 타자성은 여장남자, 동성애자와 같은 소수자의 이미지를 빌려 반사회적으로 구성한 것이었다. 그러나 세 번째 시집에서 타자성은 스스로 자기를 타자화한, 그러니까 타자성이 내면화된 낯선 자기를 구성한다. 그러므로 목소리는 독백적이지만 내부 깊숙한 데서 뿜어내는 이질적인 것들의 갈등과 부정적 에너지를 숨길 수 없다.

황병승의 시집에서 이러한 타자적 독백은 외재적이다. 독백이라면 자기 내부의 목소리일 터이지만, 이 시집에 나타나는 독백은 내부의 바깥에 구성된 외재적 장소에서 발생한다. 특히 서정시의 문법 외부에서 자신의 시적 주체를 구성한다는 점에서 그것을 '외재적 혼종 주체'의 독백이라고 불러도 좋을 것이다.

　　옆집 베란다에 폭탄이 있습니다
　　저게 터지면 우리는 흔적도 없이 날아갑니다
　　망상입니다 의사는 규칙적인 식사와 산보가 좋다고 합니다만

자 저는 누워 있습니다 보란 듯이

저기 발가락이 보이는군요

말 없는 저들은 누구의 아이들입니까

저는 방금 꿈에서 깨어났고 당신은 아름다울 정도로 착해 보인다,

라는 말을 들었습니다 꿈속에서

제 손을 잡아 주던 늙은 여인의 다정한 모습이

아직도 생생하군요, 당신은 아름다울 정도로 착해 보인다······

왜요 저는 꿈속에서 착한 녀석이었습니다

없는 아내와 아이들을 걱정하고

아침 식탁의 즐거운 소동과 휴일과 가족 여행을 떠올리는

저는 누구입니까 이 육체와 전집은 누구의 것입니까

저는 근육이 없습니다 톱니가 없어요

잠잘 때 코에서 죽은 사슴 냄새가 나는 여자의 아들입니다

뭐가, 뭐가 잘못된 것일까요 중얼거리다, 라는 말에 문제가 있습니다

곪다, 되씹다는 어떻습니까. 고향에 가면 지금도 옛날 껌을 팔겠지요

어린 시절의 향과 단물이 그리워지는 시간······

자 저는 조금 더 누워 있도록 하겠습니다

안내자가 올 때까지, 안내자는 누구입니까

당신에게도 안내자가 있습니까, 안내자에게

안내를 받고 있습니까, 그것은 친절하고 적절한 것입니까

저는 지금 숨을 헐떡거리며 이 글을 쓰고 있습니다

몸은 멸치처럼 마르고 황달 걸린 노인네의 모습으로

친구였던 자들의 얼굴을 한 사람 한 사람······

더러워진 옷이 더러워질 옷과 옷장 사이에서 썩어 가던 시절

(중략)

저는 생각이 없어요 전집이 없습니다 누구의 자식인지 모를 골방의
아이들은
뒤죽박죽 서로를 배신하기로 협약을 맺었고
어두워진 창가를 서성이는 검은 육체와 그림자와
누구의 부모인지 모를 백 년 전의 시선이 엇갈리고 있습니다
뭐가, 뭐가 들이닥친 것일까요 마주치다, 라는 말에 문제가 있습니까
주저앉다, 곪아 터지다는 어떻습니까. 고향에 가면 지금도
나무칼을 든 아이들이 밤늦도록 전쟁을 하겠지요
저는 이렇게 칠 일 낮밤을 누워 있습니다 죽은 듯이
자 제가 보여 줄 수 있는 육체의 쇼는 무엇입니까
어린 시절의 숲과 야만이 그리워지는 시간입니다
—「육체쇼와 전집」부분

이 시는 자기가 누구인지를 묻는 시적 주체의 독백으로 구성되
었다. 그러나 이 주체는 자기가 누구인지를 모르기 때문에 묻고 탐
색하는 자가 아니다. 혹은 자기의 불확실성을 선언하는 자의 단호
한 목소리도 아니다. 자기의 바깥에서 자기에 대해 의문을 제기하는
알 수 없는 자의 목소리에 대한 시이다. 자기가 누구인지 궁금해하
지 않으며, 자기의 정체성을 찾기 위해 질문하지 않고, 자기의 불확
실성을 선언하지도 않는다. 이 알 수 없는 자는 육체도, 집(고향, 가족)
도, 의식(생각)도 갖지 않는다. 죽음과 관련이 있기는 하지만, 죽은
자인지 산 자인지도 알 수 없다. 불확실성이 정체성이 될 가능성이
있는, 탈정체성이 정체성일 수 있는, 알 수 없는 자의 목소리이다.
이 목소리는 물론 합리적이거나 논리적이지 않으며, 세계를 동일화
하는 서정시의 권위도 가지고 있지 않다. 그저 말할 수 있는 능력을

갖는 자이다. 이 목소리는 자기의 바깥에서 자기에 대해 말한다. 목소리는 독백적이지만 내면 풍경을 드러내는 서정적 목소리가 아니라, 외부 공간에서 발화하는 자의 것이다. 발화자의 외부 공간에서 독백 형식으로 말할 수 있는 목소리의 혼종성이 황병승 시의 특징이라고 할 수 있다.

그렇다면 왜 이 목소리는 외부에서 발화하면서 독백체로 말하는가? 그것은 정체성이라는 근대적 주체의 자기 인식을 탈피하기 위한 이중 전략이라고 할 수 있다. 완전한 자기의 외부에 존재할 수 있다는 것은 역설적이게도 자기의 내부를 분명히 구획하고 있다는 사실이 전제되어 있기 때문이다. 내부 없는 외부, 외부 없는 내부, 혹은 내부와 외부의 경계가 불분명한 내부-외부로서의 자기를 구성하기 위한 전략이 아닐까? 이는 동시에 서정시의 외부-내부를 혼종화하는 시적 전략이다. 따라서 이 시는 아직 해결되지 않는 근대적 정체성의 논리, 근대문학의 치안 질서를 방해하는 외부라는 지정학적 위치에 자기의 시를 데려간 황병승의 발화이다. 이는 2010년대 한국시의 혼종성이 발현되는 보편-개성이며 황병승식 전유라고 읽어도 좋을 것이다.

3. 상황적 혼종 주체와 채상우의 시

2000년대 등장한 채상우의 시는 장르 혼종의 방법으로 지적인 작업을 지속한다. 첫 시집 『멜랑콜리』(천년의시작, 2007)에서는 시 이외의 예술 장르를 의도적으로 삽입하고, 중심 말하기와 각주 말하기의 위계성을 없애며, 때로 중심과 각주를 전도하는 흥미로운 시적 구성 작업을 수행하였다. 두 번째 시집 『리튬』(천년의시작, 2013)[7]에서 그는 문학 이외의 장르 혼종적 방법을 보다 전면화하고, 특유의 지적인 블랙 유머와 정치적 무거움을 뒤섞으며 서정시의 기율인 언어적 깊이를 위반하고 있다. 첫 시집에서 시의 지적 제어가 강했다면, 두 번째 시집에서는 지성이 조금은 유연해지면서 의도와 목적성을 버린 장르 혼종화가 전면화되는 것 같다. 2010년대 한국 시단에서 장르 혼종을 이처럼 잘 구사하는 시집도 드물 것이다. 장르 혼종화는 채상우의 시적 실험이며 방법일 터이지만, 이 글에서는 어떤 말하기 주체인가, 말하기 주체의 지정학적 위치는 어디이며, 왜 말하는가라는 관점에서 읽고자 한다. 서정시의 확장 및 강화라는 지루한 결론을 피해 갈 필요가 있기 때문이다.

이 시집은 특히 대중가요를 혼종시키면서 묘한 시적 정치성을 발생시킨다. 대중가요와 대중문화를 소비하는 말하기 주체는 하위문화적이다. 또한 이 시집의 시적 주체는 서정시 내부와 삶의 구체적 영역 안에 위치하고 있다. 앞서 황병승 시의 시적 주체를 서정시와 주체의 바깥에 있으며 자기의 타자성을 외재적으로 드러내는 지정학적 위치라고 읽었다. 그에 반해 채상우 시에서 시적 주체의 지정학적 위치는 내재성을 띠며, 구체적이고 일상적이라는 점에서 상황적 특성을 갖는다고 말할 수 있다. 자기를 초월적 위치로 몰아가지 않고 상황적인 주체로 구성하기 위해 시적 주체는 장르 혼종적 방법을 개입시킨다. 대중적 취향의 가요를 맘껏 소비하는 시의 목소리는 비루한 일상의 내부에 밀착되어 있다. 동시에 세계적 차원에서 바라본다면 로컬적 특수성을 전면화한다고 말할 수 있다. 그럼에도 채상우의 시는 일상을 확정하지 않으며, 일상적 주체로서의 자기를 확증하지 않는다. 상황적 존재이기는 하지만 특정한 상황을 확정하지 않

---

7 이 글에서는 채상우의 두 번째 시집을 주로 다룬다.

기 때문에 말하는 주체는 부유한다.

오늘은 커피자판기에게 고백했다 사랑한다고 사랑하니까 사랑하게 되었고 그래서 고백했다 커피자판기에게 아름다운 죄 사랑 때문에 사랑한다고 부드러운 미소로 자신은 동성애자일 뿐이며 그건 취향의 문제라고 위로해 주는 여자에게 난 사실은 이성애자이고 후배위를 좋아하지만 항문성교는 즐기지 않는다고 당당하게 밝히고 싶었다 왜 한숨이 나는 걸까 뜨거운 이름 그 뜨거웠던 거리에 흩뿌려진 동지의 선혈 그래 오늘은 단지 커피자판기에게 사랑한다고 고백했고 그래서 종이컵 수거함에게 미안하더라고 난 너무 순수해서 탈이라고 말하고 보니까 오늘 만난 커피자판기를 내가 얼마나 뜨겁게 사랑하고 있는지 깨닫게 되었고 조바심이 났다 얼른 커피자판기에게 돌아가 다시 한번 말해야 하는데 내 진심을 전해야 하는데 러시안 레드 빛 루즈를 바른 여자는 이제 춤추러 가야 할 시간이니 즐기라고 그러면서 내 입속에다 손가락을 훅 찔러 넣곤 깔깔거리며 당신의 취향은 진부하다고 다만 그뿐이니 안심하라며 다정하게 등을 토닥여 주고 그래도 난 돌아가야 하는데 돌아가서 고백해야 하는데 오늘 하루 널 만나 기뻤고 슬펐고 마음 아팠고 달이 지구를 그리워하듯 자꾸 밀물져 갔다고 마른 꽃 걸린 창가에 앉아 그러나 나에겐 조국이 있었다고 커피자판기에게 고백해야 하는데 다만 취향의 문제일 뿐이니 걱정하지 말라고 이제 하나밖에 없는 커피자판기에게 고백하러 가야 하는데 왜 한숨이 나는 걸까 왜 한숨이

—「그 겨울의 찻집」 전문

이 시의 시적 주체는 반복하여 사랑을 고백하고 있지만, 주의 깊

게 시를 읽어 보면 고백은 부분적으로 행해지거나 지연되거나 실패한다. 고백하는 자의 어법은 제목에서부터 노골적으로 드러나 있는데, 대중 가수 조용필의 노래 「그 겨울의 찻집」이 차용되어 있다. 실패한사랑의 달콤함과 쓸쓸함이 담긴 가사, 느리고 끈적한 멜로디, 조용필특유의 보이스 컬러, 1980년대라는 시대성이 시의 배후에 있다. 조용필의 「그 겨울의 찻집」을 중심 구조로 놓으면서 시는 대중문화, 1980년대적 정치성, 낭만적 사랑의 클리셰, 고백이라는 시적 행위를 뒤섞으며 두꺼운 텍스트가 되고 있다. 하지만 텍스트의 두툼함이 언어의깊이라는 서정시의 문법으로 환원되지 않으며, 대중가요의 음악성이개입되어 있지만 서정시의 의미를 강화하는 권위적 음악성을 방해하는 방식으로 작용한다. 또한 고백들을 반복하고는 있지만, 그 고백의행위가 지연됨으로써 끝내 이루어지지 않는다는 점에서, 시적 주체는구체적 정황 속에 자기를 위치 짓지 못하고 부유한다.

그렇다면 이 시는 시적 주체의 로컬적 상황에 정박된 '상황적 주체'임에도 불구하고 그 상황의 치안 질서에 안착하지 않는다. 시적주체는 서정시의 기율을 활용하면서도 그 기율에 균열을 가하는 효과를 겨냥하고 있다는 점에 주목할 필요가 있다. 채상우 시의 복잡성을 해명하는 데는 순응/위반, 질서/부유, 대중 취향/지적 제어, 치안/정치라는 혼종적 전략을 파악할 때 가능하다. 채상우 시의 정치성은 소재적인 차원을 넘어 혼종적 전략에 의한 전면적 싸움 걸기를시도한다는 데 있다. 그러나 그 싸움 걸기는 위장되어 있으며, 자주은폐되고, 분명하지 않다. 시적 주체의 지정학적 위치가 내부에 있으면서 그 내부를 확정하지 않는 기묘한 전략은 2010년대 한국시의혼종성을 거론할 때 가장 탁월한 지점에 있다고 할 수 있다.

생태를 세속화하기

—김종철, 『근대문명에서 생태문명으로: 에콜로지와 민주주의에 관한 에세이』 읽기

1. 김종철의 생태사상을 왜 읽는가?

최근 한국의 생태주의는 리부트되고 있다. 과학자들은 극심한 기후변화와 대멸종 위기를 임박한 재앙으로 경고하고, 인간이 화산 폭발과 같은 지질학적 힘으로 작용하는 새로운 지질시대를 인류세로 명명하였다. 일단의 철학자들은 인간과 분리된 자연 개념을 탈인간화하면서 '자연 문화'라는 새로운 개념을 제안하고, 신물질주의적 관점으로 자연-인간의 근대적 이분법을 해체하고 있다. 여기에 우리는 고 김종철 선생(이하 호칭 생략)의 생태사상을 겹쳐 놓아야 한다. 김종철은 1991년 『녹색평론』을 창간한 이후, 한국 생태주의의 조타수 역할을 수행했다. 그것은 김종철의 녹색사상의 공과가 개인의 차원을 넘어섰다는 부담으로 작용할지도 모르겠다. 그럼에도 불구하고 한국 생태주의에 대한 김종철의 영향력은 강력하다. 리부팅되는 우리의 생태주의가 가야 할 방향은 어디인가? 김종철의 생태평론집 『근대문명에서 생태문명으로』는 그 질문에 응답한다.[1]

나는 이 책을 '생태를 세속화하기'로 읽어 내고자 한다. 한국의 생태주의가 갖는 근본주의적 특징은 강력한 반성장주의, 반자본주의, 반근대주의라고 할 수 있는데, 이는 자연을 인간 문명 세계와 분리된 개념으로 신성화한다. 김종철 역시 근본주의적 입장에서 자유롭지 않지만 그는 자본, 금융, 국가의 지평에서 그것을 재정치화한다. 물론 그것이 충분한가라고 묻는다면 나는 대답을 유보할 수밖에 없다. 그럼에도 한국의 생태운동에 내재한 심층적 근원성을 세속화하려는 김종철의 이론 작업은 더없이 소중하다. 김종철의 사상은 한국의 생태문학뿐 아니라, 생태운동, 과학철학, 인류세 담론이 어떻게 정립되어야 하는지에 대한 방법과 비전을 제시할 것이다.

2. 임박한 파국론과 대전환의 기회

김종철의 현실 인식은 분명하다. 그는 오늘날 우리 세계는 사회적·생태적으로 엄청난 위기에 처해 있으며, 그 위기는 곧 파국으로 치닫게 될 것이라고 주장한다. 그는 반근대, 반문명, 반성장, 반자본의 입장에서 생태를 사유한다. 근대문명은 근본적으로 공업문명이기 때문에 기후변화와 자원 고갈은 필연적이다. 특히 석유의 고갈은 현대문명의 파국과 직결된다. 석유문명 종말론은 김종철의 생태사상의 토대를 이룬다. 현대문명은 화석연료에 기반해 있다. 1860년대부터 채굴하기 시작한 석유는 어떤 상황에 있는가. 김종철은 데이터에 기반해 석유 채굴 상황을 짚어 낸다. 그에 따르면 인류가 소비해온 석유 총량은 대략 2조 배럴이다. 그런데 2조 배럴 중 1조 배럴을

---

1 김종철, 『근대문명에서 생태문명으로: 에콜로지와 민주주의에 관한 에세이』, 녹색평론사, 2019. 앞으로 이 책에서 인용한 곳은 본문에 쪽수만 밝힌다.

사용한 시간은 130여 년이었다. 1990년대까지 1조 배럴을 사용했다. 나머지 1조 배럴을 사용하는 데 걸린 시간은 얼마일까? 1990년대부터 2010년까지 약 20년이 걸렸다. 아직 채굴되지 않은 석유는 1조 배럴인데, 기하급수적으로 늘어나는 석유 사용량을 따져 보면 나머지 석유를 사용하는 데 드는 시간은 10년 정도에 불과하다.(p.258.)

김종철이 이와 같은 계산을 한 시기가 2014년도였으니, 그가 보기에 2024년 정도가 되면 현대문명은 붕괴의 초입 단계에 들어서게 된다. 김종철에게 그것은 예측이나 짐작이 아니라, 명약관화한 사실이다. 이 책을 읽다 보면 인류 문명은 곧 파괴될 것이라는 공포감과 절박감이 강하게 느껴진다. 가령 이런 식이다. 빌딩 건설 공사 현장을 바라보면서 김종철은 "지금이 어느 때라고 저런 한심한 짓을 계속하나 하는 생각"을 하면서 "곧 후회할 날이 닥칠 텐데 그걸 어떻게 감당하려고 저러나 싶"다고 염려한다. 이제 성장 경제는 끝났다고 보기 때문이다. 그는 성장 위주의 경제 시스템은 "5년이 될지 10년이 될지는 모르지만 조만간 종식될 것"으로 인식했다.(pp.178-179.)

김종철의 래디컬한 비판 의식은 임박한 파국론에 기인한다. 곧 석유에 기반한 문명은 괴멸되고 동시에 자본주의도 무너지고, 경제공황으로 인해 전쟁도 일어날 수 있다. 이런 위기의 시대에 빌딩을 짓는 일은 얼마나 어리석은가. 그는 임박한 파국에 대해 좀 더 "냉정하게" 그리고 "합리적"으로 생각해야 한다고 주장한다.(p.179.)

김종철에게 자본주의는 구조적 악에 가깝다. 기후변화 위기는 탄소가 주범이 아니라 자본주의의 생산능력 때문이다. 또한 농경지 사막화, 심각한 환경파괴, 석유를 포함한 자원의 고갈, 인구 불균형, 금융통화제도의 파탄, 사회적 불평등은 이윤 추구에 골몰한 자본주의의 성장 논리에 기인하는 것으로 파악한다.(p.209, p.304.)

그는 "오늘날 인류의 최대 적은 자본주의다"라고 한 볼리비아의 대통령 모랄레스의 말을 적극적으로 인용하고 있다. 그렇다면 김종철에게 석유문명의 종말은 생태문명을 위한 새로운 기회가 아니겠는가? 자본주의가 인간의 생태적 삶을 파괴하는 원인이었다면, 그것의 종말은 순환적 삶의 질서 회복을 가능하게 하는 기회를 제공한다. 김종철의 생태주의가 지향하는 지점은 순환적 삶의 질서 회복이다. 그것을 구체적으로 표현한다면, 소농 공동체에 기반한 '공빈공생'하는 삶이다. 이것이 김종철이 지향하는 "지속 가능한 '좋은 삶'"이다.(p.309.) 김종철에게 세계의 파국은 비극이면서 동시에 좋은 기회라는 이중성을 갖는다.

김종철이 자본주의와 성장주의, 석유문명을 비판하는 논리는 단순하고 매끈하다. 논리라기보다 신념에 가깝다. 그는 생태비평가로서 왜 현실의 복잡성에 천착하지 않는가? 즉 자본과 권력의 이중성을 왜 분석하지 않을까 하는 의문이 들 수 있다. 내가 보기에 그 이유는 그럴 필요가 없기 때문이다. 임박한 파국이 더 임박하고, 파국의 강도가 더 커질 때, 생태적 전환의 논리는 분명해지고, 정치한 논리적 장치가 마련될 수 있을 것이다. 그는 현재를 이미 급진적인 전환기에 진입한 시기라고 파악한다.(p.147.)

김종철의 생태사상이 가장 빛을 발하는 지점이 바로 이 부분, 생태의 정치화이다. 이 책의 제목처럼 현재가 근대문명이 몰락하고 생태문명이 부상하는 대전환기라면, 김종철은 근대문명이 아니라, 생태문명의 논리적 복잡성에 더 주목할 필요가 있다고 판단한 것 같다. 낡아서 붕괴되는 악의 구조에 대해 굳이 한마디를 더 보탤 이유가 어디 있겠는가? 그는 단언한다. "성장을 전제로 한 고른 분배에 의해서는 활로의 가능성은 없다. 필요한 것은 근본적 방향 전환이다."(p.47.)

김종철이 이 책에서 주장하는 핵심은 근본적 방향 전환이 현실적으로 가능하다는 것이다. 그것이 바로 생태를 현실 정치로 전환하는 것이며, 현실과 본질적 거리를 두었던 생태 영역을 세속화하는 과정이다.

3. 노예노동에서 공생공락으로—기본소득은 가능하다!

이 책에서 김종철은 근대적 노동의 종말과 함께 생태적 삶이 가능하다고 보고 있다. '공빈공생'이라는 '좋은 삶'의 비전은 안빈에서 오지 않는다. 그는 가난을 찬미하지 않는다. 가난이 공생공락의 기본 조건이 되기는 하지만, 물질적 결핍 상태를 감내하는 가난에 대해서는 반대하면서 백낙청의 녹색 담론 비판을 재비판한다. 또한 공빈이 아니라 안빈은 엘리트주의적 태도라는 점에서 분명하게 거리를 두고 있다.(pp.23-24.)

그가 제시하는 공빈공생은 은행의 공공화나 기본소득을 통해 가능하다. 여기에서 김종철의 생태적 노동 개념이 나온다. 지금까지 근대 자본주의는 '일하지 않는 자는 먹지도 말라'는 고된 노동 개념을 노동자들에게 부여했다. 자본주의 시스템 속에서 노동자들은 괴로운 일을 하면서 살아왔고, 따라서 소득은 괴로운 일에 대한 대가라는 고정관념이 만들어졌다는 것이다. 우리는 즐겁게 일을 해 본 적이 있는가라는 질문은 생태 노동의 관점에서 중요하다. 소득은 노동의 대가라는 노동 관념은 이제 낡았다. 특히 '노동 신성'이라는 관점은 생산성이 낮았던 시대의 유물이다.(p.230, p.271.)

김종철의 노동 개념에 대한 비판은 좌우를 넘어서 있다. 이념적으로 좌우 모두 인구과잉이나 소득 불평등 문제를 해결할 수 없다는 것이다. 고된 노동의 대가를 감수하지 않아도 인간은 충분히 살 수 있다. 김종철은 그 해법을 기본소득에서 찾는다.

김종철은 현재의 생산기술력으로 인간은 평화롭게 공빈공생할 수 있다고 판단한다. 그는 맑스의 사위 폴 라파르그의 『게으를 권리』(1883)와 버트란드 러셀의 『게으름의 찬양』을 인용하면서 사람들이 다 같이 게으르고 평화롭게 살 수 있음에도 불구하고, 생산력을 높이기 위해 노동에 매진하고 있다고 비판한다.(p.272.) 러셀에 따르면 노동 윤리는 귀족계급을 위한 이데올로기이다. 귀족이 누리는 '여가'는 하층민의 노동이 만들어 낸 산물이기 때문이다. 그러한 허구적 노동을 미화하기 위해 신성한 노동이라는 윤리가 만들어졌다는 것이다. 김종철은 노동의 신성성을 강조하는 노동 윤리는 하층민들의 대안적 삶, 새로운 삶을 원천적으로 차단하는 낡은 관념이라고 파악한다. 김종철은 러셀이 제안한 '가난한 자들도 여가를 누려야 한다'는 아이디어를 적극 수용하면서, 이제 그것이 가능하다고 말한다.(pp.212-213.)

그럼에도 김종철의 생태사상은 기술 친화적이지 않다. 기술은 자본주의 편에서 자본의 이익에 부응하고, 과도한 생산력을 낳기 때문에 반생태적인 것이다. 그가 러다이트 운동을 지지할 때에는 기술 혐오자가 아닌가 하는 생각이 들 정도다. 그러나 꼭 그렇지만도 않은데 김종철은 인공지능과 로봇의 발전이 노예노동을 종식시킬 조건을 마련하고 있다고 판단한다.(pp.213-215.) 그렇다면 가난한 자들은 더 이상 괴로운 노동을 하는 대신 '여가'를 가지고 인간적 삶, 생태적 삶을 누릴 수 있어야 한다.

그것이 가능한가? 김종철은 명쾌하게 대답한다. 가능하다! 이 책은 기본소득의 필요성과 가능성에 바쳐졌다고 봐도 과언이 아니다.

그에게 공생공락을 가능하게 하는 시스템 전환이 바로 생태적 대전환이다. 석유문명의 종식, 노예노동의 종말, 자본주의 시스템 붕괴, 기후변화 위기와 같은 현재적 상황이 생태적 대전환을 현실적으로 가능하게 했다. 그렇다면, 우리는 무엇을 해야 하는가?

김종철은 복지국가 시스템이 좋은 삶을 보장하지 못한다고 본다. 그것은 성장을 전제로 하기 때문이며, 약자에 대한 시혜라는 인도주의적 관점에 서 있기 때문이다.(p.225.) 무상급식이나 기본소득을 약자에 대한 혜택이라고 봐서는 안 된다. 기본소득은 사회구성원 모두에게 무조건 일정한 기초생활비를 정기적으로 지급하자는 개념이다. 기본소득은 복지 프로그램이 아니라, 특정 사회에서 산출되는 이익을 그 사회구성원 전원이 당연히 가져야 하는 권리를 말한다.(pp.272-273.) 왜 부자에게도 줘야 하는가? 그것에 대답하기 위해 그는 1948년도 제헌국회 헌법 18조 2항에 있었던 '이익균점론'을 가져온다. "영리를 목적으로 하는 사기업체에 있어서는 근로자는 법률이 정하는 바에 의해서 이익의 분배에 균점할 권리가 있다."(p.65.) 제헌국회 헌법은 기업의 이익을 자본가뿐 아니라, 노동자에게도 균등하게 점유할 권리를 부여했다. 노동의 대가로 임금을 받는 것이 아니라, 이익에 대해서 분배받을 수 있는 당연한 권리가 노동자에게는 있다. 가령, 알래스카에는 석유 자원을 주민 전체의 공유 자원으로 인식하면서, 석유 산업에서 나오는 수입을 주민 전원에게 배당금으로 고르게 배분하고 있다. 석유는 공유 자산이라는 인식을 정치화했기 때문에 가능한 시스템이다.(p.274.) 우리에게 공유 자산은 없는가?

김종철은 돈을 연구한다. 기본소득의 문제는 재원이 어떻게 마련되는가와 직결되기 때문이다. 그는 공유 자산 중 대표적인 것이 화폐금융제도라고 본다. 물건의 가격에는 기업들이 은행에서 대부받은 돈의 이자가 반영되어 있다. 그런데 물가의 3분의 1 이상이 기업의 대출 이자라는 것이다. 그러니까 기업은 은행에서 대출받은 돈으로 물건을 생산하고, 물가에 이자분을 추가하여 물건을 팔아 이익을 극대화한다. 김종철은 통화의 대부분이 은행에서 대출받은 돈이라는 점을 강조한다. '부분준비제도'라는 것이 있다. 은행은 대부를 할 때 금고에 극히 일부만 준비해 두면 된다. 1,000만 원을 대출하면 100만 원만 준비해 두면 된다. 그것이 신용 창조다. 현대 금융 시스템이 돈을 만들어 내는 방식이다. 그렇게 본다면 돈은 대부받은 돈과 이자로 통용되는 가치다. 돈은 국가도, 개인도 만들지 못한다. 오직 민간화된 은행에서만 만들 수 있다. 김종철이 보기에 우리는 화폐 주권을 잃어버렸다. 화폐 주권을 어떻게 찾을 수 있을까? 그는 금융 시스템의 공공화가 필요하다고 보고 있다. 공공재를 민중의 것, 주민의 것으로 돌리는 과정은 민주주의 힘에 의해 가능하다.(pp.279-283.) 따라서 김종철은 기본소득의 재원 마련은 어렵지 않다고 주장한다. 부자세를 걷지 않아도 공공재를 정치적으로 공공화하면 쉽게 해결될 수 있다는 것이다. 그는 정치적 결단을 요구한다. 생태적 삶의 대전환은 생태의 세속화로부터 시작되는 것이다. 그것은 불가능한 것이 아니라, 우리가 불가능하다고 결론짓고 실천하지 않기 때문에 실현되지 않는다.

4. 세속화의 딜레마들

김종철은 이 책에서 생태를 자연의 영역에서 정치의 영역으로 끌어오고자 한다. 나는 이 과정을 세속화의 관점에서 읽어 내고자 하였다. 여기서 세속화란 생태를 신성화하거나 순수한 이념으로 접근했던 근본주의적 생태 논리를 현실의 정치로 내려놓는 것이다.[2] 김종철이 생태적 삶을 가능하게 하는 기본소득의 가능성을 위해 '돈'에 접근하는 태도는 정당하다. 그는 "돈 문제는 결코 회피할 수 없는 문제"로 파악하고 "좋은 사회를 꿈꾸는 사람들 사이에 퍼져 있는 환상"이 "돈 없이 사는 삶"이라고 지적한다. 김종철이 보기에 그것은 환상이다.(p.254.) 돈 문제로 생태적 대전환을 현실화하려는 이 야심 찬 기획은 사실상 논리적으로 풀어야 할 문제들이 있다. 우리는 왜 김종철을 읽어야 하는가? 우리는 현재 김종철의 생태적 세속화를 더 밀고 나가야 할 과제가 남아 있기 때문이다.

김종철의 생태적 세속화 과정에는 딜레마들이 내재해 있다. 그것은 기술, 국가, 인간에 대한 이중적 태도에 기인한다. 그의 생태사상은 반기술주의적이다. 그는 초기 자본주의에 있었던 러다이트 논리가 가장 정당하고, 그것이 성공했더라면 지금 걱정할 문제들이 없었을 것이라고 언급한 바 있다. 그는 환경 테크놀로지로는 기후변화 위기를 막을 수 없으며, 신기술 개발이 더 큰 재앙을 가져올 것이라고 예견한다. 그도 그럴 것이 기술 발전과 자본주의는 같이 가기 때문이다. 그럼에도 김종철은 인공지능과 로봇 기술의 발전이 노동의 종말을 가져오고, 그것으로 인해 노예노동의 종말까지 예견한다.

그러나 묻고 싶은 것이 있다. 어떤 기술은 좋고 어떤 기술은 나쁜가? 기술에 대한 양가적 태도는 생태적 전환을 협소하게 만들 위험

---

2 이 세속화 개념은 브루노 라투르의 개념을 차용한 것이다. 브루노 라투르는 『Facing Gaia』에서 제임스 러브록의 가이아 이론을 세속화하고자 한다. 라투르는 지구는 사이버네틱스 시스템에 의해 생명을 최적화하는 살아 있는 가이아라는 러브록의 개념이 거대한 온도조절기나 신성한 법칙, 어머니 대지라고 오독되고 있다는 점에 주목한다. 그리고 신성화된 어머니 지구를 무섭고 냉랭한 가이아로 전환한다. Bruno Latour, *FACING GAIA*, Cambridge: Polity Press, 2017, p.82, p.288.

이 있다. 김종철의 생태 개념에는 기술적 대상은 존재하지 않는 것 같다. 자연이란 무엇인가? 그것은 인간 문명 지대와 분리된 신성한 섭리 같은 것이 아니다. 기술적 대상 역시 가이아 지구의 존재들이며, 인간은 그들과 함께, 혹은 그들의 도움으로 문화를 구축했다. 한국의 생태주의는 기술에 대한 딜레마로부터 벗어날 때 가능성이 열린다. 생태의 세속화는 기술적 대상들을 자연과 생태의 범주로 데려와 연결될 필요가 있다.

김종철의 국가 개념은 소국주의론으로 집약할 수 있다. 민중들의 삶의 터전은 국가 시스템이 아니라, '마을'이다. 국가는 자본의 편이지, 민중의 편이 아니라는 판단 때문이다. 그는 간디뿐 아니라, 역사적으로 소국주의론을 펼쳤던 근대 초기의 여러 이론가들을 참조하면서 '더 녹색적인 국가 만들기'를 지향한다. 그럼에도 그는 자본을 통제할 수 있는 가장 유력한 힘은 국가의 공권력이라고 파악하고 있다.(p.322.) 국가 없이 기본소득과 은행의 공공화를 어떻게 수행하겠는가. 역설적이게도 그는 생태적 삶을 국가의 바깥에서 소농주의적 공동체 속에서 찾는다. 김종철의 생태 이론은 부분적으로 모순적인 측면이 있다. 생태주의와 국가의 관계에 대한 전략적 이론이 필요하다.

나는 김종철의 생태주의의 세속화 과정에 인간 중심주의가 여전히 개입되어 있다는 느낌을 받았다. 생태를 정치화할 때 나무, 소, 박테리아, 기계는 대상화되고 있기 때문이다. 생태정치의 새로운 정치세력은 그가 말하는 민중, 약자, 농사짓는 사람뿐 아니라, 흙과 나무, 박테리아, 삽, 농기계, 인공지능이 서로 연결된 인간과 비인간들의 네트워크일 필요가 있다. 브루노 라투르는 인간과 비인간의 네트워크를 ANT 이론으로 제안하고, 이를 사물들의 의회, 사물정치라고 부른다.[3] 인간들끼리의 공생공락은 생태적 삶이 될 수 없다는 것

은 자명하다. 인간 중심주의로부터 벗어나는 세속화 과정이 한국 사
회의 생태주의에 더욱 필요하다. 김종철은 생태적 세속화의 도정을
시작했다. 우리는 김종철의 비유대로 이 책을 농사꾼이 자신이 지은
포도밭의 포도의 맛을 보는 것처럼 한 알 한 알 천천히 음미하면서
읽을 수 있을 것이다. 김종철의 생태사상이 한국의 생태주의에 어떤
이정표가 될 수 있을지를 사유하면서 말이다.

---

3 브뤼노 라투르, 『우리는 결코 근대인이었던 적이 없다』, 홍철기 역, 갈무리, 2009,
pp.351-358.

몸의 역설, 그리고 윤리적 결단으로서 글쓰기
―오민석의 평론집 『몸-주체와 상처받음의 윤리』 읽기

1. 한 알의 신경안정제, 상처받기 쉬운 역설적 몸

평론가 오민석은 자신의 글쓰기의 중심을 '몸의 탐구'라고 고백한다. 오민석에게 몸은 문학을 해독하는 열쇠이다. 몸에 대한 해석 없이 오민석의 글쓰기의 세계로 진입하기는 쉽지 않다. 그는 평론집 『몸-주체와 상처받음의 윤리』[1]의 「머리말」에서 '한 알의 신경안정제'를 언급한다. 더 정확하게 말하자면 '내 몸에 들어온 한 알의 신경안정제'이다. 그는 신경안정제가 정신의 힘보다 훨씬 탁월함을 느낀 나머지 좌절했다고 짧게 고백했다. 이 경험이 그에게 어떤 사건이었는지는 분명치 않다. 이 경험에 대해 더는 부연하지 않았다. 그러나 나는 그의 평론을 읽는 과정에서 이 사건이 오민석의 글쓰기의 핵심이라는 것을 알아차렸다. 그는 '몸-주체'라는 용어를 사용한다. 그리

---

1 오민석, 『몸-주체와 상처받음의 윤리』, 천년의시작, 2020. 앞으로 이 책에서 인용한 곳은 본문에 쪽수만 밝힌다.

고 '상처받기 쉬움'이라는 레비나스의 타자 개념을 시 독해 과정에서 적극 활용하고 있다. 이러한 글쓰기의 논리를 떠받치는 것은 '내 몸에 들어온 한 알의 신경안정제'라는 사건이다.

내 몸에 들어온 한 알의 신경안정제는 몸이 어떻게 주체가 될 수 있는지를 보여 준다. 몸은 그 자체로 주체가 될 수 없다. 피부에 둘러싸인 자율적이고 이성적인 개체적 몸은 몸-주체를 설명하지 못한다. 오민석은 메를로 퐁티의 몸과 살 개념을 가져와 몸-주체라는 용어를 사용한다. 메를로 퐁티의 몸은 단독적이지 않으며 상황적이다. 자율적 존재라기보다 세계-에의 존재이다. 메를로 퐁티는 그것을 "내가 나의 왼손으로 오른손을 만질 때 대상인 오른손도 역시 감각한다는 이상한 속성"[2]이라고 말한다. 즉 몸이란 보이면서 보는, 만져지면서 만지는 이중 감각의 존재이다. 몸은 대상이라는 타자 없이는 감각의 기능을 실현할 수 없다. 그러므로 몸의 능력은 타자적인 것과 상호 관계를 맺을 때 생성된다. 오민석에게 문학적인 것 혹은 시적인 것은 몸-주체의 이중 감각에 의해 구성된다.

그가 언급한 '신경안정제'에 대해 더 생각해 보자. 우리는 불안을 느낄 때 합리적 이성과 냉철한 지성의 작용으로 자신을 통제할 수 있다는 인간적 자신감을 가지고 산다. 오민석은 오랫동안 문학이론을 연구하고 가르쳐 온 지식인이다. 그렇다면 "갑작스런 상처 앞에서 정신이 정신없이 고꾸라지는" 상황이 닥쳤을 때 이성은 명확한 비전을 제시해 주어야 한다. 그러나 그는 한 알의 신경안정제가 정신의 힘보다 더 탁월했다고 고백한다. 행간을 읽어 본다면, 정신이 고꾸라지고 살아갈 길이 막막할 때 "정신의 힘"은 별로 도움이 되지

---

2 메를로-퐁티, 『지각의 현상학』, 류의근 역, 문학과지성사, 2002, p.158.

못했다. 대신 '한 알의 신경안정제'가 그의 고통을 구한 것일까? 그는 자신이 '슬프고 약한 육체'라는 사실을 분명하게 알고 '좌절'한다. 이 '좌절'의 의미는 역설적이다. 약한 육체가 정신의 힘보다 더 탁월할 수 있다는 사실 말이다. 신경안정제는 몸과의 작용 속에서 그의 고통을 줄였을 것이다. 그는 이성이 아니라, 약한 육체를 가지고 있다는 사실에서 몸-주체의 의미를 길어 올린다.

신경안정제는 몸이 몸 자체가 아니라 몸-주체임을 보여 준다. 몸은 외부의 물질과 상호작용한다. 그것이 '횡단-신체성'[3]이다. 몸은 외부의 물질을 받아들여 복잡한 내부 작용을 통해 내부와 외부를 가로지르게 한다. 신경안정제라는 화합 물질은 몸의 외부에서 내부로 들어가 위장과 대장 등에서 무수한 작용을 통해 몸을 이룬다. 따라서 우리는 몸을 어디서부터 어디까지 몸이라고 딱 잘라 말하기 어렵다. 그러한 한에서 몸은 몸-주체가 되는 것이다. 오민석은 몸의 상호작용 중에서도 특히 상처받기 쉬움이라는 몸의 유한성과 물질성에 주목한다. 유한한 몸이 갖는 타자성, 즉 상처받음의 윤리를 시의 궁극적 지향점으로 설정한다. 오민석은 곳곳에서 문학의 정치성을 점화시키고 나아가 윤리적인 것으로 연결시킨다.

몸은 그 자체로 윤리적이지 않다. 몸은 규범에 순응할 뿐 아니라 탈주하기도 하고, 피부에 둘러싸인 개체이면서도 동시에 이질적인 것들과 연결되며, 보는 주체이면서 동시에 보이는 대상이기 때문이다. 몸은 피부로 둘러싸인 개체로 보이지만, 타자적인 것 즉 음식, 산소, 타인, 사회적인 것 등에 절대적으로 의존한다. 그렇다면 시의 언어와 몸은 어떤 관계에 있을까? 오민석의 논리를 따라가 보자.

---

3 스테이시 앨러이모, 『말, 살, 흙』, 윤준·김종갑 역, 그린비, 2018, p.19.

시의 언어는 몸의 언어이다. 시를 쓰는 일은 하늘의 목소리 혹은 천상을 향하는 정신에 몸을 입히는 행위이다. 몸에 갇혀 있는 인간은 몸 바깥을 사유한다. 사유는 몸을 넘어 닿을 수 없는 곳을 향해 뻗어 나가지만, 그것은 살과 피, 물질과 몸에 의해서만 응결된다. 시의 언어는 몸의 울타리 너머로 뻗어 나간 '보이지 않는' 정신의 가지들을 '보이는 것'으로 만든다. 시의 언어는 보이는 몸으로 보이지 않는 영혼을 꿈꾸는 언어이다. 몸은 유한성의 형식이고 몸이 몸 바깥을 향하는 것은 몸의 '한계'에 대한 자의식 때문이다. 그러나 몸 너머의 사유는 오로지 몸을 통해서만 '안'으로 들어온다.(p.70.)

인간은 몸을 가지고 살아간다는 점에서 제한적이다. 몸은 정신에 비해 자유롭지 않다. 구체적 시공간에 의해 제한을 받아야 하며, 죽을 수밖에 없는 유한한 존재이기 때문이다. 한계를 갖는 몸은 몸의 바깥을 사유한다. 한계를 갖는 몸의 자의식은 몸 바깥으로 나아가려고 하기 때문이다. 그러나 사유는 몸을 통하지 않고는 가능하지 않다. 몸을 입지 않은 정신은 정신으로 존재할 수 없기 때문이다. 보이지 않는 정신을 보이는 것으로 만드는 것이 몸이다. 그래서 시의 언어는 몸의 언어가 된다. 몸의 한계는 사유를 가능하게 하는 바탕이 되는 것이다. 몸 없이는 사유도 정신도 신성도 존재할 수 없다. 보이지 않는 것을 보이게 하는 감각의 힘은 몸으로부터 나온다.

그는 백무산의 시 "살 속에는 말이 있다/살은 스스로 말을 한다/어설픈 이성은 그 말을 막는다"로 시작하는 「노동의 근육」을 몸-주체로 읽어 낸다. "나는 나의 몸 앞에 있지 않다. 나는 몸 안에 있다. 더 정확히 말하자면 나는 몸이다."라는 퐁티의 몸-주체 개념을 통해 백무산의 시를 읽는다. 살은 스스로 말을 한다. 몸은 감각 덩어리로서 세계를 감각의 형식으로 창조한다. 즉 보이지 않는 것을 보이는 것으로 만든다. 감각은 몸-주체의 능력이다.

감각은 몸의 유한성을 의미한다. 감각은 지속성이 없다. 죽을 수 있는 몸, 연약한 몸은 불연속적이다. 그러므로 감각은 지속되지 않는다. 오민석은 몸-주체의 감각 능력과 몸의 유한성을 잇는다. 오민석에 따르면 시는 동시에 몸의 유한성과 싸운다. 시는 몸의 유한성을 증명하지만, 동시에 시는 유한성과 싸운다는 역설이 작용한다. 오민석의 시 독해 방식은 항상 역설의 논리가 개입되어 있다.

그러나 시는 무한성에 접근할 수 없다. 그것은 불가능하다. 오민석은 문학의 불가능성을 인정한다. 하지만 그 불가능성은 몸의 언어를 통해 현현된다. 이것은 문학의 가능성을 확장하는 것이 아니다. 불가능성을 가능하게 하는 문학의 적극적이고 능동적인 행위에 대한 것이 아니다. 불가능성과 가능성의 돌림노래 같은 이중주는 유한성과 무한성, 몸과 사유와 같은 이분법을 해체한다.

오민석은 이처럼 역설과 균열의 논리를 반복한다. 역설과 균열의 방식은 개념적 대립 쌍들을 배치한 후 배치를 다시 단절한다. 이것은 개념적 대립 쌍들을 어느 하나로 환원하지 않으면서 서로를 불일치시키기 위한 오민석의 세련된 테크닉이다. 복잡성과 단순성, 언어와 침묵, 유한성과 무한성, 생산자(시인)와 생산품(시)과 같은 분리된 개념들은 한쪽으로 환원되지 않는다. 오민석의 글쓰기에서 자주 등장하는 대립적 용어들은 역설로 전개된다. 역설은 서로를 위반하는 것이다. 역설의 독법은 도착지를 염두에 두지 않는다. 이러한 방법적 역설은 그가 "지렁이처럼 몸으로 세상을" 기고 "이것들을 껴안고 바닥을 긴"다고 선언한 몸의 이미지를 연상시킨다.(pp.6-7.)

2. 시의 정치, 윤리적 결단

오민석에게 좋은 문학은 싸우는 것이다. 윤리의 측면에서 본다면 시는 적들과 싸워야 한다. 싸움의 대상은 둘인데, 하나는 랑시에르의 용어이기도 한 '치안 질서'이며, 다른 하나는 클리셰이다. 그는 문학의 정치를 랑시에르의 감성의 분할로 접근한다. 그에 따르면 문학의 정치는 1970-80년대 문학과 정치의 관계처럼 존재하지 않는다. 민중문학론, 민족문학론, 노동해방문학론은 실체로서의 작가와 실천으로서의 정치였다. 시의 정치는 시인의 저항 행동으로 인식되었다. 물론 여기에는 더 많은 논의들이 필요할 것이다. 오민석은 과거의 관점이 아니라, "거시적이고 장기적인 안목에서 문학과 정치의 관계"에 대해 새롭게 사유하고자 한다. "문학의 정치와 작가의 정치는 같은 것이 아니"고 "문학의 정치"는 "시간과 공간, 가시적인 것과 비가시적인 것, 말과 소음의 분할에 문학이 (다름 아닌) 문학으로서 개입하는 것"이라고 랑시에를 적극적으로 인용한다.(p.23.) 오민석은 송경동의 시를 시의 정치를 대표하는 작품으로 읽는다.

> 십수 년이 지난 요즈음
> 다시 또 한 부류의 사람들이 자꾸
> 어느 조직에 가입되어 있느냐고 묻는다
> 나는 다시 숨김없이 대답한다
> 나는 저 들에 가입되어 있다고
> 저 바다 물결에 밀리고 있고
> 저 꽃잎 앞에서 날마다 흔들리고
> 이 푸르른 나무에 물들이고 있으며
> 저 바람에 선동당하고 있다고

가진 것 없는 이들의 무너진 담벼락

걷어차인 좌판과 목 잘린 구두,

아직 태어나지 못해 아메바처럼 기고 있는

비천한 모든 이들의 말 속에 소속되어 있다고

대답한다 수많은 파문을 자신 안에 새기고도

말 없는 저 강물에 지도받고 있다고

　　　　　　　　　—송경동, 「사소한 물음들에 답함」 부분

　오민석은 송경동의 이 시를 "말하지 못하는 주체들을 말하게 하고", "역사의 구비에서 침묵당한 목소리"들에 주목하는 시로 읽어낸다. 이 시가 바로 "지식/권력 중심의 분할을 감성의 분할로 재편하는 '문학의 정치'를 잘 보여"주는 시라는 것이다.(p.26.) 들, 바다, 꽃잎, 나무, 바람과 같은 자연은 인간 중심적 세계에서 배제되었거나 이용 대상에 불과했다. 인간에 의해 배제된 자연을 시인의 소속이라고 말할 때 자연은 가시화된다. 동시에 "걷어차인 좌판과 목 잘린 구두들"의 언어는 아직 태어나지 못했지만, 시인은 그것들이 비천한 말 속에 소속되었다고 선언한다. 불평등은 비천한 자들의 언어를 비가시적 영역 속에 놓는다. 하지만 이 시는 감성의 재분할을 시도하는 문학의 정치를 수행한다.

　동시에 문학의 정치는 클리셰를 부순다. 클리셰는 세계의 비참을 재현한다. 권력은 "클리셰를 정면에 내세움으로써 마치 아무 일도 없다는 듯이 폭력과 야만의 내부를 감"추는 행위를 서슴지 않는다.(p.28.) 클리셰는 기존의 감각을 유지한다. 권력은 몸의 감각을 과거와 같이 반복한다. 그렇게 함으로써 권력을 보호하는 치안의 논리를 구축한다. 오민석의 글쓰기의 토대는 몸의 감각이다. 어떻게 몸의 감각을 갱신하여 세계의 감성을 재분할할 것인가? 오민석은 2017년 트럼프 정권이 미국 불법체류 청소년을 보호하기 위한 법률을 폐지하겠다는 발표를 비판하는 설치미술가의 작품을 예로 든다. 작가는 멕시코와 미국 국경을 가로지르는 식탁을 설치하고 "거대한 소풍"이라는 제목을 붙인다. 그리고 이 식탁에서 많은 사람들이 모여 음식을 먹고 물을 나누고 음악을 즐기는 퍼포먼스를 했다.(p.31.) 트럼프의 악행은 클리셰를 뒤집는 새로운 감각에 의해 드러난다.

오민석은 시인을 불화하는 자로 인식한다. 시인은 세상의 규범과 불화한다. 규범 언어, 권력 언어가 시의 언어, 비권력, 하위주체의 반대쪽에 있다. 시가 아픈 것들, 모자란 것들, 부족한 것들에 몰두하는 것은 시인의 이웃이 이들이기 때문이다. 여기서 시와 타자의 관계가 문제된다. 오민석은 레비나스의 타자 개념을 통해 윤리적 주체의 '상처받기 쉬움'이라는 특성에 주목한다. 얼굴은 "낯선 이, 과부, 고아"와 같은 무력한 존재들이 나의 옆이 아니라, 나의 위에서 살인하지 말라고 명령한다. 얼굴은 "그 비참함에 대해 내가 책임을 도저히 멈출 수 없는 방식으로 내게 부여"된다. 레비나스는 나를 "타자를 위한 존재"로 규정한다. 나는 타자를 장악하거나 전유할 수 없는 존재, 타자를 위해 "상처받기 쉬움"의 상태에 있는 존재가 된다.(pp.63-66.) 오민석은 시를 "타자에 대한 조건 없는 환대"라고 정의한다. 그는 이것은 불가능하지만 회피할 수 없는 목표라고 쓰고 있다.(p.67.) 나는 오민석의 평론에서 시의 윤리 부분을 읽을 때, 강렬한 선동의 목소리를 느꼈다. 아픈 것들, 모자란 것들을 조건 없이 환대한다는 것은 불가능하다. 환대의 장소는 유토피아적이기 때문이다. 오민석은 시를 "이룰 수 없는 선을 향하여 사랑과 환대를 방해하는 모든 적들과 싸"우는 것으로 바라본다. 여기에는 모종의 결단이 필요하다. 적과 싸우기 위해서 시는 선한 행동을 하는 대신 투쟁해야 한다. 그는 「머리말」에서 자신의 결기를 보인다.

> 글쓰기는 썩은 간판들, 지겹도록 봐서 눈에 들어오지 않는 이름들을 지우고, 바꾸고, 갈아 치운다. 견딜 수 없는 권태란 없다. 모든 권태는 파괴되기 위해 존재하며, 글쓰기는 먼 아담의 시대에 신이 하사한 주권으로 권태의 집을 때려 부순다. (p.5.)

오민석에게 글쓰기는 클리셰로 가득한 세계를 지우고, 바꾸고, 갈아 치우고, 때려 부수는 것이다. 그의 상처받음의 윤리는 결기와 결단과 싸움으로 이어지는 것 같다. 우리 세계는 얼마나 지겨운 권태와 클리셰로 가득한가. 오민석의 글쓰기의 윤리는 클리셰의 세계를 규범 언어, 지배 언어로 파악하고, 이 세계와 불화할 것을 요청하는 것 같다. 그는 어디에서도 정치적 올바름이라는 좁은 관점으로 윤리를 사유하지 않았다. 그런데 그의 글을 읽다 보면 아픈 타자들을 옹호하기 위해 투쟁하라는 선동의 메시지가 반향처럼 들린다. 어쩌면 오독일 수도 있겠다. 그러나 이러한 개인적 오독을 통해 미학적이면서 행동적인 특이한 글쓰기를 경험하게 된 것 같다.

얼마 전 어떤 문화 기획자로부터 지금의 문학장에 불만을 토로하는 말을 들은 적이 있다. 그는 '문학이란 무엇인가?'라는 제목으로 한 시간 분량의 강연을 문학 연구자와 교수에게 부탁한 적이 있었다고 했다. 그런데 거의 모두 거절의 답변을 보내왔다고 했다. 그 이유는 무엇일까? 현재 문학장은 이처럼 '문학이란 무엇인가?'와 같은 거대 질문을 회피한다. 그에 대해 응답한다고 하더라도 장르별, 작가별, 시기별, 문학적 개념, 쟁점 등으로 분절해서 답하려고 한다.

큰 질문에 답하기 위한 위험성을 껴안으려는 모험을 하지 않기 때문이다. 큰 질문에 대한 응답은 아무래도 큰 개념 틀을 사용해야 하는데, 개념 틀 사이로 빠져나가는 디테일들을 감당하는 것은 쉽지 않다. 그런데 오민석은 스스로 큰 질문을 하고 자신만의 응답을 제출하고 있다. 아무도 큰 질문을 하지 않을 뿐 아니라, 그 질문에 일관되게 답하기 어렵다고 생각할 때 오민석은 문학이란 무엇인가에 대한 자신의 사유를 체계적으로 밀고 나갔다. 그는 자신이 사용하는 개념들을 자유자재로 구사하면서, 문학이 무엇인지, 그리고 무엇이어야 하는지, 그것이 어떻게 가능한지를 제시한다. 이 평론집의 여러 미덕들 중 하나가 그것이다. 오민석은 자발적 책임을 스스로에게 부과하는 평론가의 윤리적 태도를 보여 준다.

제3부

기교주의자의 몸말
—이인원,『그래도 분홍색으로 질문했다』

1. 대상을 '사칭'하려는 21세기 기교

시인 이인원은 기교주의자이다. 특히 시집『그래도 분홍색으로 질문했다』(파란, 2021)는 시적 형식과 그 형식이 어떤 감각으로부터 기원하는가에 집중하고 있다. 기교란 시의 부속물이 아니다. 기교란 시의 형식을 개별화하고 구체화하며 세련화하는 방법이다. 이인원의 이 시집은 무엇을 다루고 있을까? 사실 이러한 질문은 별로 유효하지 않은 것 같다. 시집명이기도 한 "그래도 분홍색으로 질문했다"에서(「분홍 입술의 시간」) 알 수 있듯이, 그는 언어와 세계를 분홍색이라는 감각 형식으로 질문한다. 질문의 내용이 아니라, 질문의 방식 즉 질문법을 질문한다.

시란 형식과 내용, 기교와 사상, 무의미와 의미로 분리되기 어렵다. 순수한 형식이란 있을 수 없고, 순수한 내용이란 존재하지 않기 때문이다. 따라서 언어의 의미와 무의미에 대한 실험들은 20세기적인 것 같다. 2020년대의 시는 그러한 이분법적 실험 이후의 시가 산출된다. 그럼에도 이 시집에 국한하여 이인원의 시를 말한다면, 언어에 대한 이인원식 '방법'이 오롯이 드러나는 것처럼 보인다. 시인은 자신의 시적 방법을 언어의 감각적 형식으로 선택하고 있다. 시집 전체에서 사용되는 언어들은 의미에 대한 욕망을 별로 가지고 있지 않다. 그 욕망의 형식이 어떤 것인지에 더 주목한다.

시 「꽃사과를 보러 갔다」에서 그는 과감하게 "사칭"이나 "차용"이라는 말을 사용한다. 그는 언어가 대상에 대해 진실해야 한다거나, 진정성이 있어야 한다는 서정시의 일반적 태도(이념)에 별로 관심이 없다. 사칭(詐稱)이란 거짓으로 속여서 말하는 것이다. 차용(借用)이란 돈이나 물건을 빌려서 사용하는 것이다. 시인이 언어를 사칭하거나 차용하는 태도는 한국시에서 흔쾌하게 받아들여지지 않는다. 그런데 이인원은 자신의 언어가 사칭이나 차용에 이른다고 해도 문제될 것이 없다. 오히려 자신의 언어가 거기까지 갈 수 있도록 길을 닦는다. 세계는 "현란한 손기술"에 의해 무언가 만들어지고 변화된다 (「눈 녹은 자리」). 그는 사물의 내용보다 그것을 만드는 "손기술"을 포착하려고 애쓴다.

2. 거리에서 크기로, 몸된 기교

그가 시적 대상을 바라보는 개성적 태도는 다음 시의 한 구절에서 잘 드러난다.

비행기가 시야에서 멀어질수록
승객의 몸도 작아진다고 믿는 아이의 마음으로
(중략)
16쇄 당시 이 직항 노선의 탑승료는 2,000원

50원어치의 하늘을 향해 50원어치만 웃는 것이 기교주의라는

자조적 이성의 향기는 무료 제공 서비스

다 식은 커피 한 모금이 혀에 감기는

오래된 시집의 바로 그런 맛

—「오래된 시집」 부분

　위 시의 첫 연은 별로 눈에 띄지 않는다. 하지만 이 구절이야말로
시인이 세계를 바라보는 개성적인 태도를 단적으로 보여 준다. 여기
에서 주목할 것은 어른과 다른 순수한 아이의 시선이라기보다, 몸에
천착하는 아이의 관점이다. 비행기가 시야에서 멀어지면 보통 우리
는 비행기가 나와 멀어졌다고 생각한다. 거리에 대한 추상적 사유가
작동하기 때문이다. 그런데 시인은 거리가 아니라 크기의 문제로 전
환한다. 즉 추상화된 눈의 감각이 아니라, 체화된 몸의 감각으로 대
상과 관계를 맺기 때문이다.

　현대 생태학의 창안자라고 불리는 야콥 폰 윅스킬은 『동물의 세계
와 인간의 세계』에서 동물과 인간이 이 세계를 어떻게 다르게 감각
하고 있는지를 보여 준다. 우리는 이 시공간을 인간 중심적으로 구
조화하곤 한다. 그러나 인간 이외의 비인간 존재들은 이 세계를 다
르게 구조화해서 살아간다. 인간의 눈 근육이 완전히 이완되었을 때
눈은 10미터에서 무한대의 거리까지 맞춰질 수 있다고 한다. 10미
터 반경의 시각적 원 내부에서 환경 세계의 대상들은 우리에게 가깝
거나 멀게 인식되는데, 그 원 바깥에서 대상들은 크기의 증가와 축
소만이 있을 뿐이다. 따라서 일정한 거리를 넘어서면 우리는 멀거나
가까움이 아니라, 작거나 큰 것으로 인식한다는 것이다. 윅스킬은

이 책에서 아이의 시각적 공간과 어른의 시각적 공간의 차이에 대한 일화를 소개한다. 독일의 생리학자 헬름홀츠가 어렸을 때 어떤 교회를 지나가고 있었다. 아이는 교회 회랑 위에서 일하는 일꾼들에 주목했다. 그는 어머니에게 저 작은 인형들 가운데 몇 개를 잡아다 자기에게 줄 수 있느냐고 물었다. 교회와 일꾼들은 이미 그에게 멀리 떨어진 평면 위에 있었고, 그것들은 멀리 있는 것이 아니라 작아져 있었다.[1] 이 감각이 바로 눈의 감각을 솔직하게 표현한 것이다.

윅스퀼은 이 책에서 동물들의 감각기관에 따라 인간의 시공간과 어떻게 다른지를 분명하게 보여 주고 있다. 파리의 환경 세계에서 거미줄은 보이지 않으며, 그래서 거미는 자신의 먹잇감에게는 전혀 보이지 않는 거미집을 짠다. 눈도 귀도 없는 진드기는 단지 포유동물에게서 나는 낙산 냄새를 맡음으로써 먹고 번식하고 생존할 수 있다. 인간에게 보이는 단 하나의 공간은 사실상 여러 동물들의 투명한 원형집의 복합체라는 것이다. 그렇게 본다면, 우리가 감각하는 시공간 세계는 인간의 감각에 사로잡힌 고정된 대상 세계가 아니라, 여러 동식물이 감각하는 다양하고 변화하는 이상한 다중의 세계가 된다. 이 인원은 이 다중적 공간에 또 다른 자신만의 감각을 보탠다. 시인은 감각을 비-인간적인 동물 차원까지 확장하지는 않았지만, 인간적 공간을 인간적으로 다중화했다고 해도 무방하다.

현대인은 감각을 사유하면서 더욱 현대적이 되었다. 가령 원근법은 실제 눈의 감각이 아님에도 불구하고, 우리는 눈과 거리의 관계가 하나의 소실점이 있는 체계로 공간을 본다. 본다는 것을 본다는

<hr>

[1] 야콥 폰 윅스퀼, 『동물들의 세계와 인간의 세계』, 정지은 역, 도서출판b, 2012, pp.44-45.

생각으로 바꾸어 버린 후 보는 것이다. 원근법은 몸의 감각이라기보다 사유로서의 감각이다. 그런데 이인원의 감각은 추상화된 인간적 감각이 아니라, 체화된 감각에 충실하고자 한다. 그것이 "비행기가 시야에서 멀어질수록/승객의 몸도 작아진다고 믿는 아이의" 감각이다. 비행기는 일정한 거리를 벗어나면 멀어지는 게 아니라, 작아져 있다. 사물을 몸으로 감각한다는 것은 몸된 감각에 충실할 때 가능해진다. 그래서 이인원의 감각은 근원적으로 '몸된 것'이라고 할 수 있겠다. 이 시에서 언급한 오규원의 "기교주의"는 산업사회의 경박성을 풍자하기 위한 것이었지만, 이인원은 몸된 "기교주의"를 만들고자 하는 강한 욕망을 품고 있다.

봐라
벌거벗고 바둥거리는 목숨이란 말

간지럽단 말 대신 굵적굵적 꽃망울 터트리는 나무
못 참겠단 말 대신 철썩철썩 온몸 보채는 바다

복잡한 어순과 어휘 싹둑 잘라 낸 은유의 배꼽

탯줄도 가르기 전 터득한 몸말
옹알이부터 시작된 말
아 잊어버린 후까지

무서울 땐 먼저 삐죽삐죽 머리칼 곤두섰고
추울 땐 오소소 소름부터 돋았던

가장 오래된 미래의 말

—「보디랭귀지」 부분

목숨이란 무엇일까? 생명 혹은 삶이라는 이 복잡하고 해명할 수 없는 의미를 언어로 모두 표현하기는 불가능할 것이다. 이인원은 언어의 불가능성을 다른 방식으로 접근하면서 불가능성을 타개한다. 표현의 가능성에 대해 낙관하는 것도 물론 아니다. 그는 "목숨"이라는 언어의 몸된 형식을 형식화한다. 목숨이라는 말 이전에 "벌거벗고 바동거리는" 목숨을 가진 것들이 있다. "간지럽단 말" 이전에 나무는 물관과 체관을 통해 물과 영양분을 길어 올리고, 수술과 암술의 '간지러운' 생식 작용을 하며 꽃을 피운다. 고통과 아픔을 더 이상 "못 참겠단 말" 이전에 철썩철썩 서로 몸을 부딪고 뒤척이는 고통스런 바다가 있다. 그래서 "은유"는 "복잡한 어순과 어휘 싹둑 잘라낸" "배꼽"과 같은 것이 된다. 목숨을 가진 것들의 총체적 의미를 언어로 드러내기는 어려운 일이다. 이리 싹둑 저리 싹둑 잘라 내어 멋지게 매듭진 언어의 배꼽이 바로 '은유'이다. 그래서 은유는 메타적인 것이다. 시인에게 언어는 기호화된 언어 이전의 것이며, 은유 이전의 것이다.

그것이 "몸말"이다. 몸말은 몸에 달라붙은 언어이다. 그러니까 기호로서의 언어는 몸말로부터 분기되어 고도로 발전된 양식일 뿐이다. 몸말은 몸에 달라붙어 의미를 몸으로 표현한다. 무섭다는 의미는 "삐죽삐죽 머리칼 곤두"서는 피부의 감각이다. 춥다는 것은 "오소소 소름부터 돋"는 피부의 감각이다. 이인원에게 언어란 몸된 언어이기 때문에 "가장 오래된 미래의 말"이자 "가장 새로운 과거의 말"이다. 이인원의 기교주의는 몸으로부터 나온다. 언어 그 자체를 추상화하여 세련되게 다듬는 기교가 아니라, 몸에 달라붙어 언어 이전에 존재하는 몸된 표현에 주목하고 그것을 포착하는 것이 이인원의 기교라고 할 수 있다.

3. 저 현란한 손기술

이인원이 포착하는 세계는 묘사되거나 서술되지 않는다. 동적인 것, 불명확한 것, 균열하는 것, 감정적인 것, 진실한 것, 부정적인 것 등으로 표현되지 않는다. 이인원은 시적 대상 세계가 담아내는 내용이나 시적 주체가 투사하는 주체의 목소리를 약화시키고, 그것들 사이에서 현란하게 움직이는 '기술'을 포착하려고 한다.

나무토막 두 개로 만든 내 캐스터네츠

한 붉음과 약간 다른 한 붉음
정확하게 마주쳐 본 적 없다

트레몰로, 트레몰로
탬버린 소리
1밀리그램씩 무거워져
딱 그만큼 무거워진 바람을 불러들이다
폐선처럼 뒤집히고

모래에 파묻힌 트라이앵글 한쪽 모서리로
싸이어닌 블루의 파도 밀물져 온다

(중략)

골목길에 떨어진 털장갑 한 짝을 밟고 지나갔던

사소한 기억은 얼마나 긴 손가락을 가졌는가

내 새끼손가락은 다른 이들보다 얼만큼 짧은가

—「11월」 부분

11월은 어떤 달인가? 이 시는 제목이 11월이지만, 계절(시간)감을 촉발하는 감정 같은 것은 잘 드러나지 않는다. "11월"은 두 개의 막대처럼 생긴 숫자 형태에서 기인한다. 11이라는 형태는 "나무토막" 두 개가 연결된 "캐스터네츠"라는 물체를 가져온다. 캐스터네츠는 단순한 악기지만, 시적 주체는 두 쪽을 서로 정확하게 마주쳐 소리를 내지 못한다. 캐스터네츠는 "탬버린"을 불러온다. 역시 탬버린은 연주하기 어려운 악기는 아니지만, 반복적으로 떠는 소리를 내는 "트레몰로"에 의해 무거워져 뒤집혀 버린다. 캐스터네츠는 "트라이앵글"을 가져온다. 트라이앵글 역시 한쪽 모서리가 모래에 파묻혀 있어 소리를 내기 어렵다. 11이라는 두 개의 막대기 모양이 불러온 악기들은 조화로운 음악을 연주하지 못한다. 11월은 실패인가? 부조리한가? 절망적인가? 슬픈가? 자기분열적인가?

11월은 11월의 내용을 담고 있지 않다. 단지 11이라는 막대기 모양은 "골목길에 떨어진 털장갑 한 짝을 밟고 지나"간 기억으로 이어지는데, 그 역시 특정 감정이나 이야기를 촉발하지 않는다. 보통 문학에서 기억이란 프루스트의 '마들렌'처럼 특정 사건의 내용을 불러오거나 특정 감정을 환기하는 장치이다. 그런데 이인원의 이 시에서 과거의 사건은 사건의 내용을 불러오지 않는다. 털장갑을 밟고 지나갔던 사건의 내용은 더 이상 다른 이야기로 나아가지 않는다. 단지 그 기억은 "내 새끼손가락은 다른 이들보다 얼만큼 짧은가"를 보는 감각 행위를 불러온다. 새끼손가락이 얼마나 짧은가의 문제는 감각의 문제다. 11월이란 결국 다른 새끼손가락과 내 새끼손가락을 비교하며 바라보는 일일 뿐이다.

수십 년 만의 폭설

갑작스레 더 쪼글쪼글해진 산수유 열매
불쑥, 붉다

불쑥은 얼어붙은 뺨을 한 방 세게 때리고는
눈 녹듯 사라진다

입가에 팔자 주름 생겼다
몇 십 년 퇴적층이 슬쩍, 농을 걸어온 것

슬쩍은 연노랑 산수유꽃으로 접근해
눈 녹은 자리까지 실없이 지켜본다

숙달된 바람잡이와 소매치기인 시간에게
내 얼굴은 가장 털기 쉬운 지갑

면도날에 길게 찢긴 핸드백 같은 허공에서
함박눈 펑펑 쏟아진다

불쑥의 좁은 등 슬쩍 떠밀며
슬쩍의 발목 불쑥 걸고 넘어진다

저 현란한 손기술에 언제 또 당할 것이겠지만
넋을 놓고 쳐다본다

—「눈 녹은 자리」 전문

　눈 녹은 자리란 눈이 녹은 후의 흔적을 말한다. 시인은 "불쑥"과
"슬쩍"이란 시어를 활용하기 위해 눈 녹은 후의 흔적을 불러온 것
같다. 이 시의 주인공은 그러니까 "불쑥"과 "슬쩍"이라는 시어인 것
처럼 보인다. "불쑥"의 의미는 "얼어붙은 뺨을 한 방 세게 때리고"
"눈 녹듯 사라"지는 것이다. "불쑥"은 부사어로 사용되는 부차적 언
어가 아니다. 이 시의 풍경 전체를 대체하는 언어이다. "슬쩍"도 마
찬가지이다. "슬쩍" 역시 폭설이 내린 후 산수유꽃이 피는 시간적·
공간적 경계를 대체하는 언어다. 그러니까 "슬쩍"은 서술어를 강조
하는 부사어가 아니라, 이 시의 핵심 역할을 담당한다. "불쑥"과 "슬
쩍", "슬쩍"과 "불쑥"이 떠밀며 발을 걸고넘어지는 이 상황이 바로
눈 녹은 자리의 풍경이다. 이인원은 "불쑥"과 "슬쩍"이 출몰하는 이
풍경을 "저 현란한 손기술"이라고 말한다. 폭설이 내리고 "불쑥" 눈
이 녹고, "슬쩍" 산수유꽃이 보이는 이 세계의 변화는 고단수 소매치
기가 보여 주는 "손기술"이다. 이인원의 언어가 주목하는 것은 이런
것이다. 눈 녹은 자리의 내용이나 눈 녹은 자리를 보는 자의 감정 세
계가 아니라, 그 둘을 존재하게 하는 언어의 형식, 감각의 형식이다.
이 시집에서 출몰하는 기술적 언어들은 시인의 기교주의자적 면모

를 보여 준다. 이인원의 몸된 감각에서 기인하는 시적 기술들의 세계가 이 지루하고 단일한 인간 중심적 공간을 앞으로 어떻게 분화하고 다중화해 나갈지 '불쑥' 궁금해진다.

울퉁불퉁하고 무작위적으로 봉제된 사물들의 언어

―금은돌의 시에 대하여[1]

천의무봉(天衣無縫)이라는 말이 있다. 문학사에서는 평론가 김윤식이 박완서의 소설 「엄마의 말뚝 2」를 두고 천의무봉이라고 상찬해서 유명해진 말이다. 천상의 옷은 바늘이나 실로 꿰맨 흔적이 없이 완전하다. 일부러 꾸미지 않고 자연스럽고 완전하며 아름다운 문장을 일컫는 말이다. 즉 대상 사물을 재현하기 위해 사용되는 언어의 자연스러운 미학적 형식을 말하는 것이라고 할 수 있다. 리얼리즘은 대상을 재현 가능하다고 본다. 그래서 천의무봉의 언어가 미학적으로 가능하다고 믿으며 언어에 과도한 책임을 부여하였다. 그러나 이제 대상과 언어의 관계는 재현의 형식이 아니라, 비재현의 형식을 통해 미학적 관계를 맺는다. 대상을 인간화된 관점이 아니라, 대상

---

1 이 글은 동인 '사월'의 멤버였던 고 금은돌(김은석) 선생의 1주기에 맞춰 쓴 글이다. 평론가이며, 화가이며, 연구자로 활동했던 금은돌은 시인이기도 했다. 그의 시집 『그녀 그』가 2022년 4월에 출간되었다. 고 금은돌 선생과의 우정을 생각하며 이 글을 썼다.

의 사물성을 부각하면서 언어와 관계를 맺을 때 세계는 존재론적으로 평등해진다. 즉 세계의 사물성을 드러내는 방식을 통해 시적 세계를 창발한다. 금은돌의 시를 사물과의 관계 속에서 읽어 낼 이유가 여기에 있다.

2000년대 미래파 시 이후 한국시는 서정과 비서정, 자연과 비자연, 주체와 비주체, 타자와 비타자라는 견고한 이분법이 허물어지고 있다고 생각된다. 미래파 시는 반주체, 반서정을 선언하면서 역설적으로 시적 엘리트주의나 계몽적 태도를 효과화했다. 전통서정시의 문법을 파괴하기 위한 계몽적 목소리는 시적 주체가 서정시의 왕좌에서 내려오지 않았다는 뜻이기도 하다. 포스트 미래파 시라는 용어가 적절한지에 대해서 더 논의가 필요하지만, 편의상 미래파 시 이후라는 의미로 사용한다면, 포스트 미래파 시는 주체와 타자, 서정과 반서정이라는 시적 구분 자체를 모호하게 했다. 미래파 시가 서정시의 이념을 비판하면서 반서정을 선언했던 것과 차이가 있다. 가령 시적 자아라는 문법을 무시해 버린다면, 그것은 그저 사소한 시적 기법 중의 하나일 뿐이다. 그러므로 포스트 미래파 시는 주체냐 타자냐, 서정이냐 반서정이냐, 언어의 경제성이냐 비경제성이냐를 굳이 셈하지 않는다. 전통적인 서정시의 이념을 수용하지 않는다면, 시의 좌표축은 다르게 설정될 수 있다. 혹은 좌표축들이 다양해질 수 있다. 금은돌의 시에서 시적 좌표축의 하나는 사물이다. 사물은 시적 주체의 자기중심성 혹은 인간 중심성을 약화시키고, 이를 통해 시는 사물과의 관계성 속에서 새롭게 창발된다. 금은돌의 시는 사물의 물질성과 관계성을 드러내는 신유물론적 특징을 보여 준다는 점에서 새롭다.

금은돌의 시는 천의무봉이 아니라, 사물들이 무작위적으로 연결되는 봉제선을 드러내는 방식으로 언어를 사용한다. 사물들이 매끈하게 연결되지 않고, 울퉁불퉁하고 굴곡지고 거칠게 연결된 봉제선을 드러냄으로써 세계를 재배치한다. 이때 사물들은 인간으로부터 독립한 낯선 것이 아니다. 마찬가지로 인간의 의식에 침윤된 인간화된 사물도 아니다. 즉 비인간화된 낯선 사물도, 인간화된 사물도 아니라고 할 수 있다. 금은돌의 시에서 사물은 인간의 바깥과 인간의 내부라는 이분법을 가로지른다. 사물은 자신의 독특한 물질성을 드러내면서 다른 사물과 언어의 관계서 속에서 미학화된다. 한국시사에서 사물의 독립성은 1960년대 후반에 있었던 시민-소시민 논쟁에서 소시민론을 제출한 평론가 김주연으로부터 본격화된 바 있다. 김주연의 시적 모더니티는 "최소한의 지성"에 의해 형성된 시적 거리를 확보함으로써 사물(대상)을 정립할 수 있다고 보았다. "새로운 진실"은 새로운 리얼리티의 발견이며, 이때 사물은 지성적 인식에 의해 포착될 수 있다. 김주연의 '사물의 발견'은 주체의 과잉된 의식 바깥에 존재하는 것이다. 김주연은 사물을 새롭게 발견함으로써 김수영을 비롯한 참여파 시인들의 주체 과잉, 감정 과잉, 의식 과잉을 비판하고자 하였던 것이다.[2] 사물은 서정시의 주체 과잉을 해소하고, 주체 바깥에 있는 타자의 세계를 포착할 수 있는 방법론이었다. 그러나 이 시기 사물은 인간으로부터 독립적이라는 새로운 특징을 부여받았지만, 이들의 실존적 관계성에 대해서는 그다지 큰 관심이 없었다. 사물은 주체의 객관적 인식 능력을 확보해 주는 역할을 담당하고 있었다는 점에서 인간 중심적 관점을 유지한다. 주체 바깥에 있는 사물에 초점을 맞추었기 때문이다. 문학사에서 사물의 계보에

---

2 김주연, 『상황과 인간』, 박우사, 1969, p.17, p.26, pp.150-151 참조.

대해서는 더 논의가 필요할 것이다. 그 계보의 초기에 김주연이 있었다면, 계보의 끝자락에 금은돌의 시가 있지 않을까 생각한다.

금은돌의 시에서 새로운 사물성은 무엇일까? 그것은 사물들이 주체 내부와 외부라는 이분법적 세계가 아니라, 인간과 비인간 사물이 뒤죽박죽 공존하는 일원론적 세계에 존재하는 능동적 행위자라는 점에서 차이가 있을 것이다. 금은돌의 시에서 사물은 어떻게 태어나는가가 아니라, 어떤 관계를 맺으며 존재하는가가 중요하다.

1. 관계적으로 생동하는 사물

금은돌의 시에서 사물은 독립적이지 않다. 사물의 독립성은 인간이 부여한 기능이나 인간화된 상징으로부터 벗어나, 자신의 개체성을 확보한 자기 자신으로서의 사물을 말한다. 오랫동안 비인간 사물은 인간의 상징체계에 의해 의미를 부여받았다. 하늘, 책상, 안경, 상처 등과 같은 사물은 인간을 위한 기능이나 상징체계를 통해 이름을 받을 수 있었다. 이 사물들은 자신의 물질성이 외면받으면서 수동적 객체에 머물러 왔다. 하지만 사물들에게 자신의 사물성(thingness)을 되돌려 주면 어떻게 될까? 사물이 갖는 육체적 물질성을 부여하면 어떻게 될까? 그러면 사물들은 기능과 상징체계로부터 멀어져 우리가 알 수 없는 순수한 사물로 태어날 수도 있을 것이다. 낯설게하기 기법이 그 예다. 그러나 그러한 독립된 사물, 해방된 사물, 순수한 물질로서의 사물들은 존재할까? 사실상 사물은 그렇게 존재하기 어렵다. 그러한 관점은 플라톤이 말한 이데아적인 것이다. 사물에는 사물의 본질이 따로 있는 걸까? 그러한 형이상학은 또다시 우리 세계를 이분화한다. 본질과 현상, 이데아와 그림자, 외부와 내부라는 이분법 말이다. 금은돌은 사물을 '사이'에 존재하게 한다. 사물은 기능적인 것도, 독립적인 것도 아니다. 이것과 저것 사이에 존재함으로써 관계를 형성하고, 그 관계를 통해 존재할 수 있다. 사물은 관계적일 때 사물이 된다. 사물의 위치와 기능, 개성 등이 그제서야 확정되기 때문이다.

그 상처는 그냥 바람. 바라봄. 바람은 동사. 바람에 깊어지는 고름. 바람이 분다. 바람은 분다. 바람을 멈춘다. 바람 맞다. 기다리다. 휘몰아친다. 움직이는 것들은 모두 바람바람바람. 그 사이에 목적어가 있기도 하고 없기도 하다. 바람과 바람 사이에 나무가 있기도 하고 없기도 하다. 바람과 바람 사이에 사람이 있기도 하고 없기도 하다. 바람과 바람 사이에 새가 있기도 하고 없기도 하다. 바람과 바람 사이에 터널이 있기도 하고 없기도 하다. 목적이 있기도 하고 없기도 하고 기대가 있기도 하고 없기도 하고 언덕이 있기도 하고 없기도 하고 벼랑이 있기도 하고 없기도 한다. (중략)

바람과 바람 사이에 숨이 있다. 우리가 숨을 쉬고 있는 숲이 있다. 주술을 거는 숲 사이에 바람이 드나든다. 주술을 거는 숲 사이에 상처가 있다. 주술을 거는 숨 사이에, 어린아이가 춤을 춘다. 맨발로, 춤을 추는, 나지막한 채송화. 하양. 빨강. 초록. 나지막한 바람이 불어오는 곳에서 더 낮은 무릎으로 꽃을 바라보던 아이가 듣고 있다. 꽃의 목소리. 바람의 목소리. 꿈의 목소리. 꿈을 꾸는 숲 사이에 바람이 드나든다.

바람과 꿈과 숨과 채송화 사이에 아이가 춤을 춘다. 이제 다시 춤을 추어야 한다. 꿈꾸는 자의 손가락 사이로, 바람이 드나든다. 우리가 모두 드나든다.

—「그 상처를 그냥 놔주어야 한다」 부분[3]

이 시는 '상처=바람'이라는 금은돌의 명제로부터 시작된다. 여기서 바람은 바라봄으로 연결된다. 시적 언어란 의미의 연속일 뿐 아니라, 무의미의 도약이기도 하다. 따라서 바람은 상처로부터 파생되었지만, 바라봄이 되고, 꿈으로서의 바람이 된다. 금은돌에게 바라봄은 하나의 사건이다. 금은돌의 1인 잡지『mook 돌』1에서 그는 자신의 삶을 '버스'를 중심으로 사건화한 바 있다. "2008년 2월 교통사고가 나다"로 시작하는 에세이에 따르면, 그는 성묘 가는 길에 트럭이 와 받는 교통사고를 경험한다. 온 가족이 교통사고를 당한 것이다. 그는 "살아 있음을 확인"하고 하나의 문장을 얻는다. "살아 있다는 것은 바라보는 일이다"가 그것이다.[4] 금은돌에게 살아 있다는 것은 바라보는 일이다. 그가 2008년 사고 직후, 죽음이 아니라 살아 있음을 자각한 이래, 그는 그림을 그리고 시를 쓰고 평론을 하는 사람이 되었다. 그의 그림「눈동자 연작」에서 알 수 있는 바와 같이, 금은돌에게 바라본다는 것은 생명 활동의 핵심인 것 같다. 그러나 바라본다는 것은 대상과의 객관적 거리를 확보하는 근대적 시각성과는 다른 것이다. 근대는 시각이라는 감각을 특권화하면서 사물을 대상화하고 타자화하였다. 그것은 객관적 거리를 확보하는 인간의 이성, 합리성, 과학적 지성이었던 것이다. 즉 바라본다는 것은 사물로부터 인간을 분리하여, 비합리적인 영역에 두는 것이다. 그러나 사물은 분리될 수 없다. 비인간으로서의 사물은 자기 홀로 존재할 수 없기 때문이다.

금은돌은 무엇을 바라보는가? 이것은 좋은 질문이 아니다. 이 질

---

3 금은돌,『그녀그』, 현대시학사, 2022, pp.12-14.
4 금은돌,『mook 돌』1, 글상걸상, 2016, pp.13-14.

문은 주체의 시각성을 우선시하기 때문이다. 즉 바라보는 자가 먼저 있기 때문에 보여지는 대상이 있다는 것을 전제하는 말이다. 금은돌의 바라봄은 자신을 살아 있게 해 주는 사물들이 먼저 존재하기 때문에 가능하다. 살아 있기 때문에 바라보는 것이 아니라, 살아 있음을 확인시켜 주는 사물들에 의해 주체는 바라봄을 행하는 것이다. 보는 자란 보이는 것에 대해 응답하는 자이다. 그러니 시각 주체가 우선시되지 않는다. 금은돌의 시에서 바라봄은 바람이 된다. 살아 움직이는 사물들의 세계에서 존재는 '-이다'가 아니라, '-이 된다'이다. 시적 언어의 비약은 언어의 논리가 아니라, 사물의 논리에 더 충실한 것 같다. 언어의 비약은 인과적 질서를 깨트릴 때 가능하지만, 사물의 비약은 상호 얽힘이라는 물리적 작용 속에서 자연스러운 것이다. 얽힘은 복잡한 관계성을 통해 물질의 물질성을 보장한다. 금은돌의 언어는 사물의 논리에 더 가깝게 보인다. 금은돌의 시에서 사물은 홀로 빛나는 객체가 아니다. 그의 시에서 사물은 '사이'에 존재한다. 금은돌이 바라보는 것은 사이에 존재하는 자신과 사물 그것이다.

다시 위 인용 시를 보자. 상처는 바라보는 행위에서 곧바로 '바람'이 된다. 바라봄은 의미의 유사성이 아니라, 무의미(소리)의 유사성에 의해 바람이 될 수 있다. 이것은 무의미로서의 언어가 갖는 논리적 비약이다. 바람이라는 이름은 명사적이지만, 바람의 속성은 "동사"이다. 그래서 상처로부터 촉발된 바람은 움직이는 사물로 배치된다. 바람이라는 사물은 이 시를 구조화하는 시적 행위자일 뿐이다. 이 시의 주인이 아니라는 말이다. 바람은 분다. 그러나 "바람을 멈춘다"에서 바람은 주어의 위치가 아니라, 목적어로 사용된다. 바람이 이 시를 주도하면서도 주인의 자리에 있지 않음을 의미한다. 금은돌은 사물이 무엇인지 잘 알고 있는 것 같다. 이 시에서 바람은 능동성에 귀속되고 있다. 능동성이란 주체에게만 환원되지 않는다. 능동성은 사물이 주어의 자리에도, 목적어의 자리에도 자유롭게 가 앉는 것이다. 금은돌은 바람의 위치를 주어나 목적어의 자리뿐 아니라, 부사어의 자리에 위치시키기도 한다. 바람을 탈주체화하면서 사물의 능동적 물질성을 더욱 밀고 나가는 것처럼 보인다. 바람은 다른 사물을 드러내기 위한 배경으로 물러나면서, 사물들의 세계를 이어 붙인다. 그것은 '사이'를 통해 이루어진다.

바람과 바람 사이에 사람이 있기도 하고 없기도 하다. 바람과 바람 사이에 새가 있기도 하고 없기도 하다. 바람과 바람 사이에 터널이 있기도 하고 없기도 하다. 목적이 있기도 하고 없기도 하고 기대가 있기도 하고 없기도 하고 언덕이 있기도 하고 없기도 하고 벼랑이 있기도 하고 없기도 한다.

사물들은 어떻게 존재하는가? 이 글에서 나는 사물을 행위자와 같은 말로 사용할 것이다. 사물을 기존의 객체로 이해하지 않고, 능동적인 존재로 접근한다면 모든 사물은 행위자가 되기 때문이다. 따라서 사물은 어떤 것과 어떤 것 사이에 존재하면서 능동성을 확보한다. 앞서 언급했던 바와 같이 사물은 홀로, 독립적으로, 자율적으로, 순수하게 존재하기 어렵기 때문이다. 그렇다면 이 시에서 사람은 어떻게 존재하는가? 바람과 바람 사이에 있을 수 있다. 새는? 터널은? 언덕은? 이들은 모두 바람 사이에 존재한다. 그러므로 목적이 있기도 하고, 없기도 하다. 주어가 되기도 하고 되지 않기도 한다. 사물들은 다른 사물들 사이에서 관계로 봉제된다. 이때 봉제되는 텍스트는 천의무봉처럼 완전하지 않다. 봉제선은 울퉁불퉁할 것이고, 찢어져 피가 흐를 수도 있다. "살점이 떨어져 나가다"처럼 말이다.

동시에 이 사물들은 동사적이다. 사물들을 연결하는 봉제선 역시 동사적이다. 바람과 바람 사이에 있는 사물들은 달라진다. 그 사이에 사람, 새, 터널, 언덕, 벼랑, 기대 같은 것들이 있다. 이 시에서 바람은 바라봄일 때가 있는데, 그것은 상처로부터 파생된 것이다. 그렇게 본다면 바람은 상처와 바라봄을 동시에 끌고 온다. 바람이라는 동사적 작용을 통해 금은돌은 상처를 바라본다. 상처는 살점이 떨어져 나가는 살아 있는 물질성을 갖는다. 피가 흐르지 않는 살점이 수챗구멍으로 흘러간다. 살점은 유기체인 몸에서 떨어져 나옴으로써 더 물질적인 것이 된다.

생기론적 신유물론자로 알려진 제인 베넷은 물질의 활력을 옹호한다. 죽어 있거나 도구화된 물질이라는 이미지는 사실 인간 중심적 환상을 키우는 것에 불과하다는 것이다. 스피노자는 떨어지는 돌에게도 코나투스, 즉 능동적인 자기 유지에 대한 충동을 가지고 있다고 하였다. 모든 사물에는 자기(생명)를 보존하려는 충동이 내재해 있다는 것이다. 제인 베넷은 '사물-권력'이라는 용어를 사용하면서 인간과 물질(사물)이 겹쳐지는 범위를 확장한다. 그는 인간 역시 물질의 범주에서 활동하는 생기적 참여자임을 강조한다.[5] 사물의 능동성은 우리의 정체성을 허물고, 확장하고, 변형시킨다. 생동하는 사물의 예를 쓰레기 더미에서 찾을 수 있다. 쓰레기는 버려져 쓸모없는 무력한 물질이 아니다. 쓰레기 더미는 살아 있다. 수십억의 미생물이 산다. 미생물은 쓰레기의 일부를 소화시킨 뒤, 이산화탄소와

---

5 제인 베넷, 『생동하는 물질』, 문성재 역, 현실문화, 2020, p.40.

메탄가스, 거대한 열대성 바람을 내뿜어 목초지의 화재를 야기하거나, 대기권에 도달하여 오존을 침식시키기도 한다. 침출수가 지하수로 흘러들어 검은 액체로 변하고, 독성을 지닌 순수한 오염 물질이 된다. 기름과 윤활유, 시안화물과 비소, 카드뮴과 크롬, 구리 등의 혼합물이 태어나는 곳이 쓰레기 더미이다.[6] 그렇다면, 쓰레기 더미는 살아 있는 행위자가 아니겠는가? 우리는 쓰레기 더미의 물질성, 이 사물들의 연합체를 어떻게 보아야 할까? 여기서 생동하는 사물들은 홀로 빛나는 물질의 본성 같은 것이 아니다. 그것은 사물과 사물들이 결합하고, 끊어지고, 창발하면서 생동하는 어떤 것이 된다. 사물들은 자율성이 아니라 관계적으로 생동한다.

금은돌의 사물은 어떠한가? 바람과 바람 사이에 있는 사물들은 주어일 수도 있고, 목적어일 수도 있고, 배경으로 남는 부사어가 될 수도 있다. 여기서 사물은 활력을 띤다. 바람은 모든 움직임이 될 수 있으며, 그 사이에 다른 사물을 연결하면서 존재하게 만든다. 사물은 "살점"처럼 철 수세미로 긁히기도 하면서 수챗구멍으로 흘러들어간다. 사물은 문장 안에서, 혹은 세계 안에서 모든 지위를 갖는다. 그리고 이 사물들은 문장을 완성하기 위해 사물과 사물을 이어 붙인다. 천의무봉의 방식이 아니라, 기운 자국이 울퉁불퉁 드러나는 솔기가 하나의 텍스트가 되는 것이다.

2. 사물인 나를 무작위적으로 배치하는 사물들

금은돌의 시 「쥐똥의 시간」 역시 마우스라는 사물이 어떻게 존재하는지를 보여 준다.

---

6 제인 베넷, 『생동하는 물질』, pp.44-45.

수요일의 마우스가 마우스로 있다. 1시 40분. 교직원 버스. 마우스가
수요일에 놓인다. 블루투스. 화요일이었던 마우스.
서울행. 노교수. 마우스는 마우스를 잇는다.
(중략) 1시 40분을 쪼개는 마우스. 건조한 피부
를 가진 마우스. 한강변을 조깅하는 마우스. 태양
의 궤도 안에서 돌고 도는 실험용 버스. 실험용 강
의. 실험용 투약. 실험용 쓰레기. 1시 40분. 클릭.
늙은 조교. 젊은 교수. 가짜 머리카락. 가짜 하품.
1시 40분. 시간강사 마우스. 나는. 마우스로 노는
자. 마우스의 빛을 본다. 손가락을 빤다. 가로수
아래를 지나. 날아다니는 은행잎. 기억 없는 마우
스. 내가 놓지 못하는 마우스. 휴지통에 버려진 마
우스. 썩지 않는 마우스. 기억을 삭제하는 마우스.
종료 버튼 누른 나를 저주하는 마우스. 중추신경
타고 흐르는 마우스. 마우스가 필요 없는 마우스.
꽃이 된다. 나무가 된다. 뱀이 된다. 돌이 된다. 새
가 된다. 1시 40분의 마우스. 인간을 넘어서는 마
우스. 나를 본다. 마우스가 큰다. 내가 자라난다.
이게 나를 키운다. 옹알옹알. 쥐똥을 싼다.

─「쥐똥의 시간」 부분[7]

이 시는 마우스라는 사물의 능동적 변화를 재치있게 보여 준다.
잘 알려진 바와 같이 마우스는 컴퓨터 입력장치 중 하나로서, 작은

---

[7] 금은돌, 『그녀그』, pp.30-32.

생쥐처럼 생겨서 붙여진 이름이다. 이 시에서 마우스는 우리가 아는 등이 둥글게 생긴 컴퓨터 입력장치라는 기능을 조금만 가지고 있다. 탈기능화를 통해 새로운 사물이 탄생된 것이다. 그러나 이 마우스라는 사물은 스스로 빛나 자기 존엄성을 내뿜는 그런 존재는 아니다. 이 시에서 마우스는 1시 40분이라는 시간에 존재하는 수많은 사물 더미들을 연결한다. 1시 40분의 교직원 버스, 1시 40분의 옥상 너머 붉은 태양, 1시 40분의 물결, 햇빛, 한강변 등 수많은 사물들이 뒤죽박죽 무작위 상태로 배치되고 있다. 1시 40분이라는 우연한 시간에 우연한 장소에서 우연한 사물들은 서로 연결된다. 이 우연성은 연결되었기 때문에 포착된 사물들이다. 그러므로 이 우연한 사물들의 조합은 무작위적 연결이라는 사건에 의해 탄생한 것이다.

무작위적으로 연결되고 배치된 사물들은 1시 40분이라는 시간에 얽매여 있다. 이 시간을 떠나서는 우연성은 발생하지 않는다. 그런 점에서 무작위성은 즉흥적인 우연성이 아니라, 관계적 우연성이라고 느껴진다. 사물들은 독립적으로 탄생하기보다는 관계적으로 탄생한다고 생각된다. "스웨터를 입고 스파게티가 먹고 싶은. 푸른 연결"인 것이다. "푸른 연결"은 우연하지만 낯설지 않은 존재론적 관계성을 보여 주는 것 같다.

이 시의 마지막을 읽어 보자.

> 기억 없는 마우스. 내가 놓지 못하는 마우스. 휴지통에 버려진 마우스. 썩지 않는 마우스. 기억을 삭제하는 마우스. 종료 버튼 누른 나를 저주하는 마우스. 중추신경 타고 흐르는 마우스. 마우스가 필요 없는 마우스. 꽃이 된다. 나무가 된다. 뱀이 된

다. 돌이 된다. 새가 된다. 1시 40분의 마우스. 인
간을 넘어서는 마우스. 나를 본다. 마우스가 큰다.
내가 자라난다. 이게 나를 키운다. 옹알옹알. 쥐똥
을 싼다.

　이 시에서 '나'는 종료 버튼을 눌러 버린다. 마우스는 컴퓨터 입력
장치라는 기능을 종료한다. 그래서 "마우스가 필요 없는 마우스"가
되는 것이다. 즉 "인간을 넘어서는 마우스"가 된 것이다. 사회적 기
능이 사라지자 마우스는 다른 존재가 되기 시작한다. 인터넷 세계에
서 수많은 것을 연결하고 끊고 이동시키던 마우스는 이제 탈인간화
된 리얼 마우스가 된 것이다. 그래서 꽃이 되고, 나무가 되고, 뱀이
되고, 돌이 되고, 결국 생쥐가 될 수 있는 것이다. 이 생쥐는 건물의
어두운 틈새로 달아나지 않는다. 이 마우스는 생쥐의 습성보다 플라
스틱 마우스의 물질성에 더 충실한 사물이기 때문이다. 생쥐는 '나'
의 손과 연결되었던 존재였다. 그러므로 마우스는 도시의 하수구로
도망치기보다는 나를 키우고, 자신을 키운다. 그리고 나는 인간의
언어를 잃어버리고, 쥐똥을 싼다. 나는 마우스가 되었다. 그러므로
나는 거대한 물질의 세계 안으로 편입되면서 새로운 존재가 된 것이
다. 어쩌면 1시 40분의 마우스를 잡고 있던 나는 이미 마우스였을지
도 모른다. 금은돌은 마우스를 사용하는 인간과 사용되는 마우스라
는 거대한 이분법의 세계를 허물고, 마우스의 세계로 일원화시킨 것
같다. 인간을 사물적 존재로 변화시켰다고 해서 인간이 사물로부터
소외되었다고 말할 수 없다. 오히려 사물들은 살아 움직이고, 연결
하고, 비약하고, 끊어지고, 다른 사물로 변하고, 심지어 똥을 싼다.
이 무작위적이고 생동하는 사물들이 넘쳐나는 텍스트의 세계. 이 세

계는 현실 세계와 전혀 다른 낯선 세상인가?

금은돌은 울퉁불퉁하고 무작위적으로 연결되는 이 사물의 세계를 현실과 동떨어진 이질적인 세계로 만든 것 같지 않다. 이 사물의 세계는 현실적이다. '바라본다는 것은 살아 있다는 것이다'라는 금은돌의 시적 명제는 현실의 것이다. 그는 살아 있는 사물들이 본다는 감각적 행위를 새롭게 정의한다. '나'는 사물-객체를 보는 대신, 사물이 연결하는 동적인 세계를 본다. 주체와 객체를 넘어선 자의 보는 행위란 그런 것이 아니겠는가. 천의무봉이 아니라, 울퉁불퉁 무작위적으로 연결된 봉제선 그 자체가 되는 것 아니겠는가.

펄럭이는 은유의 그물에 낚이는 타자들의 물질성
―박연준의 신작 시 읽기

1.

박연준 시인을 나는 잘 모른다. 하지만 박연준 시인이 시단에 막 등장할 때부터, 나는 즉물적으로 언어를 내지르는 이 젊은 여성 시인에게 매료되었다. 굳이 '여성'이라는 수사를 붙인 이유는 그의 언어가 여성이라는 물질적 존재론에 기반해 있기 때문이다. 구성된 문화적 여성이라기보다, 생물학적인 살점이나 기관들과 직결된 여성 말이다. 나는 박연준 시인을 오래전부터 아는 사람으로 여기고 있다. 시인을 사랑하는 독자이자 비평가인 나는 시인의 탄생과 성장, 고통과 사랑의 언어를 함께 살아간다.

1990년대 이후 여성시는 여러 문턱을 넘어왔다. 늙은 엄마의 몸을 "어라연 푸른 물에 점점홍점점홍"으로 떠가는 "단풍잎"이라고 노래한(「어라연」) 김선우의 언어는 배제되었던 여성의 몸이 얼마나 넉넉하고 풍요로울 수 있는지를 보여 주었다. 젊고 순응적인 여성의 몸이 아니라, 펄펄 살아 있는 비체의 몸이 그토록 아름다울 수 있다니.

그러나 그 긍정성은 이념적 자연이 투사된 몸이었다는 점에서 보수적인 측면이 있다. 반면, 김언희와 신현림의 경우는 혐오의 대상이었던 여성의 몸을 전복하여 남성들에게 칼끝을 겨누었다. 아버지의 아가리에 똥을 싸는 딸과 같이 통쾌하게 복수하는 여성의 몸을 보여 준 바 있다(『가족 극장, 문고리』). 그럼에도 여성/남성이라는 젠더 구조를 해체하지는 못했다. 서로의 위치를 바꾼다고 해서 적대적 구조가 무너지는 것은 아니다. 2000년대 이후는 여성 없는 여성시의 시대였다. '여성'이라고 부르는 순간 규범화된 여성성이 되살아나기 때문에, 여성을 해체함으로써 여성 없는 여성의 목소리를 냈다. 2000년대 미래파 시는 모든 고정된 정체성을 전복하고자 하였다. 따라서 여성이라는 고정된 정체성을 여성으로 부를 이유는 없었다. 해체되어야 할 것을 다시 호명할 이유가 어디 있겠는가? 김행숙은 "나는 기체의 형상을 하는 것들"로 자신을 명명했다(『이별의 능력』). 그것은 여성인지 남성인지, 주체인지 타자인지 모호하다. 그 모호함이 미래파 시가 지향하는 정체성이었다. 그것을 '여성적인 것'이라고 부르는 순간, 기존의 여성의 영역에 있던 것들이 유령처럼 되살아나기 때문이다. 따라서 미래파 시는 몸 없는 감각, 주체 없는 몸, 정체성 없는 정체성을 구성하면서 새로운 시적 변화를 꾀했다. 여성시의 새로운 문턱이었다.

 "흐르는 내 생리혈을 손에 묻혀/속살 구석구석에 붉은 도장을 찍으며 혼자 놀"기를 청하는(『얼음을 주세요』) 박연준의 시적 주체는 자연을 이상화하거나, 위치를 뒤집거나, 자기를 해체하는 자와 다르다. 다르다기보다 그 사이를 통과하면서 비켜 간다. 박연준은 자신의 생물학적 몸(자연성)을 물질화하는데, 그 자체가 젠더 구분법의 모순을 까발리는 전략에 충실하다. 그것은 마치 살점을 뜯어 던짐으로써 먹잇감이었던 자신을 고발하는 살의 증언 같다. 박연준 시의 주체는 "생리하는 바다에 투신하고 싶다/울렁이는 푸른 죽음들에게 발목 잡히고 싶다"고 말했다(「생일」, 『속눈썹이 지르는 비명』). 자신의 여성적 물질성을 부끄러움 없이 드러내기. 그 부끄러움은 본래 나의 것이 아니라 너희들의 것이었으므로, 생리하는 바다의 피거품에서 기꺼이 탄생하는 비체의 비너스라고 불러도 좋았다. 박연준은 이전의 선배들과 달리, 여성의 생물학적 자연성을 토대로 이상적인 여성성으로부터 탈주하였다. 동시에 여성성을 해체하거나 전복하지 않으면서, 고정된 여성성을 넘어섰다. 그는 여성의 물질성을 아래로부터 재의미화했다. 박연준은 2010년대 시의 새로운 문턱이었다.

나는 박연준의 '속눈썹'의 물질성에 여전히 매료되어 있다. 그것은 여성의 몸에 부착된 몸의 일부다. 하지만 속눈썹은 눈을 가진 동물들의 기관이기도 하다. 속눈썹에는 여성성과 동물성이 기입되어 있다. 일반적으로 젠더 불평등 사회에서 남성은 이성적 영역에, 여성은 동물적 영역에 위치 지워진다. 이성/비합리, 인간/동물, 지성/감정, 질서/무질서, 문명/자연의 이분법이 가능한 것은 차이가 위계화되고 권력이 되었기 때문이다. 여기에 남성/여성도 한 항을 이루면서, 차별의 매트릭스를 구성한다. 속눈썹은 그 경계에 날카로운 면도날처럼 예리한 상처를 낸다. 이 시어는 최근 시집까지 지속되고 있는 김연준의 독특한 몸의 언어다. 속눈썹이 당신을 그 위에 올려놓았다가 나락으로 떨어뜨릴 만큼 완강한 고통이었다면(「속눈썹이 지르는 비명」), 이제 "내 눈썹은 칼 뭉치"다(「암늑대들이 달아나는 법」, 『베누스 푸디카』). 시야에 들어오는 모든 것을 우아하게 베어 버리는 칼 뭉치.

2.

박연준의 시는 언어가 지시하는 사물들의 물질성을 낚아챈다. 그 래서 시는 즉물적이고, 실감 나며, 체현적인 느낌을 준다. "생리혈" 이나 "속눈썹", "아빠"와 같은 시어들. 언어는 사물을 지시하는 허구 이며, 실재를 가공한 매개물이다. 언어의 물질성은 인쇄된 활자체, 펜글씨에 묻어나는 펜의 속성과 연결되어 있기도 하다. 하지만 다른 층위에서 얘기하자면 그것은 언어가 지시하는 사물성을 환기하는 능력과 관련된다. 여기서 언어의 물질성은 언어가 지시하는 사물의 사물성에 한정한다. 시인은 언어의 세계(가공의 세계)와 실재 세계(사 물의 세계)를 연결하는데 골몰하는 자들이다. 그 연결 과정을 시적 비 유라고 할 수 있다. 가장 대표적인 것이 은유다. 은유는 언어와 사물 의 세계를 연결하는 가장 흔한 시적 방법이다.

은유란 비유하는 관계에 있는 두 대상이 유사성을 기초로 연결 되는 문학적 방법을 총칭하는 용어다. 서정시의 대표적인 비유법으 로 은유가 활용되는 이유는 전통적으로 서정시의 세계관이 동일성 의 원리로 작동하기 때문이다. 시인은 자신과 세계를 유사한 것, 동 일한 것으로 연결시키려는 욕망을 가진다. 말하는 자는 나와 세계가 불화하기보다는 화해하기를 원한다. 불화는 세계와의 차이를 강조 할 때 만들어진다. 차이란 이견이고 다름인데, 전통적으로 서정시의 욕망은 차이를 극복하고 세계와 화해하기를 원한다. 전통적 서정시 는 불화하는 인간에게 감동과 위로를 주려는 욕망이 구조화되어 있 다. 이때 감동과 위로란 허구적 언어가 만들어 낸 판타지일 수 있지 만, 언어의 힘은 다양하고 강력하다. 우리가 어떤 사람을 '바보'라고 10년 동안 부른다면, 그가 바보이든 아니든, 그는 바보가 되어 있을 것이다. 언어는 물리적이고 사회적인 힘을 발휘한다.

박연준은 자신의 시적 방법을 대놓고 은유라고 한다. 어떤 은유인가?

사랑은 치마

오토바이는 죽은 체리

사진은 얼린 미래

튤립은 술잔

튤립은 작은 매음굴

의자는 슬픔, 굳은 슬픔

지붕은 발이 묶인 이방인

연필은 시인의 목발

추억은 부활하지 않는 신

당신 얼굴은
착한 바람들의 정거장,
내 사랑을 펄럭이게 하네

은유는 지우면서 열기, 잊으면서 사랑하기, 만지면서 떨어지기

—「예술은 낳자마자 걸을 수 있는 망아지처럼
태어나는 것 같다」부분

이 시의 핵심은 "지우면서 열기, 잊으면서 사랑하기, 만지면서 떨어지기"라는 "은유"의 방식이다. 은유는 동일성에 기초한 전형적인 형태가 있는가 하면, 차이를 통해 두 사물을 연결하는 비동일성의 방법이 있다. 앞의 은유가 두 사물의 거리가 가깝고 의미를 알아차리기 쉬운 반면, 뒤엣것은 사물 간의 거리가 멀고 의미를 파악하기 어렵다. 앞의 은유가 위로와 가르침을 의도한다면, 후자는 불일치와 불화를 의도한다.

박연준의 시는 불화의 은유에 가깝다. 박연준에게 세계의 불화는 치유되거나 해결되기 어렵다. 화해하기 어려움의 구조를 드러내는 것이 불화의 은유라고 할 수 있겠다. 하지만 화해를 완전히 차단하는 강력한 부정성의 원리로 작용하지는 않는다.

은유는 지우면서 열기, 잊으면서 사랑하기, 만지면서 떨어지기

박연준의 은유는 동적인 역설의 구조를 띤다. 지우면서 연다는 것은 닫는다거나 연다는 하나의 행위가 아니라, 닫으면서 동시에 연다는 것이다. 또는 닫았다가 열거나, 연 후 닫는 것일 수도 있다. 또한 잊으면서 사랑하기란 사랑하지 않기와 사랑하기가 동시적이기도 하고 순차적이기도 하며, 미끄러지는 것일 수도 있다. 즉 사랑하지 않기/사랑하기를 동시에 하기, 사랑하지 않았다가 사랑하기, 사랑했다가 사랑하지 않기, 혹은 이러한 것들이 무한히 연결된 것일 수도 있다.

이 시는 박연준이 쓴 은유의 시론으로 읽어도 좋겠다. 사랑은 치

마이거나 아니거나 치마에서 치마 아닌 것으로 이행해 가거나 혹은 그 반대일 수 있으며, 그런 것들이 연결된 것일 수도 있다. 은유가 두 사물을 연결하는 시적 방법이라면, 박연준은 연결하기에 관심을 둘 뿐, 그것이 연결되는 방식은 자유롭게 둔다. 사랑이 어떤 동일한 의미에 기초하여 연결되었는지 전혀 가늠할 수 없다. 지우면서 열고, 만지면서 떨어지기 때문이다. 그나마 "연필은 시인의 목발"은 두 사물 간의 거리가 가까워서 의미의 동일성을 파악하기 쉽다. 글쓰기라는 동질성을 부여했다는 것은 금세 감지할 수 있다. 박연준에게 두 사물 사이의 거리는 반드시 멀 필요는 없다. 그만큼 탄력적이다.

3.

박연준에게 은유란 사물들의 연결 짓기이다. 그 방식은 지우면서 열고, 잊으면서 사랑하고, 만지면서 떨어지는 동적이고 역설적인 특징을 지닌다. 은유가 사물들을 연결하는 기제라면, 그것은 그물망이 된다. 박연준의 시를 그물의 시학으로 명명해도 좋을 것이다.

당신과 나 사이 겹벚꽃나무와 층층나무,
봄이라는 모호한 전쟁

당신과 나 사이
건널 수 없는 다리들
전깃줄을 타고 빛으로 갈까요

(((도망)))

가죠,

얼굴이 그물이 되어 얼굴을 낚고,

잡히지 않고 싶어요 말한 후 잡히면,

알게 되는 옥상,

알게 되는 응달,

알게 되는 미래,

알게 되는 이름표

저녁은 흐리멍덩하게 오죠

그게 문제에요

—「누구에게나 지독한 저녁」 부분

　박연준은 은유를 먼 거리에 있는 두 사물의 관계라고 본다. 하지만 멀리 있는 사물들은 논리적이고 합리적인 인과관계가 아니라, 차이에 기초하여 연결되어 있다. 연결선을 이어 나가 보자. 불규칙적인 그물망이 만들어질 것이다. 왜 시인은 구멍이 숭숭 뚫린 언어의 그물망을 만들고 싶어 할까? 그것은 '당신'이라는 타자를 "낚"기 위해서다. 그런데 당신이라는 타자는 결코 장악할 수 없다. 타자란 주체가 손아귀에 쥘 수 없는, 장악할 수 없으며, 결코 동일화할 수 없는, 차이 그 자체이기 때문이다. 그래서 이 시의 핵심은 "사이"다.

　당신과 나 사이에는 건널 수 없는 다리가 있다. 이것은 다리인가? 알 수 없다. 그럼에도 시적 주체는 "얼굴이 그물이 되어 얼굴을 낚"으려고 하지만, "잡히지 않고 싶"다. 그물은 당신을 낚기 위해 만들어졌다. 하지만 당신은 잡히지 않으려고 하고, 나는 당신을 잡을 수 없다. 그러므로 그물은 당신을 낚을 수 없는 무능한 언어 조직체다.

전형적인 은유의 그물은 동일성의 원리를 장착했기 때문에 무수한 사물들을 낚을 수 있다. 하지만 박연준의 그물은 타자들을 낚기 어렵다. 대신 낚으려고 했던 당신은 놓치고 다른 사물들을 "알게" 된다.

알게 되는 옥상,
알게 되는 응달,
알게 되는 미래,
알게 되는 이름표

이 우연한 타자들이 무능한 언어의 그물망에 낚인다. 아니 그 사이를 빠져나간다. 그물망의 사이가 크기 때문에 엉뚱한 사물들이 낚이거나 빠져나간다. 당신과는 하등 상관없는 옥상, 응달, 미래, 이름표. 그래서 저녁은 흐리멍덩하게 온다. 박연준의 그물망은 흐리멍덩하다. 분명한 경계와 딱 떨어지는 논리가 부재하기 때문이다. 박연준 시의 활달한 우연성과 도발적인 역동성은 흐리멍덩하고 무능한 은유의 그물망을 작동시킨 덕분이 아니겠는가.

4.

박연준 시의 비밀 중 하나는 언어의 물질성이다. 하지만 언어는 결코 사물의 물질성에 가닿을 수 없다. 언어가 사물의 사물성을 완전하게 포착할 때, 언어는 기능을 잃고 소멸된다. 그것은 언어의 취약점이기도 하다. 언어가 말하는 자의 주관성에서 자유롭기 어려운 이유다. 너의 고통에 대해 말할 때조차 그 고통은 나의 고통에 달라붙어 있다. 너의 고통을 내가 느끼는 통증에 근거해서 발화할 수밖에 없다. 그래서 너의 고통은 나의 고통과 너의 고통 사이에서 떠돈다. 언어는 시적 주체에 의해 허구적으로 구성된다. 그렇다면 언어는 주체 중심주의, 화자 중심주의, 인간 중심주의에서 벗어나기 어렵다.

언어는 그러한 한계가 있기는 하지만, 주체와 사물 간의 관계를 어떻게 설정하느냐에 따라 사물의 물질성을 다양하게 포착할 가능성이 있다. 박연준의 두 번째 시집까지 여성적 몸의 물질성이 잘 포착되었던 것 같다. "생리혈"과 "속눈썹"이라는 이미지가 강렬한 이유는 사물의 물질성에 언어가 어느 정도 근접했기 때문이다. 시에서 사물의 물질성은 허구 세계와 현실 세계, 언어와 사물, 예술과 사회, 문화와 자연이라는 이분법을 완화시킬 수 있다. 언어는 독창적인 허구의 세계와 실재하는 사물들의 현실 세계 사이에서 떠돈다. 따라서 단순히 허구적인 것, 독창적인 것이라고만 말할 수 없다. 그렇다면 언어는 사물과 어떤 관계에 있는가, 어떤 거리감을 유지하는가. 박연준의 여성시가 매혹적인 것은 허구의 언어에 사물의 물질성, 특히 여성적 물질성을 담아내기 때문이다. 인식 이전에 사태가, 비판 이전에 모순적 현실이, 언어 이전에 현상이 있다. 언어의 물질성은 후자 쪽의 입장에서 두 대립의 영역을 교직·교차할 수 있다.

> 그는 이 식물원에서 가장 변화무쌍한 존재. 물을 마시고 동물을 뜯어먹으며 광합성에 실패한다. 그는 움직이면서 파괴되는 병에 걸린 식물. 우주가 그의 병상이다.

> 숨을 쉬고 있지만, 자꾸 움직여요
> 가망이 없어요.
> 왜 한자리에 머물러 있지 못하는 걸까요?

영영 글러먹었겠죠?

이파리에서 이빨이 돋아나요

끔찍해라!

어제만 열다섯 개의 이빨이

새로 났어요.

뿌리의 반이 사라지고, 자꾸

발가락이 생겨요.

망측해라!

가지 중 일부는, 돌아오지 않아요.

돌아오지 않아요.

틀렸나 봐요.

(중략)

합창 소리. 환호만으로 깨지는 거울이 있다. 그는 거울 밖에서 거울
안으로 도망가는 존재. 깨지지 않는 걸음걸이. 실패한 항상성의 실패.

—「식물」부분

박연준의 은유 구조를 단적으로 보여 주는 이 시는 식물의 물질성
에 가까이 다가간다. 이 시에서 식물인간인 그는 동물과 식물의 특
징을 복합적으로 가진 존재인데, 그것을 발화하는 것은 참으로 위험
하다. 동물성과 식물성은 얽힐 수 없다. 동물은 동물성이 있고, 식물
은 식물성을 가지고 있기 때문이다. 그런데 존재론적으로 모든 사물
들은 그렇게 존재할 수 없다. 동물은 어떻게 동물성만을 가지겠는
가? 이때 인간이 규정한 동물성이란 무엇을 의미하는가? 동물의 존

재론적 특징을 동물성이라고 말하는 것은 동물의 타자성을 충분히 설명하지 못한 것이다. 식물도 마찬가지다. 박연준은 그 존재론적 실패에 대해 말한다. 그 실패가 타자의 물질성을 더 잘 해명한다.

그는 식물인간인데, 물을 마시는 동물을 뜯어먹으며 광합성에 실패하는 존재다. 도대체 그는 누구인가? 그는 인간인가, 동물인가, 식물인가. 그는 가장 변화무쌍한 존재이다. 하지만 그것을 드러내는 일은 존재론적으로 위험하다. 그래서 그는 깨지는 거울이며, 실패한 항상성의 실패다. 그 실패의 자리가 사물의 물질성에 가까이 간 지점이다.

나는 박연준의 시를 읽으며, 새로 난 열다섯 개의 이빨에 물린다. 내가 얼마나 실격의 존재인지를 통증으로 감각하며, 실패하는 시 읽기를 즐겁게 경험한다.

인공언어 제작자, 지구-헵타포드의 비정한 세계의 기록
—김준현의 시집『흰 글씨로 쓰는 것』읽기

1. 지구-헵타포드, 언어의 자기 증식 인공관절

김준현의 첫 시집『흰 글씨로 쓰는 것』은 지구에 살아가고 있는 익숙하면서도 낯선 변종 인간의 자기 기록이다. 김준현의 이 낯선 기록은 서정시의 문법인 자기 고백이 아니라, 환유적인 자기 기록에 가깝다. 고백이 청자에게 자기 내면을 속삭이는 무목적적 행위라면, 기록은 특정 내용을 독자에게 전달하기 위한 쓰기 행위이다. 이 시집은 쓰기에 대한 기록이며, 쓰기 주체의 수행성과 쓰기 과정의 비밀을 기록한다. 왜 김준현은 쓰기 주체의 행위와 언어에 집중하는 것일까? 이 시집은 의미의 해독을 쉽게 허락하지 않는다. 시를 해독하는 비밀 열쇠를 깊이 숨겼거나 아니면 분해해서 시집 전체에 흩뿌려 놓았을지 모른다. 아니면 처음부터 비밀 열쇠는 없을 수도 있다. 그는 허심탄회하게 쓰기의 과정을 기록하고 있을 뿐인지 모른다.

나는 김준현의 시적 주체를 '지구-헵타포드'라고 부르고 싶다. '헵타포드'는 SF 작가 테드 창의 소설 「네 인생의 이야기」에 등장하는 외계 생물이다. 헵타포드는 일곱 개(Hepta)의 다리(Pod)를 가진 존재이다. 그것은 지구어와는 다른 비선형적 언어를 가지며, 말하기와 쓰기 시스템이 다르다. 원인-결과, 시작-끝, 탄생-죽음, 우연-필연을 이분화하는 지구적 체계와 달리 동시적인 사유를 하는 외계 존재를 일컫는다. 김준현의 언어는 일반적인 서정시의 언어와 다른 시스템을 갖는다는 점에서 낯설다. 또한 그를 지구-헵타포드로 부를 수 있는 이유는 언어에 자기 증식적 인공관절을 장착하고 끊임없이 확장할 수 있는 능력을 가졌기 때문이다. 또한 그는 인간의 공통감각에 기초하지 않는다. 사랑, 고통, 슬픔, 쾌락과 같은 인간의 공통감각에 공감하는 시를 쓰지 않는다. 그의 탈인간적인 태도는 오래되고 익숙한 인간의 영토를 내재적으로 거절하는 것이다. 그는 다른 별에서 온 일곱 개의 다리를 가진 외계 존재는 아니지만, 인간세계에 존재하는 내재적 변종은 틀림없다. 김준현의 지구 헵타포드가 만든 인공 세계는 초월적이지 않다. 지구적 언어와 공존하면서 미세하지만 분명하게 다른 이질적인 것을 덧댄다. 그의 언어는 모국어이되 인공언어이며, 그의 시집은 헵타포드라는 이질적 존재의 생활을 기록한 것이라고 보아도 좋을 것이다.

먼저 김준현의 시의 조어법부터 생각해 보자. 그의 시적 발생은 언어 그 자체에 있다. 언어가 언어를 낳고, 의미가 의미를 낳으며, 알 수 없는 종착지로 구불구불 나아간다. 언어에 인공관절이 장착되어 있는 것처럼 말이다.

개인적으로 아는 사이처럼
우리는 이태리와 이탤릭체의 관계를 가졌다

자연스럽게 몸을 생각했지만
몸을 감각하지 않는 시는 뒤에서부터 지워 나갔다

그림자를 면도하는 기분으로

—「0.5」부분

　의미를 쉽게 허락하지 않는 이 시는 김준현이 장착한 언어의 인공 관절이 어떻게 작동하는지 잘 보여 준다. 이 시의 정황은 "논문"을 읽다가 현실을 "글자가 수용소의 유대인처럼 늘어선 세계"라고 판단하면서 윤동주가 살았던 시대를 중첩시키고, 윤동주와 나에 대해 "우리는 개인적으로 아는 사이인가"를 물으며 전개된다. 개인적 사이는 "이태리와 이탤릭체의 관계"에 있다. "개인적으로 아는 사이"란 "이태리"와 "이탤릭체"의 관계라는 것인데, 이는 필연적 논리가 아니라 우연적으로 맺어지는 관계일 것이다. 그럼에도 이태리와 이탤릭체는 이태리를 의미의 공통분모를 가지고 발랄하고 가벼운 놀이로 이어진다. "이탤릭체"의 "체"는 "자연스럽게 몸을 생각"하는 연쇄반응을 일으킨다. 그리고 아우슈비츠 수용소 같은 시대의 시는 "몸"을 감각하지 않는 시를 "뒤에서부터 지워 나"간다. "뒤"라는 말은 사람 뒤에 붙어 있는 "그림자"로 연접되고, "그림자를 면도하는 기분"으로 "지워 나"가는 행위가 실행된다. 이 시는 수용소의 유대인처럼 늘어선 세계라는 시적 주체의 부정적 판단으로부터 시작하여 '개인적으로 아는 사이—이태리와 이탤릭체의 관계—자연스럽게 몸을 생각—몸을 감각하지 않는 시—뒤에서 지워 나갔다—그림자를 면도하는 기분'으로 연쇄적으로 접합되면서 뻗어 나간다. 언어는 우연적이지만 개연성이 있고, 의미의 묵직함을 지속시키면서도 어린

아이의 가벼운 말놀이처럼 생성된다. 이 과정이 김준현의 자유롭고 유동적인 언어의 인공관절이 운동하는 방식이다.

김준현은 언어를 환유적으로 생성한다. 환유는 인접성과 차이의 원리로 구성되고, 모방이 아니라 감염에 의한 주술성을 띠며, 사물을 몽타주로 압축하는 대신 클로즈업하여 통합한다. 이 시집의 특징 중 하나인 환유는 차이의 미학에 기반한 세계관에 기초해 있으며, 언어의 결합이 우연적인 기법이다. 라캉은 환유를 결여를 통한 욕망의 생성과 이동으로 정의했지만, 김준현의 환유는 결여가 아니라 활달한 기계 이미지를 통해 의미를 증식하고 이동시킨다. 여기서 기계 이미지란 인간소외나 모방의 단순함을 넘어선다. 도나 해러웨이가 기계들은 생기가 넘치고, 인간은 너무 무기력하다고 한 바 있는 것처럼, 기계 이미지는 인간주의를 넘어서는 생기적 유물론의 이미지를 갖는다. 김준현의 시에서 환유적 연쇄는 복잡한 기계장치처럼 발랄하게 접합되고 확장된다. 그는 지구어를 "나밖에 모르는 외국어"로 인식하고, "모국어를 외국어처럼 말하는 법"을 아는 지구-헵타포드적 주체라고 할 수 있다. 간혹 김준현의 시가 해독되지 않을 때 환유적 연쇄반응으로 언어를 따라가다 보면 시적 구조와 의미의 이동 경로가 조금은 보일 수도 있다.

양말의 전부는 양말이 뒤집힐 자유 발톱에서 발톱의 색을 벗기면 속이 다 보이는 사람처럼 벗기고 싶은 마음과 벗은 마음의 모양이 다르다 한 사람의 발에서 함께 자란 발톱의 길이가 다 다르다

(중략)

고구마는 어두운 곳에 두어야 한다는 엄마의 말이 남아 있는 건 고
구마가 자랐기 때문이고

　　고구마의 몸을 뚫고 자란 싹들이
　　고구마를 더 살게 한다면

　　나는 어두운 곳에 있어야 했다 나는 고구마와 다르고 생선과 달라서
생선이 상하면 생선의 냄새가 나고 기분이 상하면 기분의 냄새가 나는
것처럼 집보다 집이라는 말이 더 가까운 지면에서 나는 입을 벌리고
같은 말을 쓰고 또 쓴다 같은 말들이 다 달라지고 있다
　　　　　　　　　　　　　　　　　　　　　　　　　　—「쓴 것과 쓰는 것」부분

　　이 시의 제목은 "쓴 것과 쓰는 것"이다. 쓴 것과 쓰는 것은 모두
'쓰기'에 해당된다. 김준현의 시는 첫 시집을 내는 다른 젊은 시인들
과는 달리 자기 정체성에 의문을 품지 않는다. 시집 곳곳에 "거울"을
포진시켜 놓았지만, 그것은 '내'가 누구인지를 확인하려는 강박적 장
치가 아니다. 그는 자기와 근접한 세계를 자기만의 인공언어로 새롭
게 구성하는데, 시적 주체는 자기가 헵타포드적 존재라는 사실을 알
고 있다. 그러니 굳이 거울을 통해 자기를 확인할 필요가 없다. 단지
언어를 통해 자기 세계를 구축하려고 한다. 따라서 쓰는 행위성, 쓰
기의 수행성, 언어의 운동성이 부각될 수밖에 없다. 그가 쓰기에 관
심을 기울이는 이유이다.

　　이 시는 김준현 특유의 자기 증식적 인공관절의 운동성과 왜 쓰는
가라는 시인의 비밀을 엿볼 수 있다. 심지어 구성적 아름다움과 종
횡무진하는 언어의 활달함으로 가득하다. 시인은 쓴 것과 쓰는 것

의 차이를 집요하게 묻고 대답한다. '양말-발톱-벗다'로 연쇄반응을 일으키는 자기 증식적 환유의 인공관절을 장착한 채 응답한다. 같지 않다고 말이다. 혹은 다르게 같다고 말이다. 양말을 벗기고 싶은 마음과 벗은 마음은 어떻게 다른가? 양말 속 발톱의 길이를 보면 알 수 있다. 발톱의 길이가 다른 것처럼 양말을 벗기고 싶은 마음과 벗은 마음은 분명하게 다르다. 고구마는 어두운 곳에 있어야 하는데, 그것은 엄마의 말 때문이다. 하지만 고구마는 자랐기 때문에 역으로 엄마의 말이 성립된다. 언어는 꼬리에 꼬리를 물면서 증식되고, 마침내 맨 처음으로 환원된다. 그러나 언어의 고리는 은유가 아니라 환유에 의해 엉뚱하고 발랄하게 이어진다. 이 시에서 시적 주체는 어두운 곳에 있었다고 말한다. 나는 고구마와 다르고, 생선과 다른 존재이다. 그럼에도 질적으로 다른 층위의 차이를 말하는 것이 아니다. 양말을 벗기고 싶은 마음과 벗은 마음은 동일성을 포괄하기 때문이다. 그는 그 미세하고 섬세한 차이를 동일성을 배제하지 않은 채 묶어 낸다. 그것이 "같은 말을 쓰고 또 쓴다"는 이유이고, "같은 말들이 다 달라지고 있다"는 차이의 세계를 구축하는 동력이다.

2. 비공동적 '둘'의 세계, 살인자 산책자의 비정

김준현의 차이의 미학은 복잡하고 역설적이며 순환적이다. "같은 말을 쓰고 또 쓴다"는 행위와 "같은 말들이 다 달라지는 있다"는 효과는 분리되어 있지 않기 때문이다. 같은 말을 쓰는데 쓰다 보면 달라지고, 달라진 말은 어느새 같은 지평 위에 있음을 알게 된다. 이상하고 아름다운 도깨비 나라의 글쓰기 같다. 시집은 일관되게 차이와 동일성의 비변증법적 순환을 변주한다. 음과 악의 세계, 흰색과 검은색의 반복, 달걀과 이어폰의 구조, 면과 벽 같은 쪼개기 언어 조립

법으로 전개되고 증식된다. 이는 '둘'의 세계라고 할 수 있다. 차이와 동시에 같음이 내재된 세계는 비공동적 공동체를 형성한다. 이 시집은 주제곡과 변주곡의 대향연과 같다. 그에게 '둘'은 공동체적인가? 물론 그렇기도 하고, 그렇지 않기도 하며, 그 둘을 모두 함축하기도 한다.

두 갈래로 나뉜 이어폰이
귀와 귀로 이어져 있다

귀와 귀가
어긋나는 젓가락처럼 어긋나는 가락처럼
다른 귀와 닮은 귀
속으로 향하고
속으로 들려서

속으로 이어지는 두 가지 감정을
하나의 감정으로
믿고 사랑하다가 죽겠다고 말하는 단 하나의 감정으로

이어진 별자리처럼
쌍둥이자리에서 손잡고 있는 두 아이의 시체를
이어 주는 상상력으로

믿고 사랑하다가 죽은 사람들에게 속으로 빌었다

(중략)

이 두 글자에 매달린 음악을 막으려고

비를 피라고 썼다 피를 미라고 썼다
아름다움으로 아름다움을 덮으려고 썼다

살아가는 것과
살아 있는 것과
살아 내는 것을

살아가는 자들은 가고
살아 있는 자들은 있는 세계

―「둘의 음악」 부분

이 시는 김준현의 독특한 세계 인식, 즉 '둘'의 세계를 핵심으로 다룬다. 김준현은 시각, 후각, 미각, 촉각과 같은 인간의 감각을 지향하지 않는다. 인간의 감각은 몸-주체적 지평이나 타자와의 접촉을 열어 주는데, 김준현은 감각을 최소화하고, 인간적 범주에 한정하지 않는다. 그럼에도 김준현에게 귀-청각은 특별한 것이다. 그의 등단작 「이끼의 시간」부터 귀 이미지는 강조되었다. 그에게 귀란 무엇일까? 궁금하지 않을 수 없다. 「둘의 음악」을 읽어 보자. 귀는 두 개다. 복수적이다. 그런데 이때 귀는 외부적인 것을 듣는 기능을 하지 않는다. 일반적으로 청각이란 외부의 것을 내부화하는 감각기관이다. 그런데 김준현에게 귀-청각은 생물학적 기능과 목적에 부응하지 않는다. 두 개의 귀는 어긋나 있으면서 대칭적이고, 다르면서 닮아 있으며, 두 개의 감정이면서 하나의 감정을 만든다. 이어폰 역시 마찬가지이다. 외부의 소리를 잘 듣기 위한 것이라기보다 귀의 존재론적 구조를 설명하는 사물이다. 두 개이면서 하나의 줄로 이어진 형태는 귀의 구조와 비슷하다. 김준현의 시는 차이와 동일성의 비변증법적 동시성을 지향하는데, 귀는 핵심적 역할을 담당하고 있다. 귀와 귀는 같은 모양이고, 둘의 관계에 있다. 두 귀는 같은 것인가? 다른 것인가? 그것은 김준현이 사랑을 어떻게 이해하는지와 같은 맥락에서 이해할 수 있다. 적어도 김준현은 사랑 애호자가 아니다. 시적 주체는 "사랑, 나는 이 글자를 막자고/들었다"고 말한다. 일반적으로 사랑이 동일화와 융합을 원리로 작동한다면, 김준현은 하나로서의 사랑을 거부한다. 속으로 향하지만 어긋나는 젓가락처럼 다르면서 닮은 것이 귀의 방식이라고 할 때, 김준현은 하나로서의 사랑이 아니라, 둘의 (비)공동성을 지향한다. 그래서 "비를 피라고 썼다 피를 미라고 썼다"는 쓰기 행위로 나갈 수밖에 없다. '비/피/미'는 하나됨을 지향하는 낭만적 사랑의 범주에 넣을 수 없는 것이다. 비공동적 둘의 세계 안에서 그것들은 다르거나 같게 존재할 수 있기 때문이다. 이처럼 귀와 이어폰은 '둘'의 세계를 생성하는 감각으로 작용한다.

'둘' 삼부작이라고 부를 수 있는 작품 「둘의 언어」, 「둘의 음악」, 「음과 악」에서 차이를 전제로 한 '둘'의 공동체가 집중적으로 표현되어 있다. 일반적으로 둘은 사랑의 공동체를 이룬다. 사랑은 타자와의 연대, 공존, 접합, 놀이로서 주체를 자아의 감옥으로부터 해방시킬 수 있는 외부적 힘이다. 그런데 김준현은 융합적이든 비융합적이든 '둘'을 사랑의 관점에서 바라보지 않는다. 그의 시에서 '둘'은 다

름과 같음이 물리적 운동을 하는 것처럼 뒤섞여 있다. 그것은 동시
적일 수도 있고, 부분적일 수도 있으며, 공존할 수도 있다. 김준현의
이 시집에서 가장 두드러진 언어 현상은 말놀이이다. 발랄하고 난해
한 언어의 쪼갬, 덧댐, 연쇄, 접합 현상은 시집에 흘러넘친다.

> 세계는 두 사람의 것인지도 몰라, 비가 내린 다음 날
> 세계는 천천히 식어 가고
> 세계는 겨우 두 글자로도 쓸 수 있지
>
> (중략)
>
> 이제 우린 둘이다 사람을 자꾸 바꿔 가면서 나는 둘이
>   되었다.
>
> —「음과 악」 부분

이 시에 의하면 시적 주체는 세계를 두 글자로 충분히 함축하여
쓸 수 있다. 두 글자는 "집단적"(음/악)이기 때문이다. 시적 주체에게
모든 글씨는 집단적이다. 그래서 "나는 많은 글자를 썼고 나도 그중
의 한 글자만큼 집단적인 감정"을 가지게 된다. 김준현의 인공관절
조어법은 언어를 끊임없이 둘로 나누어 의미를 탈각하고, 새로운 언
어를 증식시킨다. 둘의 세계는 집단적이지만 동질적이지 않다. 그의
언어는 둘로 쪼개지고 다시 이어져 증식하지만, 같은 동심원을 공유
하는 파문처럼 동일성의 공동체를 구성하지 않는다. 그래서 김준현
의 '둘'의 세계는 비공동적 공동체라고 할 수 있다. 그것은 다른 시에
서 달걀(흰자, 노른자), 검은 돌과 흰 돌, 글씨와 종이, 쌍둥이 별자리,

지퍼, 귀와 같은 이미지로 변주된다. 「흰 글씨로 쓰는 것」을 이 시집의 표제작으로 삼은 것은 '흰 글씨'는 시집 전체를 구조화하는 핵심 장치이기 때문으로 보인다. 검다/희다, 글씨/종이의 대립 쌍은 비공동체적 '둘'의 세계를 구성하는 시적 방법이다. 마치 김준현은 건축가처럼, 바둑기사처럼, 혹은 인공 기계장치처럼 미학적(인공적) 자기 세계를 만든다. 최근 이러한 감각을 보여 주는 시인을 본 적이 없다. 2000년대 미래파 시인들의 철학적 입장을 이어받았으면서도, 언어를 기계장치처럼 쌓아 올리고, 비인간적 감정을 예각적으로 드러내는 김준현과 같은 시인은 드물다.

김준현의 시는 과감하게 비인간적, 혹은 탈인간적 감정을 드러낸다. 김준현의 시는 소위 인간적인 것, 휴머니즘적인 가치와 거리를 두고 있다. 인간적 감정, 인간적 감각, 인간적 시선, 인간적 윤리, 인간의 제도에 대한 긍정적 관심이 희박하다. 따라서 인간에 대한 공감을 최대한 배제한다. 나는 특유의 김준현의 비-인간적 능력을 높이 평가한다. 나는 그의 특이성과 가능성을 여기서 발견한다. 그의 시는 언어의 투자량이 많은 편인데, 언어 안에 인간적인 것을 포함시키지 않는 이상한 능력을 가지고 있다. 그의 시 어디에도 인간의 생로병사, 희로애락의 감정을 공감하는 시는 없다. 동시에 자연에 대해 어떤 감정적 투사도 하지 않는다. 사랑과 고통에 공감하는 시도, 인간적인 것이 투영된 자연 묘사도 없다. 이는 김준현이 비-인간적 감수성을 지닌 지구-헵타포드의 감각을 갖고 있기 때문인 것 같다. 그의 비-인간적 태도는 오래되고 안정화된 인간의 영토로부터 탈주하려는 시적 방법이라고 볼 수 있다.

김준현의 시에서 비-인간적 지향은 죽임에 대한 입장으로 나타난다. 자연적 죽음이 아니라, 죽임 또는 살인의 욕망이 시의 기저에 흐르고 있다. 살인의 의도가 어디에 있는지 분명하지는 않지만, 오래 되고 낮익은 인간적 범주에 대한 강력한 거부의 욕망 때문으로 보인 다. "이제 우리는 한 번도 들어 본 적 없는 노래를 듣기 위해 사람을 죽여야 할 때가 왔습니다"라는 구절은 의미심장하다(「빛의 외도」). 죽 임 또는 살인은 한 번도 들어 본 적 없는 새로운 노래를 들을 수 있 게 하기 때문이라는 것이다. 한 번도 들어 본 적 없는 새로운 노래 는 부르는 자가 아니라, 듣는 자의 것이다. 어떻게 들을 수 있을까? 이때 살인의 행위가 요청된다. 드물지만 간혹 그의 시에서 살인자의 시선, 살인을 관망하는 것 같은 태도를 느낄 수 있는데, 그것은 완전 히 새로운 노래에 대한 강한 욕망의 표현이기도 하다.

1
밤은 딸 가진 사람들과 같은 처지다

2
아파트마다 불 켜진 집을 세어 보면
그 총합이 거기 사는 사람들의 수를 넘을 때가 많다
가족마다 잠들지 못하는 사람이 한 명씩 있어

어둠의 성격은 죽은 가로등의 개수에 따라 자주 바뀌고
눈치 보면서 책을 읽다가
그래, 귀족은 갑자기 목이 잘리는 삶을 살다 가는 자들이니
그걸 읽고 고양이 대신 머리를 길렀어
마스카라로 무거워진 눈썹을 들다가
잠이 들 때

사람마다 각자 혁명의 시기가 주어진다 더는
사랑하는 사람의 맨발을 쥘 수 없는 시간

3
물에 불은 책
죽은 사람의 신발에 묶인 신발 끈
부푼 손
기타를 막 배우고 생긴 굳은살
고양이가 다리를 절며 걷던 동네, 담벼락
깊고 추한 낙서들과 낙서들이 얼크러지는 밤
혼자 자는 천성
그중에서도
나는 오래 자라는 생머리가 부러웠다

4
신발을 벗기고
긴징힌
신발 끈을 푼다

—「나의 알리바이―묵비권」 전문

이 시는 섬찟하다. 일반적으로 '알리바이'란 특정 사건에서 용의선
상에 있는 자가 자신이 범죄와 무관함을 증명하여 무죄를 입증하는
방법이다. 그러나 이 시에서 시적 주체는 자신의 알리바이를 분명하
게 제시하지 못하거나 하지 않는다. 그래서 부제가 "묵비권"이다. 이
시에도 김준현 특유의 비공동체적 둘의 세계라는 시적 방법이 작동

하고 있다. 알리바이-묵비권은 상호 조응하는 개념이 아니다. 알리바이가 무혐의를 적극 증명하는 것이라면, 묵비권은 소극적 증명 방식이기 때문이다. 그러나 그 두 개의 방법은 서로 연관되어 있다. 모종의 범죄가 일어났다면, 이 시의 시적 주체는 현장 부재를 증명하고 무혐의를 입증하는가? 아니 그는 충분히 증명하지 못한다. 그는 범죄 사건에 연루된 용의자이다. 이 시는 시적 주체가 범죄 사건에 연루되어 있음을 모호하게 증명하는 것처럼 보인다. 이 시는 범죄가 일어난 어떤 밤, 시적 주체인 용의자가 산책을 하고 돌아오는 과정을 그리고 있다. 그가 살인을 했는지 안 했는지, 살의가 있었는지 없었는지 알 수 없지만, 시적 주체는 사건 현장에 가까이에 있었다. 시의 도입부에서 짐작할 수 있듯이 어떤 여자가 실종되었다. 불 켜진 아파트에 잠들지 못한 사람이 있다. 시적 주체는 물에 불은 책, 죽은 사람의 신발에 묶인 신발 끈, 부푼 손을 보거나 상상하며 낙서들이 얼크러진 담벼락을 따라 걷다 돌아왔다. 그리고 긴장을 풀면서 신발 끈을 푼다. 알리바이를 모호하게 제시함으로써 자신이 혐의자일 수도 있음을 고백하는 것처럼 보인다. 그 모호함, 살인에 대한 긍정도 부정도 하지 않는 이 비-인간적 감정이 김준현 시의 핵심 중 하나이다.

> 말이 씨가 되면
> 어디에 묻어야 하는지
> 사람을 묻는 일은 여기서도
> 현실의 일이예요
>
> —「현실의 일」 부분

김준현의 말놀이는 현실의 일이다. 그에게 언어 세계는 초월적이라기보다 현실에 내재되어 있다. 말이 씨가 된다는 것, 그래서 씨를 묻어야 한다는 것은 현실 세계의 일이다. 그러므로 충분히 사람을 묻는 일도 가능하다. 묻는다는 것은 죽음의 일이기도 하고, 죽임의 일이기도 하다. 섬찟한 비-인간적 감각을 극단적으로 드러낸 김준현의 탁월한 시 「나의 알리바이」는 죽임과 연루된 것이며, 그것은 현실에서 일어난 사건이다. 죽임 또는 살인의 감각은 보편 인간의 세계에 팽팽하게 저항하는 미학적 개성이다. "한 번도 들어 본 적 없는 노래를 듣기 위해 사람을 죽여야 할 때"라는 구절은 냉혹한 범죄의 전거가 아니라, 오래되고 낡은 인간세계에 대한 반발이며, 그의 감각이 어디를 향해 있는지 가늠하게 한다. 그의 비감하고 무감한 비-인간적 감각은 2010년대 한국시의 지평에서 가장 독특한 포지션 중의 하나이다. 김준현의 시적 방향은 비인간, 반인간, 탈인간에 조준되어 있다. 지구-헵타포드라는 명명법은 거기에 기초해 있다.

이 시집을 읽는 독자들이 지구-헵타포드의 인공관절을 발견한다면, 시인의 재기발랄하고 지적인 언어 놀이를 경험할 수 있을 것이다. 그의 비공동체적 '둘'의 세계를 읽어 나가면서 사랑의 문제에 대한 낯선 해답을 얻을 수 있을 것이다. 또한 이 시집은 살인자-산책자의 비-인간적인 비정함을 즐기면서 삶의 재발명을 사유할 수 있게 할 것이다. 새로운 지구-헵타포드의 낯선 기록의 비의는 거기에 있다. 우리 시에 등장한 새로운 변종 인간의 탄생에 환호를 보낸다.

시적 하이브리드(괴물, 병신)의 실패담에 대하여
—최금진과 김이듬의 시

　현대적 삶의 곤경은 실현 불가능한 근대적 세계의 헌법이 실현되었을 때부터 발생하는 딜레마로부터 발생한다. 근대가 이성, 과학, 자연에 대한 순수한 분리를 원리로 하는 헌법으로 구성되었다면, 그 헌법을 현실 세계에서 순수하게 구현할 수 없다는 것은 자명하다. 따라서 근대의 현실 세계는 근대의 헌법을 실현시킬 수 없기 때문에 세계는 뒤틀릴 수밖에 없다. 이성과 육체의 분리, 과학과 정치의 분리, 문명과 자연의 분리라는 (상상된) 근대인의 헌법적 특징은 이제 상식이 되어 버렸다. 근대인의 헌법은 투명할 만큼 분명한 것이 되었지만, 동시에 현대 세계의 공공의 적이 되어 버렸다. 최근까지 지식계가 수행한 근대성 비판의 핵심은 근대인이 근대 세계를 구조화하는 헌법적 부조리(이성, 과학, 자연에 대한 분리)라는 가설에 있다. 따라서 현대적 삶의 곤경이 근대적 세계의 헌법으로 비롯되었다는 비판은 이제 지식계에서 합의되어 가는 것 같다. 왜 우리는 근대를 비판적으로 검토하는가? 그것은 현재 우리의 인간적 정체성의 근원이 어디에 있는가라는 질문을 검토하기 위한 것이다. 현대적 삶의 부조리함과 곤경은 어디로부터 기인하는가? 누가 만들었는가? 왜 그러한가? 누가 어떻게 극복해 나갈 수 있는가? 근대성 비판은 현대 세계의 구조와 특징을 파악함으로써 현대적 삶의 곤궁함을 성찰하고 해명하며 저항하기 위한 방법이라고 할 수 있다.

근대성 비판 담론에서 독특한 관점으로 근대를 설명하는 브뤼노 라투르는 우리는 결코 근대인인 적이 없으며, 근대성의 헌법이 실현된 근대 세계는 존재하지 않았다는 새로운 관점을 제시한다. 즉 이성, 과학, 자연에 대한 순수한 분리라는 근대의 헌법에 적용되는 그러한 근대 세계는 존재하지 않았으며, 따라서 누구도 근대인이었던 적은 없었고, 근대성은 시작조차 하지 않았다고 말한다. 그는 새로운 시대에 들어서 있다고 얘기하는 탈근대주의자도 아니고, 근대성 자체를 맹목적으로 비판하는 반근대주의자도 아니다. 라투르는 근대성을 회고적인 태도로 밝혀내기보다는 재배치하고, 제하기보다 부가하며, 비난하기보다는 친밀한 태도를 가지고, 폭로하기보다는 분류한다. 그는 이것을 근대적이지 않은 것(nonmodern), 즉 비근대(amodern)라고 말한다. 그에 따르면 인간은 탈근대인이나 반근대인이 아니라 비근대인이다. 근대인의 헌법이 증식시키기를 거부하면서 동시에 허용하는 하이브리드(hybrid, 혼종)를 고려할 때 누구나 비근대인인 것이다. 근대 헌법의 잔여물로서의 하이브리드는 이른바 괴물들 즉, 인간이 아니거나 못 되는 존재들이다. 이들은 근대의 헌법이 설명하기를 포기한 존재들이다. 전근대적인 것까지를 포괄하는 이 하이브리드들을 고려할 때 우리는 근대인이 아니라, 비근대인이 될 수 있다.[1]

문제는 우리가 여전히 괴물이라고 부르는 하이브리드적 존재들은 현실의 장에 존재한다는 사실이다. 근대인들이 자기를 새로운 존재로 증명하는 방법은 전근대적인 것들과 철저하게 분리하는 작업이었다. 이때 근대인을 증명하는 하나의 방법은 하이브리들을 양산해 내면서 동시에 배제하는 장치이다. 괴물의 존재는 순수한 이성적 인간을 분명하게 구별 지으면서 동시에 인간의 영역에서 내쫓기는 존재여야 했다. 그러나 현실 세계에서 인간은 언제나 하이브리드적이었다. 이성적인 것과 육체적인 것, 과학적인 것과 종교적인 것, 자연적인 것과 문명적인 것은 사실 언제나 혼종적으로 존재하지 않는가? 눈이 나빠진 인간은(인간적인 것) 안경을 썼으며(과학적인 것), 종교를 믿고(비과학적인 것), 숭고한 자연에서 인간 이상의 힘을 믿었다(신적인 것). 빨리 달리기 위해 바퀴를 만들어 타고 이동한다(과학적인 것). 아름다운 탑을 만들기 위해(문명적인 것) 흙과 나무를 사용할 수밖에 없다(자연적인 것). 그렇다면 이러한 세계는 순수한 근대의 세계인가? 근대인의 오류는 근대의 헌법과 근대적 현실 세계 사이의 균열을 의도적으로 무시했다는 점이다.

하이브리드적 존재는 과거적이거나 미래적이거나, 또는 새로운 존재가 아니다. 기술 과학과 이성, 자연은 분리가 아니라 혼종적으로 존재해 왔기 때문이다. 따라서 우리 모두는 하이브리드적이다. 인공관절을 다리에 심고 걸어가는 인간, 화성 탐사를 하면서도 동시에 달을 보며 기도하는 인간이 우리가 아닌가. 하이브리드적 존재는 근대 세계의 헌법에 아직도 달라붙어 있는 분리와 분할의 세계로부터 현실 세계의 혼종성을 설명해 주는 중요한 키워드가 될 것이다.

---

1 브뤼노 라투르, 『우리는 결코 근대인이었던 적이 없다』, 홍철기 역, 갈무리, 2009, pp.110-130 참조.

우리는 순수 인간이 아니라, 인간-비인간이 혼합된 하이브리드적 삶을 영위하고 있기 때문이다. 이 글에서 나는 하이브리드적 시적 주체의 자기 인식과 동시에 이들의 화법이 어떻게 근대적 인간의 상황을 벗어나면서 시적 방법으로 전환되는지 최금진과 김이듬의 시에서 읽어 내고자 한다.

1. 괴물(드라큘라)

드라큘라는 인간적 영역의 존재가 아니라, 인간 영역에서 내쫓긴 괴물이다. 괴물이란 정상으로부터 비정상을 명확하게 구별해 내기 위해 만들어진 개념이다. 정상에서 벗어난 비정상적인 것들은 모두 흉측한 괴물이 되었다. 20세기 들어 괴물은 단순히 억압된 과거의 회귀라고만 하기에는 복잡한 의미들이 들러붙어 있다. 20세기 과학의 급격한 발달은 바이오테크놀러지와 같은 융합기술 덕분에 비자연적인 것과 초자연적인 것의 경계가 모호해졌다. 괴물은 변형, 기형, 하이브리드들이다. 이들은 정상적 인간 영역에서 벗어난 비정상적인 것들을 일컫는다. 따라서 괴물(비인간적인 것)과 인간적인 것과의 혼종은 현대적 삶의 기초가 되었다.

최금진의 시 「드라큘라」는 우리가 흔히 알고 있는 드라큘라의 전형적 이미지를 벗어난다. 드라큘라 이야기는 전근대적인 것의 근대적 도래에 대한 근대 이성의 참혹한 복수 서사이다. 잔인하고 용맹한 전사였던 드라큘라 백작은 서사시의 세계 속에서 찬양받아야 할 존재였지만, 무덤 속에서 뛰쳐나와 아름다운 여자들의 피를 빠는 두려운 흡혈귀, 품위 있고 로맨틱한 괴물이 되었다. 유한한 생명을 갖는 인간에 비해 영생하는 이 비정상적 생명체는 공포의 발원지이면서 동시에 인간세계에서 쫓겨나야 할 대상이었다.

그런데 최금진의 시에서 드라큘라는 삶의 세계에 침투한 이질적인 괴물이 아니라, 이미 인간 내부에 자리 잡은 괴물이다. 그의 시에서 드라큘라는 이질적이고 낯선 하이브리드라기보다 인간의 본성에 가까운 존재가 된다. 이는 드라큘라적 삶의 실패이다. 최금진은 실패한 드라큘라의 우스꽝스러운 모습을 우리 인간 내부에 자리 잡은 괴물의 형상으로 그려 내고 있다.

> 아주 오래 잠자고 싶다 그리고 어느 날
> 무덤이 열리고 물 빠진 꽃잎 같은 얼굴로 부스스 일어나
> 흔들리는 송곳니를 줄로 다듬어 고치고, 쩍 게으른 하품을 하며 입맛을 다시고 싶다
> 사랑하는 여자의 목을 깨물면 좋겠지만 나는 백 년, 천 년 잊혀지지 않는 원수의 목을 찾아 나설 것이다.
> 아뿔싸, 그는 이미 죽었을 테니 어쩐다
> 그의 관이라도 뜯어내고 들여다보면, 허망하게 웃으며 잠든 놈의 해골
> 나는 완전히 입맛을 잃고 국수나 먹으러 터미널로 걸어갈까
> 드라큘라가 국수를 먹고 살 수는 없으니, 돼지고기 수육이나 먹으러 시장에 갈까
> (중략)
> 나는 세상에 없는 종, 드라큘라
> 기어 나온 무덤으로 기어들어 가 다시 오래 잠이나 자야 할까
> 전화를 걸어도 받지 않는 백 년 전의 친구들아, 나도 여기 왔다가 간다고 문자를 보내고
> 그만 나도 모든 것이 우울해져

목을 매고 죽었으면 좋겠는데, 아아, 나는 영생의 벌을 받았구나

십자가 말뚝이나 끌어안고 뒹굴다가, 생각나면 그때 다시 죽어 볼까

거미줄을 치렁치렁 감고 누워

잠도 오지 않고 말똥말똥

어떻게 살아야 하나

　　　　　　　　　　　—최금진, 「드라큘라」(『현대시』, 2014.6) 부분

　이 시에서 드라큘라는 실패한 인간을 괴물로 인식하는 현대 세계의 부조리함에 대한 알레고리일 수도 있으나, 단순한 비유적 장치를 넘어서 현실적 실재성이 기입된 인물로 설정되어 있다. 최금진이 천착하는 시적 작업 중 하나는 현실 친화적 세계를 구축하는 것이다. 이때 현실은 단순한 재현이 아니라, 현실에 대한 래디컬한 비판적 시각에 의해 포착된 부조리가 내장되어 있다. 그런 점에서 최금진의 시적 행보는 시적 정치성의 새로운 경지로 나아간다.

　「드라큘라」는 실패한 드라큘라의 이야기면서 동시에 실패한 인간의 이야기이기도 하다. 드라큘라는 유한한 인간에 비해 영생이라는 탁월성을 갖고 있지만, 그 탁월성이 현실의 결핍을 보충할 수 없다는 것을 알고 있다. 따라서 이는 실패한 드라큘라적 인간의 이야기인 것이다.

　백 년 동안 잠에 빠질 수 있는 드라큘라는 "아주 오래 잠자고 싶다"는 이율배반적인 이야기를 시작한다. 여자의 목에서 신선한 피를 빨아 생을 유지하는 드라큘라는 "사랑하는 여자도 세상에 없다". 사랑하는 여자는 유한한 존재였기 때문이다. 드라큘라는 과거에 잔인한 전사로서 꼬챙이로 포로를 찔러 천천히 죽어 가는 과정을 음미하는 존재였다. 적을 죽이기 위해 그토록 잔인하고 용맹했던 드라큘라

백작이 흡혈귀 드라큘라로 호출되었던 것은 용맹함과 잔인함 때문이었다. 그러나 시에서 드라큘라는 "원수의 목을 찾아 나"서려고 하지만, "그는 이미 죽"어 있다. 살아 있는 여자의 피나 원수의 피를 먹고 영생할 수 있었던 근대의 드라큘라는 현대 세계에서는 참으로 찌질하기 그지없다. 신선한 인간의 피가 아니라, 돼지고기나 수육을 먹으러 시장에 갈 판이다.

드라큘라가 보기에 현실 세계는 변하지 않았다. 세상은 여전히 거짓말쟁이들과 건방진 녀석들이 득세하고, 공장노동자 청년은 임금도 받지 못해 자살한다. 따라서 전근대와 근대를 거쳐 현대 세계에 살아남은 드라큘라가 보기에 이러한 현실적 비참과 부조리는 지속된다. 내가 사랑했던 여자와 나의 원수는 이미 죽었다는 변화에도 불구하고, 세상의 부조리는 변하지 않았다. 드라큘라의 딜레마는 여기서 발생한다. 그가 원했던 것은 사라지고, 그가 원하지 않은 것은 여전히 끈질기게 남아 있다. 우울한 드라큘라는 자살하고 싶어 한다. 그러나 드라큘라는 영생의 운명을 갖고 있다. 모든 것이 실패할 수밖에 없는 드라큘라의 삶이라니.

이 시는 괴물 드라큘라의 실패담을 다룬다. 이른바 정상적이고 인간적인 영역으로부터 쫓겨나 비정상적 괴물인 드라큘라는 존재론적으로 실패한 하이브리드이다. 이는 결핍으로서의 인간적 영역을 보충해 줄 수 없는 하이브리드의 운명이기도 하다. 최금진은 존재론적으로 실패한 드라큘라를 호출하여 또다시 실패하는 드라큘라의 삶을 해학적으로 보여 주고 있다. 백 년 동안이나 잠을 자야 하는 귀족 출신의 품위 있는 드라큘라는 어찌 살아야 할지 몰라 말똥말똥 잠도 못 들고, "아주 오래 잠자고 싶다"는 아이러니를 보여 주고 있다. 이미 실패한 자의 실패담을 비극이 아니라 블랙코미디로 보여 주고 있는 것이다. 하이브리드를 배치하는 독특한 방식이 최금진 시의 정치적 방법으로 보인다.

2. 병신

김이듬의 시는 세계를 그로테스크하게 인식하고 변형시킨다. 일반적으로 그로테스크는 정상적인 것의 변형이기 때문에 아름답지 않은 것, 혐오스러운 것, 추의 영역에 속한다. 하지만 바흐친에게 그로테스크란 미/추의 위계화된 질서의 세계가 아니라, 미/추의 위계가 역동적으로 혼란스럽게 무질서화되는 공간이다. 그런 점에서 바흐친의 그로테스크는 전복적인 정치적 공간이 될 수 있다. 그럼에도 현실 세계에서 그로테스크한 몸은 정상적 몸의 변형이기 때문에 혐오감을 유발하고 정상 세계로부터 배제되기 쉽다. 카프카의 『변신』에서 주인공 그레고르 잠자가 거대한 갑각류로 변했을 때 사회뿐 아니라 사랑하는 가족으로부터도 버림받는 경우를 보라. 그로테스크한 몸은 추악한 악이 되어 버린다.

김이듬의 시 「변신」은 아름다운 변신을 꿈꾸지만 병신이 되고 마는 자기 실패에 대한 시이다. 그러나 그 실패는 자발적이다.

    나는 변하겠다
    아무도 나를 못 알아보게
    뼈를 톱으로 갈 때는 아프겠지
    아픈 건 아포리즘만큼 싫다
    성형 전문의가 검정 펜으로 여자 얼굴에 직선 곡선을 그은 사진이
    버스 손잡이 앞에 있다
    전후의 사람이 동일인이라면 나도 하고 싶다

(중략)

나는 긴 목을 더 길게 빼고 들어가서 눕는다

목에서 허리에서 뼈 부러지는 살벌한 소리

내장을 터뜨리는 듯 주무르다 압박

위는 딱딱하고 장은 다른 사람에 비해 아주 짧습니다.

맹인 안마사의 부모는 젖소를 키웠다고 한다

형편이 어렵지 않았다는 뜻이겠지

나와 동갑에 미혼

고3 때 나빠지기 시작한 시력으로 이제 거의 형체만 어슴푸레 보인

다는 말을

왜 내가 길게 들어 주어야 하나

인생 고백이 싫다

다른 감각이 발달되었다는 말을 믿어야 하나

(중략)

이미 누군가 다 말해 버렸다 쓸 게 없다

가슴이 아프다

작아서

(중략)

뭐 합니까 돌아누우세요

씨알도 안 먹힐 시도 되지 않고

야하게 꾸며 나가고 싶은 저녁이 간다

지압사에게 나를 넘긴다

눈멀어 가는 남자가 인생에 복수하듯 나를 때리고 비틀고 주무른다

이러다

변신은 못 하고 병신 되는 거 아닐까

　　　　　　—김이듬, 「변신」(『현대시학』, 2014.5.) 부분

　이 시의 상황은 이렇다. 나는 성형을 통해 변신을 원하고 있다. 버스 손잡이 성형 광고 문구를 보면서 나는 변신을 하고 싶어 한다. 나는 명성지압원 간이침대에 엎드려 맹인 안마사의 인생 고백을 들으며 엎드려 있다. 맹인 안마사는 인생에 복수하듯 나를 때리고 비틀고 주무른다. 나는 변신은 못 하고 병신이 되려는 역설적 공간에 있다.

　김이듬의 시에서 그로테스크는 세계의 표면이 아니라, 세계를 바라보는 자의 내면에서 발원되는 미적 장치이다. 인공적 성형을 통해 아름다운 것으로 바꾸고 싶은 충동을 느끼지만, 그 충동에 충실하지도 않다. 버스 손잡이에 붙어 있는 성형 광고를 보고 변신의 욕구를 느끼지만, 그것은 충동의 차원에 머물러 있다. 아름다운 것은 김이듬 자신의 것이 아니다. 따라서 아름다운 변신을 욕구하지만 어떤 행동도 하지 않는다. 대신 맹인에게 자기 몸을 맡기면서 아름다운 변신의 실패를 자인하고 있다. 김이듬의 시에서 내적 그로테스크는 이미 하나의 방법론이다.

　김이듬의 변신은 어떤 것으로의 되기, 혹은 되기의 과정이라기보다 아름다운 것, 정상적인 것에 대한 실패이며, 그 실패를 자인하는 고백하기의 동인이기도 하다. 명시적이지는 않지만 변신 대신 병신이 되는 좌절의 경험은 김이듬 시의 방법론이며, 자기 세계를 구조화하는 시적 장치이다. 그는 그로테스크한 세계의 여왕이다.

　　인생 고백이 싫다

수만 마리 구더기가 되어 주방을 허옇게 뒤덮고 싶다

이미 누군가 다 말해 버렸다 쓸 게 없다

변신은 못 하고 병신 되는 거 아닐까

이 모든 언술은 김이듬이 지향하는 시의 세계이다. 굳이 설명을 하자면 이렇다. 전통적 서정시의 문법인 자기 고백의 목소리, 그것을 실현하는 시적 주체의 자기 환원적 성격에 대한 거절. 미의 세계에서 가장 권위 있는 정상적 아름다움에 대한 거부와 그로테스크 미학에 대한 환호. 이미 누군가 다 말해 버린 낡은 화법에 대한 경멸.

이를 종합하자면, 김이듬의 시는 전통서정시의 문법을 거절하면서 새로운 화법과 미학의 세계를 지향하는데, 그 주요 방법이 바로 '병신으로서의 변신'인 셈이다. 그는 추호도 정상적이고 아름다운 영역으로의 변신을 꾀할 생각이 없다. 따라서 이 시의 마지막 행 "변신은 못 하고 병신 되는 거 아닐까"라는 언설은 실패에 대한 두려움과 불안이 아니라, 자기 확신의 어법이라고 할 수 있다.

그로테스크로 자기를 구조화한 자는 근대 세계의 헌법으로부터 배제된 하이브리드들 중 하나다. 근대 헌법이 설명하기를 포기한 잔여물로서의 하이브리드는 인간이 아니거나 못 되는 존재들이다. 정상적인 영역에서 변형된 자, 아름다움의 영역에서 자발적으로 걸어 나온 자, 자기를 일그러뜨리고 병신이 되려는 자. 이들은 그로테스크하지만 새롭고, 괴상하게 아름답다. 김이듬의 새로움은 자기를 근대 세계의 헌법으로부터 스스로 배제시킨 자발적 실패담의 주인공이라는 점에 있다. 김이듬에게 병신은 아름다운 괴물이다. 그래서 세계는 이상한 아름다움으로 가득 차 있다.

'강박적 말하기'라는 모순 회로와 '나를 설명하기'라는 윤리성

—정철훈의 신작 시 읽기

정철훈 시에서 과거는 과거적이지 않다. 남성은 남성적이지 않다. 국가는 국가적이지 않다. 그의 시에서 주체는 자아가 아니다. 정철훈의 시적 전략은 바로 그것이다. 무엇을 말함으로써 그것을 균열시키기. 무엇을 말함으로써 그것으로부터 벗어나기. 혹은 무엇으로부터 벗어나는 과정을 보여 주기. 그 과정을 보여 주기 위해 모순 구조를 반복적으로 증언하기. 그것은 일종의 신경증자의 강박적 언어일 수도 있을 것이다. 역사가 허물어뜨린 가계(家系)를 복원하려는 정철훈의 욕망은 회복될 수 없는 아버지들의 역사를 강박적으로 호출한다. 그의 시적 행보와 언어적 모험은 아버지의 역사를 호출하지만, 아버지 부재의 역사를 확인하는 시적 회로를 구축하는 작업이었다. 그것은 2000년대 한국시의 무대에서 상당히 드문 경우였다. 아버지의 역사가 빈 구멍이라는 사실은 2000년대 시인들에게는 상식에 지나지 않았기 때문에 아버지 찾기가 아니라, 아버지 살해하기가 오히려 자연스러웠다고 할 수 있다. 그럼에도 정철훈의 아버지 찾기는 계속되었으며, 여전히 진행 중이다. 그는 아버지 찾기를 통해 상실한 아버지를 확인하며, 현재의 시간에 파동을 일으키는 과거의 원류를 탐색한다. 그의 시는 남성을 말하는 것 같지만, 남성 부재의 시간을 메웠던 여성의 서사를 말한다. 민족을 말하는 것 같지만 그것은 디아스포라적인 것이고, 국가를 말하는 것 같지만 국경 지대의 불안함에 주목한다. 그리고 나의 목소리로 말하는 것 같지만 타자들이 내는 목소리에 반응하는 언어적 이중성을 탐색한다.

이와 같은 시적 의미의 모순 회로는 정철훈의 일관된 시적 전략이다. 그러나 이 언어의 모순 회로에 올라탄 자는 고통스럽다. 모순을 증명하기 위해 그 모순을 반복해야 하기 때문이다. 상실한 아버지의 역사로부터 저항하거나 도망칠 수 없다. 아니 그는 기꺼이, 자발적으로 저항하거나 도망치지 않는다. 상실과 회복의 모순관계에 반응해야만 하는 운명을 스스로 선택했기 때문이다. 아버지의 자리가 텅비었다는 것을 알면서도 그 빈자리를 직접 확인하는 시적 강박은 정철훈 시의 미학이며 윤리이다.

그의 시에 따르면, 그토록 찾아 헤맸던 생물학적 아버지들(백부-중부-친부)은 이제 모두 사망했다. "이 모든 우연이라는 건축물 위로/구름이 떠갑니다/아버지라는 구름 말이죠"처럼 그는 최근 곳곳에서 아버지들의 부음 소식을 전하였다(「북창」). 그럼에도 그는 사망의 흔적과 사망 이전의 삶의 그림자를 고고학자처럼 탐사한다.

정철훈은 자신의 시적 행위를 "탐사"라고 정의한 바 있다. 달에 토끼가 살았던 흔적을 탐사하는 심정이 되고 마는데, 토끼는 아니더라도 절구와 절구통은 남아 있을 것이라는 고고학자의 헌신적인 자세를 취한다(「헛강의 기적 소리」). 자신의 계보학을 완성하기 위한 욕망이었겠지만, 부계에 지정된 자신의 자리는 "지상에 바늘 하나 꽂을

데 없는 나의 유일한 땅" "허공"임을 발견한다(「심오한 허공」). 그것은 정철훈 시의 모순 회로가 작동되는 방식이자 결과이다. 정철훈은 그 것을 시공간의 이중성, 혹은 그 '사이'의 지대로 구성한다.

> 사진을 보면 내 살고 있는 시간대가
> 가볍게 흔들린다
> 이 작은 흔들림이 내게는 숨구멍이다
> (중략)
> 지금도 장미 파는 노파들이 있겠지만
> 그건 나의 장미는 아니다
> 나의 장미는 25년 전의 장미이지만 여전히
> 현재에 피어 있고 그 붉은 꽃잎은
> 내 가슴속에서 지금도 메아리친다
>
> 현재는 메아리가 없고
> 우리가 명상을 통해 지워야 할 형상처럼
> 메아리는 과거에서 온다
>
> 내가 지금 뽑아 든 단어도 과거에서 온 것이고
> 그 형상과 메아리는
> 나의 현재에 파동을 만들어 놓고 있다
>
> 나는 여기에 있으면서 동시에 거기에 있다
> 시간을 옮겨 다닐 수 있다는 것
> 내 단어들은 거기서 만들어진다

정철훈에게 현재의 의미를 구성하는 힘은 과거에 있다. 단순히 과거에 있다는 것이 아니라, 과거로부터 이동해 오는 사건의 연쇄적 운동성에 있다. 그래서 과거는 과거적이지 않다. 현재의 시간에 파동을 일으키는 힘으로 작동하기 때문이다. 현재라는 시간의 지층은 두껍다. 과거에서 밀려오는 사건의 의미들이 현재에 파동을 일으키고 현재를 재구성하기 때문이다. 시간은 흘러가는 선들의 집합이 아니라, 시간에 파동을 일으켜 혼란을 야기한다. 과거-현재-미래로의 흐름은 개념적인 시간이지 삶의 시간이 아니다. 25년 전 모스크바에 피었던 장미는 현재의 나에게도 피어 있다. 25년 전의 붉은 장미는 25년이라는 시간의 간극을 보여 주지만, 그 차이 속에서 "나는 아늑하다"는 감정을 느낀다. 그는 과거-현재라는 두 겹의 지층을 지닌 시간대에서 자기를 구성한다. 따라서 내가 사는 현재 세계는 과거로부터 이동해 오는 사건과 의미들에 의해 흔들린다. 현재 세계는 결코 안정적이지 않다. 현재라는 시간대에 두껍게 쌓인 지층과 균열들이 우리가 사는 세계이다. 그러므로 "나는 여기에 있으면서 동시에 거기에 있다"고 말할 수 있다.

정철훈에게 여기란 동시에 거기를 함축하며, 거기란 여기에 파동을 일으키는 장소이다. 그는 이 두 겹의 시공간을 탐사하는 시적 모험을 지속했다. 백부, 중부, 친부라는 끊어진 아버지들의 서사를 잇기 위한 그의 계보학적 탐사는 결국 아버지들이 사라져 간 역사의 현장을 발견하고 소멸된 개인들의 흔적을 더듬는 시적 행위였다. 최근 정철훈의 시와 산문 들에 따르면, 이제 생물학적 아버지들은 모두 사라졌다. 그 회복할 수 없는 아버지들의 계보를 통해 그는 또 다른 아버지들을 발견한다고 쓴 바 있다.

> 내 안으로 이사 온 아버지가 느껴졌다
> 아버지만이 아니었다
> 아버지의 형제들과 아버지의 아버지와
> 아버지의 아버지의 아버지도 중절모를 벗어 들고
> 내 가난한 방 안에 들어와 있었다
> 내 안으로 이사 온 아버지들은
> 식량을 축내지도 잠자리를 달라고도 하지 않았다
> 다만 허공 하나씩을 차지하고 있을 뿐
> 나는 아버지들로 붐비는
> 내 궁핍한 방을 좋아하게 되었다
>
> —「세상을 놓는 방식의 골목길」 부분

정철훈은 결국 아버지들로 붐비는 방을 사랑하게 되었다고 고백한다. 소멸한 아버지들의 계보를 탐사하는 작업이 성공했는지 실패했는지 알 수는 없다. 그러나 그는 영원히 만날 수 없는 아버지들을 한 방에서 만나게 되었으며, 그는 아버지들로 붐비는 자기 자신을 발견한다. 아버지들을 잃자 아버지들로 붐비는 자기 자신을 사랑하게 되었다는 것이다. 4.19혁명이 일어난 1960년의 김수영이 빈방으로 이사하면서 "나의 가슴이 이유 없이 풍성하다"고 썼던 이유와 같을 것이다(「그 방을 생각하며」). 그는 4.19의 실패 과정을 목도하면서 새로운 혁명을 탐색하고, 혁명의 원리로서의 사랑을 제안하였다. 정철훈은 역사의 아버지들, 생물학적 아버지들을 모두 잃자 새로운 방을 발견한다. 그리고 그 방을 사랑하게 되었다. 죽은 아버지와 살아 있는 아들의 연대를 그는 사랑하게 된 것이다. 그것이 "나의 현재에 파동을 만들어 놓는" 사건이고(두 개의 사월), "시간을 옮겨 다닐 수 있"는 능력이며, "내 단어들은 거기서 만들어진다"고 한 언어 생성의 현장이다.

> 그때 릴리가 나를 부르는 소리가 들려왔다
> ―치룬!
> 그걸 릴리의 귀에 처음 들린 내 이름 그대로였을 뿐
> 한국어도 러시아어도 카자흐어도 아니었다
>
> 릴리가 '치룬' 하고 나를 부르는 순간
> 나는 어느 국가에도 속하지 않고
> 어떤 국경도 지워진 세계에 들어와 있었다
>
> ―「모국이라는 외국」 부분

이 시는 정철훈의 시적 언어가 생성되는 현장과 그의 언어 의식을 그대로 노출한다. "릴리"는 소멸된 부계를 탐사하다가 발견한 가족이다. 그는 릴리와 같은 가족에게 "무의지의 축제를 즐기면 되는" "인터내셔널 패밀리"라는 이름을 붙였다(「두께에 기대어」). 그것은 외부적 폭력에 의해 쫓겨나 흩어진 '디아스포라'적 의미를 넘어서는 긍정성을 함축한다. 그는 이제 잃어버린 모국, 훼손된 모국어, 상실한 아버지들로부터 결핍을 느끼지 않는다. 그의 언어는 이미 다른 곳에 도착했다. 그는 "어느 국가에도 속하지 않고/어떤 국경도 지워진 세계에 들어와" 있다. 모국은 외국이며 외국이 모국인 시인에게 문식력은 크게 문제되지 않는다. 언어란 완전하게 장악할 수 없는 것

이기 때문에 그저 "여러 언어들"이면 충분하다. "그도, 나도 읽을 수 없고/다만 배낭에 담겨" 있거나, "러시아어, 카자흐어, 우즈벡어에 아랍어가 섞여 들"면 그뿐인 세계이다. 상실한 아버지들을 탐사하다가 발견한 다언어라는 풍요로운 세계의 가족을 발견한 것이다.

그렇다면 그는 어떻게 이 세계에 도달하게 된 것일까? 그의 시적 여정은 상실한 아버지들의 역사를 탐사하는 과정이었다. 아버지들의 계보를 회복하기 위한 그의 작업은 강박적 반복의 언어였다.

> 허공으로 솟구친 모래알들이
> 남북으로 흩어진 가족들의 한숨에서
> 뿜어져 나온 것만 같다
>
> 이렇게라도 말하지 않으면
> 나를 설명할 길이 없다
>
> ―「심오한 허공」 부분

분단이라는 민족사적 비극의 구조가 고스란히 새겨진 가족사를 추적하면서 그는 스스로를 허공으로 흩어진 모래알이라는 자기 인식에 이른 적이 있다. 그것은 자기에 대한 이름 붙이기 이전에 그렇게라도 말하지 않으면 "나를 설명할 길이 없다"는 말하기의 실패에 대한 고백이다. 나를 설명하기란 어떻게 가능한가? 그것은 나 이전에 타자들이 있다는 말이다. 즉 나의 말 이전에 들어줄 타자들의 귀가 있다는 말이며, 나의 말을 읽어 줄 타자들의 언어가 먼저 존재한다는 뜻이기도 하다. 그러나 그것은 나의 말하기가 곤경에 처해 있다는 의미이기도 하다. 그것은 말하기의 능력이 주체의 것만이 아니라는 뜻이다.

주디스 버틀러는 나를 말할 때 나는 나에 의해서는 포착될 수 없고 동화될 수 없는 경험을 한다고 말한다. 왜냐하면 나는 항상 나에게 너무 늦게 도착하기 때문임을 인정하면서, 자신을 설명하려는 모든 서사적 노력이 실패하는 순간을 포착하기 때문이다.[1] 그것은 나의 말에 연루된 나보다 선행한 타자가 존재한다는 것을 말한다. 버틀러는 주체의 말하기가 타자에게 연루되어 있기 때문에 주체의 언어는 실패할 수 없다는 윤리적 조건에 대해 설명한다. 소멸된 아버지들의 계보를 회복하려는 정철훈의 불가능한 시적 욕망이 강박적으로 반복되는 이유 중 하나는 자신을 설명하기라는 어려움 혹은 실패에 직면했기 때문인지 모른다. 또한 그 강박은 역사의 비극을 개인의 어깨 위로 짊어져야 했던 생물학적 아버지들의 언어를 증언하고자 한 슬픈 아들의 언어에서 기인한 것이기도 하다. 그는 말하기에 성공한 자가 아니다. 정철훈의 시에서 표면적으로 드러나는 아들의 '말하기'는 사실상 '-에게 말하기'를 지향한다.

> 화살 없는 바지를 입고 거리를 쏘다닐 생각에
> 흐뭇한 외출의 욕구에 젖으며
> 비로소 나는 바지 주름 귀한 것을 알고
> 바지를 사랑하게 되었다
> 릴리가 다려 준 바지를 입고 귀국해
> 이 사소하고 비장한 이야기를 누구에게 들려줄지

---

1 주디스 버틀러, 『윤리적 폭력 비판—자기 자신을 설명하기』, 양효실 역, 인간사랑, 2013, p.139.

고개를 주억거리는 기쁨이 여간 아니었다.

—「바지 주름을 잡으며」부분

릴리는 바지를 다리며 묻는다. "화살은 어쩌지?", "화살이라니?" 화살이라는 말과 바지 주름이라는 말의 차이에서 기쁨을 느끼는 시적 주체에게 중요한 것은 언어의 차이를 어떻게 말할 것인가가 아니라, "이 사소하고 비장한 이야기를 누구에게 들려줄지"에 대한 것이다. 정철훈의 시에서 언어적 강박과 반복적 말하기는 실패한 이야기 주체와 '-에게 말하기'라는 윤리적 언어 구조에서 발생한 시적 효과이다. 그는 뒤늦게 고백한다. 사소하고 비장한 이야기를 누구에게 들려줄 것인가를. 그 고백은 누구에게 닿을 수 있을까? 그의 언어가 얼마간 내게 도착한 것일까? 그의 시를 읽을 때 어떤 기쁨을 느낀 것 같다. 물론 분명치 않은 기쁨이어서 더욱 기쁘다.

제4부

나(세계)는 책이다!
―한용국의 시

　한용국의 시는 강박과 초월 사이에서 모호한 긴장의 에너지를 분출하며 자기만의 세계를 만들어 나간다. 그는 강박과 초월을 대립시키거나 병치하거나 충돌시키지 않으면서 그 둘 간의 상충적인 에너지를 여유롭게 풀어놓는다. 이것이 한용국의 탁월함이다. 삶에 대한 구심력과 원심력이라는 이중의 욕망을 특유의 진지함과 천진함으로 뭉근하게 끓여 내는 능력. 그래서 나의 출처를 자아가 아니라, 관계들의 덩어리에서 찾아내는 솜씨. 삶의 한가운데를 성실하게 살아 내는 자만이 건져 올릴 수 있는 빛나는 상처들.

　그의 오랜 시력에서 알 수 있는 것처럼, 그는 언어를 천천히 저글링한다. 화려한 기예로서가 아니라, 오래 들고 있어서 손과 한 몸이 된 공을 가지고 노는 것처럼, 언어를 가지고 논다. 언어와 한바탕 사투를 벌이던 열망의 지대를 지나, 언어를 조금씩 냉각시키면서 낡은 것과 새로운 것의 경계를 재빠르게 뒤바꾸고 다시 불러온다. 한용국의 시론이 잘 드러난 「시작 노트」에서처럼, 시인인데 시인이 아니라고 생각하고, 학자인데 학자가 아니라고 생각하는 자에게 언어란 무엇일까? 집에 있는데 집이 달아나고, 아내 곁에 있는데 아내가 달아나는 것을 볼 수 있는 자에게 세계란 무엇일까? 한용국의 언어는 바로 이런 경지에 있다. 그는 시를 쓰면서 달아나는 시를 목도하고, 아내 곁에서 달아나는 아내를 바라보며, 삶을 살아 내면서 삶이 달아나는 것을 아는 자이다. 따라서 강박과 초월이라는 이중 구도는 대립되지 않고 겹쳐져 있되, 알 수 없는 곳에서 균열된다. 그 모호한 균열, 새로운 것과 익숙한 것을 반복 교차하는 지점에서 한용국 시의 아름다움이 발생한다.

인간 한용국은 일정한 속도로 천천히 말한다. 슬픔과 삐딱함, 순수함 같은 게 묻어나는 특유의 미소를 가지고 있다. 나는 시인에 대해 호기심을 가지기는 하지만, 잘 사귀는 편은 아니다. 시인의 얼굴에 나타나는 것들을 기피하는 이상한 강박증 같은 것을 가지고 있기 때문이다. 어쩌면 그것이 시 읽기를 방해할지도 모른다는 두려움이 있다. 시와 시인, 시적 주체를 등치시키지 않아야 한다는 강박증 때문이다. 지금 나는 시인 한용국의 얼굴을 지우면서 시를 읽으려 애쓰는 중이다. 시인과 시가 한데 엉겨 있는 텍스트를 읽고 있기 때문이다. 그의 시를 읽을 때 한용국이 말할 때의 호흡법으로 천천히 읽게 되고, 그의 언어 위에 번지는 슬픔, 삐딱함, 순수함을 느끼면서 시를 읽게 된다. 그와 나는 한동네 사람이었다.

"서정적인 척추"를 조용히 쓰다듬는 것이 한용국의 시적 입장이지만(「금요일의 pub」), 그 서정성은 자연이나 과거, 고통과 상처, 상실과 애도라는 오래된 왕국의 제도를 가지고 있지 않다. 서정적인 척추를 빳빳하게 곧추세우는 대신 그것을 천천히 쓰다듬으며 그는 특유의 미소를 띠며 천천히 말할 것이다. 서정시를 쓰고 있는데 서정시가 마구 달아나고 있어. 어쩌지?

1. 세계는 책이다!

한용국 시의 핵심은 세계와 언어를 다루는 지적 태도에 있다. 그
의 지적 매력은 읽기의 욕망에서 비롯된다. 그 욕망은 쉽게 드러나
지 않지만 자못 강력하다. 그는 세계를 활자나 책으로 물질화시키는
데 때로 자기 자신까지 활자화한다. 그 욕망을 충족하기 위해 시적
주체는 세계와 자신을 활자화한다. 읽기의 욕망이 먼저여서 해석의
내용은 잘 드러나지 않는다. 강조되는 측면은 읽기라는 형식이다.
그의 시적 형식은 다채로운 읽기 장치를 마련하는 데 있다. 읽기의
미적 장치를 경험하는 일은 한용국 시 읽기의 최고 즐거움이다.

누워 있는 남자의 입으로 공기가 밀려들어 간다 느릿느릿 기다려
왔다는 듯이 열린 식도를 통과해 간다 곧 저 공기는 남자의 꼬리뼈에
서 마지막 흔적을 밀어내리라 남겨질 한 줌의 질척함을 비둘기가 안다
는 듯 고개 주억거리며 지나간다 십 분 전 그는 마지막 담배를 피웠으
리라 손끝이 다 타들어 갈 때쯤 모든 회한과 환멸을 떨어뜨리고 수도
승처럼 신문지 위에 누웠으리라 그의 잠을 깨우던 굉음이 떠나가고 세
상이 그를 정적 속으로 초대한 것이다 한때 그를 빛나게 했던 꿈의 이
마는 꼬깃꼬깃 접혀 있다 어쩌면 저녁 거리의 불빛들이 그를 향해 달
려오고 있을까 하지만 모로 누워 웅크린 자세는 무언가 단단히 그러쥔
손아귀처럼 보이는데 아무도 알아채지 못하는 안식을 단 한 번의 눈길
로 스치는 사람들은 모두 어디로 가고 있는가 왜 이 소리 없는 잔혹 앞
에서야 모든 궁극적인 질문은 보편성을 얻는가 공기가 지나간 그의 몸
을 얼룩진 신문의 활자들이 더듬더듬 읽으며 덮어 주고 있다

이 시는 한용국이 어떻게 세계를 바라보는지를 가장 잘 보여 주는 매력적인 시이다. 이 시는 인간의 실존적 죽음과 사회적 죽음 사이의 관계에 대한 깊이 있는 성찰과, 묘사와 상상을 배치하는 탁월한 언어 감각을 경험하게 한다. 시적 주체가 보고 있는 것은 "누워 있는 남자"이다. 1행에 단적으로 제시되어 있지만, 사실 이 시 전체는 누워 있는 남자가 아니라, 누워 있는 남자를 둘러싼 어떤 것들에 집중되어 있다. 누워 있는 남자가 이 시의 주요 오브제가 아니라는 얘기이다. 시적 주체는 누워 있는 남자를 둘러싼 그 모든 것에 관심이 있다. 누워 있는 남자를 둘러싼 공기, 누워 있는 남자 곁을 지나가는 비둘기, 마지막 피운 담배 자국들, 그리고 흔적으로 남아 있는 담배 냄새들, 굉음과 정적, 저녁 거리의 불빛, 그냥 지나치는 사람들, 그리고 그의 몸을 덮은 신문지. 거리에서 죽어 간 익명의 남자를 발견했을 때의 비정하고 당혹스럽지만 삶의 질문들을 분출하게 하는 어떤 풍경이 그려져 있다. 풍경이라고 말하기에는 풍경의 요소들이 누워 있는 남자에 집중되어 있고, 누워 있는 남자에 포커스를 맞춰 묘사한 구상화라고 하기에는 대상에 초점화가 맞추어져 있지 않다. 고독, 죽음, 쓸쓸함, 홀로됨, 연민, 나아가 실존적 죽음과 사회적 죽음의 의미, 소외에 대한 눈물겨운 안타까움, 자발적 홀로됨의 아름다움, 인간 삶의 보편 구조 등이 폭넓게 있다. 한용국의 시는 이런 방식으로 깊이를 확보한다.

---

[1] 이 글은 한용국의 첫 시집 『그의 가방에는 구름이 가득 차 있다』(천년의시작, 2014)에 실린 시들을 대상으로 한다.

주목할 것은 누워 있는 남자를 둘러싼 의미들은 시인의 통찰력에서 오는 것은 사실이지만, 그러한 통찰은 미적 형식으로 구조화되어 있다는 점이다. 한용국은 세계를 활자처럼 읽어 내려는 지적 욕망을 시의 방법으로 차용한다. 이 시의 마지막 문구를 보라.

　　공기가 지나간 그의 몸을 얼룩진 신문의 활자들이 더듬더듬 읽으며
　덮어 주고 있다

이 부분은 신문 몇 장을 덮은 채 누워 있는 남자를 묘사하는 것처럼 보인다. 여기서 눈여겨보아야 할 것은 한용국이 세계를 바라보는 방법, 즉 읽기의 욕망에 의해 만들어지는 시적 장치이다. 누워 있는 남자를 어떻게 볼 것인가? 한용국에게 세계를 본다는 것은 세계를 읽는 행동과 맞닿아 있다. 그의 읽기에 대한 욕망은 세계를 자연물이 아니라 책이나 활자에 가까운 것으로 만든다. 읽는 자라는 주체 앞에 세계는 읽어야 할 무엇으로 펼쳐져 있어야 한다. 시「내력」을 보자.

　　세계의 바깥에서 몇 잎의 책을 구입했다
　　행간에 반쯤 잊힌 여자가 누워 있었다
　　당신은 상했어 이제는 비릿한 맛이 나
　　책갈피는 황금으로 만든 것이었는데
　　바람이 불 때마다 딸랑딸랑 종소리가 났다
　　도대체 내 강박관념은 무엇이었을까
　　페이지마다 바깥으로 물관이 흘러
　　손이 어느새 푸르게 젖어 있었다

"내력"이란 어떤 사물이 존재하게 된 까닭, 오래된 흔적, 시간의 집적을 말하는 용어이다. 이 시에서 내력은 물질화된 책으로 전환된다. 그것은 추상적인 개념이 아니라 물질적인 사물로 그려져 있다. 이는 그가 현재 세계를 언어의 기록으로 사유한 결과이다. 그것을 해독할 수 있을지는 알 수 없다. 사실 시인은 해석해야 할 세계의 내용에는 그다지 관심이 없다. 세계를 읽을 수 있는 미학적 대상으로 만드는 데 주목하기 때문이다. 한용국 시의 지적 욕망, 혹은 활자에 대한 강박은 읽기의 욕망 구조를 시적 방법으로 만든다.

읽기에 대한 욕망이 과도해졌을 때, 시적 주체는 아예 책이 되어 버리기도 한다.

어떤 페이지도 중력을 견디지 못했다
어두운 날들에도 일련번호가 있는지
느닷없이 그는 밑줄 그어졌다
획획 날아와 꽂히는 저녁 어스름
책갈피인 양 어느 페이지에
자신을 끼워 넣어 보기도 하지만
너무 쉽게 흘러내린다 어떤 조심도
소용없다 그는 납작해졌다.
(중략)
뒷모습을 인화하던 거울이 움푹 패여 있다.
어느 페이지에서 그는 몸을 던진 것일까
오래된 서가에 일련번호로 눕혀졌던 날들이

흐린 명조체로 어둠을 일으켜 세우고 있다.

　　　　　　　　　　　　　　　　　—「과월호가 되어 버린 남자」 부분

　카프카의 「변신」에서 그레고르 잠자는 커다란 벌레로 변하는데, 이 변신은 현대사회의 고독한 개인이 무연고 자아라는 점을 보여 주는 장치였다. 잠자의 변신은 고독한 현대적 개인의 비극적 삶의 절정을 보여 준다. 시 「과월호가 되어 버린 남자」 역시 책이 되어 버린 남자의 고독한 세계를 보여 주고 있다. 한용국이 세계를 성찰하는 태도에는 슬픔이 매설되어 있기는 하지만, 슬픔을 상처로 덧내지는 않는다. 즉 그는 고통이나 비극으로 슬픔을 극단화하지 않는다. 전통적 모던의 세계를 벗어나 있다는 얘기이다. 오히려 그의 시는 슬픔의 근원을 보편의 차원으로 끌고 가 확장하는 편에 서 있다. 그는 상처를 자기의 고통, 세계의 비극으로 그려 내지 않는다. 한용국 시의 지적 태도에서 기인하는 것이겠지만, 세계를 읽어 내려고 하는 자의 욕망은 상처의 깊이나 고통의 강도와 같은 부정적 코드를 벗어난다. 그는 슬픔을 읽어 내고 조형화하거나 물질화하는 미학적 태도에 더 관심을 둔다.

　한용국의 시는 세계를 읽을 수 있는 텍스트로 만들어 주체의 읽기 욕망을 충족하려는 것 같다. 위 인용 시는 주체가 자기를 읽어 내기 위해 스스로 책이 되는 흥미로운 변신의 과정을 보여 준다. 이상과 윤동주 이래 많은 선배 시인들은 자기를 성찰하기 위해 거울 장치를 만들었다. 그러나 한용국은 자기를 읽어 내기 위해 자신을 책으로 변신시킨다. 시를 읽어 보면 알겠지만, 자기-책에는 자기에 대해 쓰여 있지 않다. 자기를 들여다보기 위한 미학적 장치를 만드는 데 열중하고 있다. 이런 점에서 본다면 한용국은 미학주의자처럼 보인다.

세계를 읽어 내기 위해 세계-책을 만드는 데 집중하는 시적 태도, 자기를 들여다보기 위해 자기-책을 만드는 미학적 태도를 보라. 무엇이 쓰여 있는지 내용을 드러내기보다는 내용을 담아내기 위한 장치와 형식을 만드는 데 골몰하는 장인의 태도를 가지고 있다.

자기-책을 어떤 형태로 만드는지를 보라. 일련번호를 붙이고, 밑줄을 긋고, 책갈피를 끼우는 행위는 물론 자기를 읽어 내기 위한 여러 성찰의 방법이겠지만, 시적 주체는 자기-책을 더 책답게 정교하게 다듬는 행위를 한다. 하얀 바탕에 검은 글씨가 쓰인 평범한 책이 아니라, 일련번호가 붙고, 밑줄이 그어지고, 책갈피가 꽂힌 책은 더 난해하고 의미 있는 어떤 내용들로 가득 차 있을 것이라는 기대를 갖게 한다. 읽을 만한 것으로 가득 찬, 그래서 해석할 가치가 충분한 어떤 책. 그것이 자기라는 책이다.

그의 지적 욕망은 이처럼 과도할 만큼 강력하지만, 한용국은 아름다운 휴머니티로 가득 찬 서정시로 가장한다. 세계는 책이며, 심지어 자기도 책일 만큼 읽기에 대한 강한 욕망을 시적 방법으로 삼는, 언어를 부리는 탁월한 능력은 한용국만의 것이다.

2. 나를 기록(못)하다

한용국의 시에서 세계를 읽어 내려는 욕구만큼이나 강한 것은 자기가 누구인지를 말하려고 하는 욕망이다. 그는 자기의 내력을 기록하고자 한다. 그 욕망은 시집 곳곳에서 발견된다. 기록을 읽어 내면 그가 누구인지 알 수 있을 것이다. 첫 시집을 낼 때쯤 시인들은 자기가 누구인지를 묻는 질문법을 자주 활용한다. 누가 쓰는가의 문제가 곧 나는 누구인가에 대한 질문이기도 하다.

한용국은 자기가 누구인가라는 질문에 대답하고자 한다. 앞서 나는 한용국이 세계와 자기를 읽어 내기 위한 욕망을 문자, 활자, 책과 같은 지적 사물과 관련하고 있다고 썼다. 자기에 대한 것 역시 책과 관련이 있다. 그는 자기를 기록할 무엇으로 삼기 때문이다. 한용국의 시에서 가장 많이 발견되는 이미지는 식물적인 것이다. 대체로 식물들의 사용법은 뿌리에 있다. 잎, 줄기, 꽃과 같은 상승적 이미지들보다는 뿌리에 집중한다. 그것은 시적 주체의 뿌리내리지 못함에서 오는 결핍 혹은 강박에 기인하는 것 같다. 구름 가방을 든 채 길 위를 떠도는 뿌리내리지 못한 자라는 자기 인식을 분명히 하고 있다.

> 함부로 펴 볼 수 없는 기록은
> 끝내 속내를 웅크리고
> 가시를 피워 내고야 만다. 속이
> 텅 비어 있을 수도 있다. 한 번도
> 물 주지 않았다. 그가 펴 본 책들도
> 활자를 모두 지웠을지도 모른다.
>
> 속을 궁금해하지 말라는 듯 그도
> 저 가시의 몸짓을 취하고 있었다.
> 나는 세상에 그냥 부어오른 혹이 아니다
> 선인장 같은 책을 쓸 거야 아무나
> 잘라 볼 수 없는 식물만이
> 모래와 돌에서 물을 길어 올리는 법이다
>
> ―「선인장에 대하여」 부분

인용 시에 의하면 기록은 함부로 펴 볼 수 없다. 그래서 선인장이라는 책에 자기를 기록할 수밖에 없다. 누구도 접근할 수 없도록 가시가 가득한 책에 자기를 기록한다. 기록의 내용이 무엇인지는 알 수 없다. 앞서 한용국 시는 내용이 아니라 형식이나 장치를 마련하는 데 더 주의를 기울인다고 말한 바 있다. 그의 형식 만들기는 곧 그 내용인 셈이다.

다소 격앙되어 있는 것처럼 보이는 이 시는 나는 누구인가라는 질문에 대한 성실한 답변이다. 자기에 대한 기록은 이미 완성되어 있다. 그러나 그 기록을 읽을 수 없다. 가시로 무장한 채 속을 감춘 선인장에 기록해 놓았기 때문이다. 통상 기록이라는 글쓰기는 목적성을 갖는다. 후일에 무언가를 남길 목적으로, 기억을 영구히 보존하기 위한 목적으로 쓰는 행위이다. 따라서 기록은 읽는 자를 전제로 한다. 기록은 누군가에게 이야기를 들려주기 위한 글쓰기이다. 그런데 이 시는 그 기록의 목적을 지운다. 누군가가 읽도록 기록을 남겼지만, 기록에 접근하지 못하도록 막는다. 어쩌면 그 기록은 속이 텅비어 있거나, 기록이 지워져 있을지 모른다. 왜 시적 주체는 이미 남긴 기록을 아무에게도 허락하지 않는 걸까? 왜 쓴 내용을 드러내지 않는 걸까?

한용국 특유의 미적 방법은 읽기에 대한 욕망의 장치를 만드는 데 있다. 이 시 역시 기록의 내용이 아니라, 기록의 물질적 형태에 관심이 있다. 무엇을 썼느냐가 아니라, 어떤 기록 장치를 사용해서 쓰여 있는가가 문제이다. 선인장이라는 책에 쓴 나의 기록은 내용을 파악할 수 없다. "나는 세상에 그냥 부어오른 혹이 아니다"라는 자기 선언은 내용이 아니라, 기록의 물질적 형식으로부터 파악할 수 있는 주장이다. 선인장을 보라. 그냥 부풀어 오른 혹이 아니다. 모래와 돌에서 물을 길어 올려 자기를 쓰는 이 험난한 글쓰기는 이미 숭고한 가치를 지닌 것이기 때문이다.

따라서 이 기록은 읽을 수 없으면 없을수록 더 가치 있는 책이 된다. 모래와 돌에서 물을 길어 올려 쓰는 숭고한 글쓰기는 선인장이 클수록 의미 역시 더 크기 때문이다.

> 나는 몇 개의 땅을 알게 되었고
> 내력을 꼼꼼하게 기록해 왔다
> 끝내 자라지 못한 뿌리들이
> 어떻게 강줄기들을 물들였는지
> 먼 별에서 와서 먼 별로 떠나가는
> 울음소리가 두려움 많은 밤하늘을
> 물방울로 가득 채워 놓은 것이
> 무엇이었는지
>
> 이제 나는 뿌리들의 깊이를 넘어선 곳에서
> 울려오는 발걸음 소리를 들을 수 있다
> 몇 세기 전에 떠나간 별의 영혼이 속삭이는
> 각오처럼
> 그것은 확신에 가득 차 있는 잠언과도 같은 쿵쿵거림
>
> ─「수목장」 부분

앞의 시 「선인장에 대하여」는 격앙된 어투로 자기를 소리 높여 선언하는 자의 목소리가 들리는 시이다. 반면 위의 시 「수목장」은 격앙된 목소리를 낮추고 뿌리 없는 자의 자기 성찰을 깊이 있게 보여 준다. "하염없이 물속으로 잔뿌리를 내리는/양파의 가계/나는 가부좌

를 틀고 종달새처럼 노래하기 시작했다"는 구절처럼 뿌리에 대한 탐색은 자기 근원의 탐색이기도 하다(「출가」). 시집 여기저기에서 발견되는 뿌리에 대한 이미지들은 대체로 양파 뿌리처럼 연약한 것들이다. 대지에 큰 뿌리를 박은 튼튼한 식물 이미지를 찾기 힘든 이유는 뿌리내리지 못함이라는 결핍을 드러내기 위해서일 것이다.

시 「수목장」은 자기에 대한 기록을 드러내지는 않는다. '나'는 양파 뿌리처럼 자라지 않는 자기 근원에 대해 결핍이 아니라, 뿌리의 깊이라는 형이상학적 가치로 전환된다. 시적 주체는 여전히 뿌리를 내리지 못했으나, 뿌리의 문제를 뿌리 그 자체가 아니라 깊이의 차원에서 접근한다. 자라지 못한 뿌리들이 "어떻게 강줄기들을 물들였는지/먼 별에서 와서 먼 별로 떠나가는/울음소리가 두려움 많은 밤하늘을/물방울로 가득 채워 놓은 것이/무엇이었는지//이제 나는 뿌리들의 깊이를 넘어선 곳에서/울려오는 발걸음 소리를 들을 수 있다"고 쓰고 있다. 자라지 못한 뿌리들은 뽑혀 버려지는 운명이 아니라, 오히려 강줄기를 물들이고 울음소리가 밤하늘을 물방울로 가득 채웠는지 나는 알게 된다. 문제는 뿌리에 대한 진실이 뿌리 자체에서가 아니라 뿌리의 깊이를 넘어선 경지에 있다는 것이다. 뿌리의 문제는 뿌리내리지 못한 나무의 결핍이 아니라, 뿌리라는 깊이의 문제에서 발생한다. 뿌리의 문제, 읽기의 문제는 이제 진리의 장에서 다루어지고 있다.

이제 어쩌면 이 시집 이후로 그의 식물적 상상력과 기록에 대한 열망, 세계를 읽어 내려는 열망이 다른 세계로 전환되지 않을까 조심스럽게 생각해 본다. 뿌리내리지 못한 뿌리가 물질의 영역에서 깊이라는 추상의 영역으로 넘어갈 때, 그의 시는 다른 변화를 경험하게 되지 않을까 예측해 본다.

한용국은 지금쯤 서정의 척추를 쓰다듬으며, 시에서 시가 도망가도록 놔두고, 언어에서 언어가 도망가도록 부추기고 있을 것이다. 그리고는 천천히 특유의 미소를 지으며 말할 것이다. 세계를 읽으려고 책을 쓰고 있는데, 세계가 도망가네, 어쩌지?

비휴먼적 세계의 주인공들
―손미와 김준현의 시

1. 2010년대 시에 대하여―2000년대 미래파 시와 어떻게 다른가?

2000년대 시가 이른바 미래파 논쟁을 통해 서정시란 무엇인가에 대한 래디컬한 질문에 응답했다면, 2010년대 시는 2000년대 시의 성과들을 체화하여 서정의 영역 안에서 자유로운 실험을 보여 주고 있다. 미래파 시는 오래되고 견고한 서정시의 제도와 기율을 공격하고자 하였다. 반면 2010년대 시는 미래파 이후 허물어진 서정시에 대해 예의를 지키면서 새롭게 서정시의 탑을 쌓는 중이라고 할 수 있다. 그러나 이는 서정시의 회귀나 복귀가 아니다. 한국의 근대시가 초기부터 만들어 쌓은 제도로서의 서정시, 즉 동일화의 전략, 시적 주체의 권위, 계몽적 의지, 언어의 경제성과 음악성이라는 기율을 복원하고자 하는 것이 아니기 때문이다. 미래파 시가 이러한 기율을 폭력적으로 허물어 버리고자 했다면, 2010년대 시는 서정시가 허물어진 자리에서 서정적인 것의 잔해를 알뜰하게 다듬어 재구축하는 것 같다. 그러나 서정적인 것의 잔해를 오리지널한 것으로 복원하는 게 아니라, 잔해의 형태를 보존하면서 거기에 자기의 개성을 덧붙이고 있다고 하는 것이 맞다. 이들은 2000년대 미래파 시의 격정적 모험들을 계승하면서 자기의 새로운 길을 만들어 가는 중이다. 어쩌면 2010년대 시인들은 제도로서의 서정시의 압박으로부터 자유로운 것처럼 보인다. 그것이 시적인 것이든 아니든, 서정시의 기율이든 아니든 무슨 상관이란 말인가? 이 자유로운 태도가 2010년대 시인들의 개성적 행보를 해명하는 하나의 키워드일 수 있을 것이다.

2000년대 미래파 시는 서정시의 제도적 측면을 공격하면서 서정시의 계몽적 특성을 무화하고 다성적인 시적 주체를 시의 방법으로 마련하고자 하였다. 이들의 시에서 강하게 드러났던 다성적인 목소리가 그 예라고 할 수 있다. 이들은 기존의 시적 주체가 가졌던 근엄하고 숭고한 가르침의 근대적 목소리를 전복하고자 하였으나 부분적인 성과만을 보여 준 것 같다. 동일화의 세계를 통해 시적 지혜를 가르치고자 했던 기존의 계몽성을 다른 방식의 계몽성으로 전치하였다. 단일하고 숭고한 서정시의 목소리를 전복하고자 한 미래파 시는 전복의 의지만을 장착한 채 방법만 바꾸었기 때문이다. 미래파 시가 공격한 제도로서의 서정시를 혁파하려는 래디컬한 목소리는 혁명기의 전위들처럼 숭고하고 공격적이었지만, 이들은 또 다른 계몽성을 장착하고 있었다. 서정시는 단일하고 지혜로운 목소리가 아니며, 세계와 동화하는 게 아니라 불화하는 태도를 말하며, 언어의 응축과 리듬감을 통해 아름다움을 드러내는 것이 아니라 언어의 자유로운 사용과 비음악적인 삶의 호흡을 통해 비미학을 드러낼 수 있는 능력까지가 시의 영역이어야 한다는 이들의 전위적 의지는 기왕의 서정시를 계몽하려는 태도를 숨기지 않았다. 따라서 미래파의 시적 모험은 제도로서의 시의 문법을 허물고 새로운 가치와 방법을 제

시한 성과는 분명하였지만, 이들 역시 독자를 계몽하려는 욕망의 왕
좌에서 완전히 내려오지는 못했다.

반면 2010년대 시에서 드러나는 시적 주체의 가느다란 서정적 목
소리는 2000년대 미래파 시의 성과를 변증법적으로 승계한 한국시
의 풍경이라고 할 수 있다. 이들은 제도적 서정시의 과도한 계몽성
을 혁파한 자리에 서 있다. 그러나 그 자리는 아무것도 없는 폐허의
자리가 아니다. 이들은 서정시의 계몽적이고 숭고한 왕좌에서 내려
왔으나 서정시의 문법들을 버리지 않고 서정성을 발명하는 중이다.
이들에게 서정시의 문법들은 선배 시인들처럼 혁파해야 할 제도가
아니라, 잘 어루만져 새롭게 활용해야 할 장치들이다. 이들은 제도
로서의 서정시로부터 진정으로 자유롭다.

2010년대 시의 경향성을 개성적으로 보여 주는 시인이 손미와 김
준현이다. 손미와 김준현은 서정적 언어를 세련되게 활용하면서도
시의 왕좌에서 내려와 자기 미학을 만드는 중이다. 이들은 인간적
특권을 포기하려는 자세를 취하면서 비인간적인 것과 인간적인 것
사이에 있다. 이들은 서정시의 고유한 특권인 휴머니즘적 세계관으
로부터 벗어나려는 특이성을 보여 주고 있다.

손미는 첫 시집 『양파 공동체』(민음사, 2013)에서 인간세계로부터
반(反)인간세계, 다시 말한다면 사물의 세계, 또 다른 우주로 잠입하
고자 한다. 그의 시를 권혁웅은 '음수의 존재론'과 '마이너스 우주'라
고 칭했는데, 반(反)세계적 세계의 존재를 일컫고 있다. 내가 보기에
손미의 시는 양수와 음수의 세계 전체를 자기의 시적 세계로 삼고,
양수에서 음수로 넘어가는 어떤 문턱에 주목하고 있다. "이상하고,
아름다운/고향으로 돌아가는 길"이 자신의 세계를 통칭하는 말이라
고 할 수 있을 것이다(「진실게임」). 마이너스의 세계를 구체적으로 '비

인간적 세계' 혹은 '사물들의 세계'라고 불러도 좋다면, 손미의 시는 인간과 사물 사이에서 존재론적 변이를 꿈꾼다. 그것은 비인간화 혹은 사물화의 현상인데, 이는 일찍이 사물화가 인간의 소외라는 차원에서 부정적으로 호명되었던 것과는 완전히 다른 의미이다. 어쩌면 그것은 근대의 인간적 특권을 포기한 자, 사물과 인간 사이의 평등한 어떤 지대를 의미한다.

2013년에 등단한 젊은 시인 김준현은 손미에 비한다면 보다 인간의 영역 쪽에 있다. 그의 시는 삶을 깊고 날카롭게 포착하되 따뜻함으로 감싸 안지도, 차가움으로 비판하려고도 하지 않는다. 김준현 시는 현실적 상황의 깊이를 지향하지만, 그것은 삶의 진실을 통찰하려는 서정시 고유의 목적을 실현하는 게 아니라, 그 깊이를 밀고 나가 상황적 깊이가 스스로 폭발하는 임계점으로 향한다. 기왕의 서정시에서 깊이란 삶의 진실과 본질을 드러내는 미덕이었으나, 김준현의 시에서 깊이는 어떤 사태가 부패할 때까지 무르익음으로써 특정한 상황이 질적으로 다른 상황으로 전환되는 경지를 드러내는 시적 장치처럼 보인다. 아직은 김준현의 시적 모험을 더 지켜볼 필요가 있겠지만 말이다. 김준현의 시는 인간적이되 인간적인 것이 무르익어 폭발하는 인간과 비인간의 문턱 어디쯤에 있는 것 같다. 휴머니즘의 한가운데서 깊이를 갖되 그 깊이는 되려 휴머니즘을 배반하는 방법이 되고 있다. 손미와 김준현은 각기 다른 방식으로 비휴먼적 세계의 주인공들을 만들어 나가는 중이다.

2. 물품 - 인간 혹은 인간 - 물품 ― 손미의 시

근대문학에서 사물 혹은 사물화는 인간의 소외를 의미하곤 하였다. 이는 두 방향에서 의미를 갖는다. 그것은 첫째, 사물은 인간의 영역에서 배제된 비인간적 가치를 비판하는 역설적 장치였다. 이는 인간적 가치를 최고의 가치로 특권화하는 시적 입장에서 더욱 강조되었다. 이른바 참여시와 리얼리즘 시에서 두드러졌다. 둘째, 사물성은 언어의 순수성과 관련되는데, 언어가 인간의 의미로 오염되어 언어 그 자체의 순수성을 잃었다는 자각에서 사물화는 긍정적 가치를 갖는다. 순수시는 언어의 사물성을 긍정하면서 인간화된 시선이 아니라 사물화된 시선으로 대상을 바라보려고 한다. 의도적으로 인간을 배제하는 것이다. 김춘수의 순수시 실험이 대표적일 것이다. 이처럼 사물화의 문제는 한국시사에서 문제적인 지점이었다.

그렇다면 손미의 시에서 사물성은 어떤 지점에 있을까? 먼저 손미의 시를 읽어 보자.

형, 나는 지금 물품보관함에 있소. 뜨거운 레몬 병과 함께. 보관함은 식어 가고 문이 내 머리통을 박아 대고. 나는 깨지지 않소. 먹을 수 없다는 걸 먹었다는 듯 보관함은 뒤틀리고 있소.

레몬 병은 사방을 찌르고 주먹질을 해 대고 있소. 한 칸에 살던 사람들이 떠나오. 사람들이 떠나서 우리는 물품처럼 있소.

이상하오?

제발 이곳이 나를 토하지 않게 말려 주오. 나는 껍질이 없소. 희고 검고 희고 검은 현관이 머리통을 박아 대고 있소. 몸부림이오. 주먹질 같은 몸부림이오. 그러나 안아 줄 수 없소. 안을 수 없소.

이상하오?

소리는 없지만 칸마다 사람들이 앉아 있소. 문은 사람들의 머리통을 박고 있소. 생각이 죽소. 머리가 죽소. 터지지 않는 머리통을 박고 또 박고 있소.

아무도 도망가지 않소. 박살 나고 있소.

이제
나는 사람이 아닌 것 같소.

　　　　　　　　　　—손미, 「물품보관함」(『애지』, 2014.여름) 전문

　이 시에서 '물품보관함'이라는 사물은 두 겹으로 읽힌다. 하나는 도시적 공간과 소외를 견디는 비소통의 공간에서 사물이 되어 가는 시적 주체의 건조함이다. 다른 하나는 사물화된 시적 주체가 기꺼이 스스로 사물이 되어 가고 있다는 사실이다. 그렇다면 손미의 시에서 사물성의 문제는 한국시사에서 다루어 온 사물성의 문제와는 조금 다른 지점에 있는 듯하다. 그것은 비루한 현실을 드러내기 위한 소외된 사물성의 코드도 아니고, 사물의 사물성을 드러냄으로써 비인간화된 순수성을 강조하기 위한 코드도 아니다. 이 시에서 시적 주체는 비루한 현실을 비판적으로 바라보는 데서 발화를 시작하지만, 익숙한 결론 쪽으로 나아가지 않는다. 되레 비판의 주체가 비판의 대상으로 전환된다. 비판적 시각을 갖고 있지만, 그것을 주체의 본성으로 삼고자 하는 이 욕망은 어디에서 기인하는 것일까?
　내가 보기에 손미의 사물성에 대한 시적 관심은 지속적인 것 같다. 가령, 전작 시집에 수록된 「컵의 회화」, 「양파 공동체」, 「책상」,

「도플갱어」와 같은 뛰어난 시들에서 시적 주체는 스스로 사물화를 겨냥하고 있다. 이 시들에서 시적 주체는 존재의 근원적 변화를 욕망하고 있는데, 사물로의 존재 전이를 지향한다. 위 인용 시에서도 나는 물품보관함 속에서 물품보관함의 주먹질을 견디고 있지만 결국 물품보관함의 물품이 되어 간다는 점에서 사물성은 나의 또 다른 존재론적 물질성을 보여 준다. 이 시의 앞부분에서 나와 물품보관함의 이질성은 두드러진다. 그래서 사물들(물품보관함, 레몬 병)은 나의 머리통을 박아 대고 찌르고 주먹질을 해 대지만, 나는 깨지지 않고 견디는 중이다. 여전히 나는 "물품처럼" 존재한다. 아직 사람이라는 말이다. 그러나 시의 후반부에 가면 상황이 달라진다. 나는 "제발 이곳이 나를 토하지 않게 말려 주오"라고 애걸하면서 물품보관함 속에 있고자 한다. 왜냐하면 나는 "껍질이 없"기 때문에 물품보관함이라는 외피가 필요하다. 물품보관함의 문이 "사람들의 머리통을 박"자 "생각이 죽"고 "머리가 죽"음으로써 사유와 뇌로 대표되는 인간적 특권을 상실한다. 그리고 결국 나는 사람이 아닌 자로 새롭게 탄생한다. 물품보관함을 껍질로 삼은 어떤 생물체가 바로 시적 주체일 터인데, 이는 물품보관함인가? 아니면 물품보관함을 둘러쓴 인간인가? 그 무엇도 아닌 것처럼 보인다. 이를 '물품-인간' 혹은 '인간-물품'이라고 불러도 좋을 것이다.

손미의 시는 이처럼 사물성과 결합한 인간을 통해 새로운 비인간을 탄생시킨다. 그가 꿈꾸는 세계는 어디일까? 고루하고 부조리한 인간세계를 다른 세상으로 바꾸고자 한다면, 이처럼 전혀 다른 종이 탄생해야 할지도 모르겠다. 또한 손미의 시에서 사물은 평등의 공동체를 지향하는 것 같다. 그의 전작에서 사물과 나를 "우리는 같은 곳에서 온 것 같다"(「책상」), "이상하고, 아름다운/고향"(「진실게임」)이라고 지칭한다는 점에서 사물과 나는 같은 고향 출신이다. 낡은 방식의 공동체를 이루는 '고향'의 의미를 전복함으로써 타자들을 평등의 공동체로 묶어 내고 있다. 사물을 소외의 코드로도, 인간화의 코드로도 포착하지 않는 손미의 시는 사물성의 지평을 새롭게 열어 놓는다.

3. 개구리-인간 혹은 인간-개구리―김준현의 시

앞서 말했던 것처럼 김준현의 시는 인간의 영역 한가운데에서 그 깊이를 보여 준다. 그러나 그 깊이는 서정시의 덕목인 삶의 진실이라는 차원이 아니라, 상황의 깊이가 무르익으면서 폭발하는 임계점으로 향한다. 그 폭발의 지점까지 그는 현실을 깊이 있게 파고든다. 현실이 현실을 지탱하지 못할 때까지, 현실이 현실을 무너뜨릴 때까지, 현실이 너무 현실적이어서 부패해 터져 버릴 때까지 말이다. "나는 모든 외면을 기다렸다 그건/오래 방치한 우유가 저 혼자 부푸는 부패"와 같은 깊이에서 그것을 읽어 낼 수 있다(「기상」). 그는 현실의 깊이를 파고들어 감으로써 부패하여 팽창해 가는 현실을 보여 준다. 그것이 김준현 시의 '깊이'라는 시적 방법이다. 그의 깊이는 시적 주체를 완전히 다른 종으로 바꾸어 놓는다.

> 진실
>
> 개구리 해부도를 닮은 야시장
> 모든 백열등이 충혈이 된 화장실에서 발견한 몇 가지 진실
>
> 입장 1

주삿바늘 구멍 개수가 폐쇄된 비상구보다 많아지는 시간이면 나는 내가 떠오르기를 기다렸어. 높이 오를수록 빛이 옳을까. 저녁까지 도시를 다 태운 태양이 지고 박쥐 몇 마리가 그을음으로 남아 떠돌고 밤거리를 따라 매달린 홍등이 오늘따라 더 탱탱하다면 그래, 전화번호란 다 미신이지. 다시 먼지는 먼지로. 도착할 곳 없는 붉음이 비좁은 몸속을 맴돌고 누군가는 통로를 만들어 주었어. 피 흘리면서 웃는 법을 배울 거야.

입장 2

여섯 번째 아이를 임신하고 코끼리처럼 부었죠. 자고 있으면 다섯 마리 잡종 자식들이 팔뚝살과 가슴살을 물고 있으니 나는 누가 먹지도 않고 놔둔 고구마처럼 온몸에 붉은 이빨이 솟아나요. 이빨과 혈관의 차이도 모른다면 당신은 여기 사람이 아니에요. 머리 검은 짐승과 이탈리아 남자는 구별할 수 있겠죠. 여섯이란 말은 참 불길해서 아무나 한 마리 더 물어야 되는데 말이에요. 어머, 노크 소리가 들리네요. 노크라니 아무래도 게이?

(중략)

사실

막, 뒷다리가 나왔다.

— 김준현, 「아가미 단련」(『현대시학』, 2014.7) 부분

위 시는 야시장 화장실에서 태어난 개구리-인간의 탄생기라고 할

수 있다. 개구리 해부도를 닮은 야시장 풍경은 풍경의 표면이 아니라 풍경의 내부, 풍경의 깊이를 다룬다. "개구리 해부도"란 말에서 알 수 있듯이, 시적 주체는 개구리 몸 안의 풍경에 주목하고 있다. 즉 개구리 해부도를 닮은 삶의 안쪽, 안쪽의 깊이에 대한 이야기이다.

야시장 화장실에서 시적 주체는 세 개의 입장을 발견한다. 그것은 진실과 관련되어 있다. 그 입장들이란 절망적 상황에 처한 자들의 고백이다. 어떤 상황인지 구체적으로 드러나 있지 않지만, 그것은 화장실 벽에 누군가 써 놓은 자기 삶에 대한 고백 같은 것이다. 화장실에 쓴 삶의 기록은 어떤 한계 지점을 넘은 자들의 언어들이다. 불결한 언어, 절망의 언어. 시적 주체는 감정을 배제하고 건조하게 그 기록을 읽는 자이다. 세 입장의 진실은 그 입장의 내력이 아니다. 불결하고 절망적인 기록의 내용은 진실에 가닿는 방법일 뿐, 진실 자체는 아니다. 이 시에서 시적 깊이란 기록의 내용이라기보다 그 기록을 통해 주체들을 질적으로 변환시키는 작용에 가깝다. 절망의 언어를 끝까지 밀고 간 후에 시적 주체는 어떤 변화를 겪는가?

　사실

　막, 뒷다리가 나왔다.

불결한 언어, 절망의 언어를 기록한 자와 읽는 자들은 가늠할 수 없는 삶의 깊이 한가운데에서 존재의 변화를 겪는다. 인간에서 개구리-인간으로, 혹은 인간-개구리로 말이다. 주체의 존재론적 변환, 생물학적 변종 과정은 정신적인 측면뿐 아니라, 몸을 구성하는 물질 자체가 달라진다는 점에서 본질적인 변화를 말한다. 주체의 변화는 이제 시작되었다. 이제 개구리-인간, 혹은 인간-개구리는 세계를 어떻게 변화시킬 것인가. 이처럼 김준현의 시에서 깊이는 어떤 사태가 부패할 때까지 무르익음으로써 인간 주체를 비인간적 주체로 전환하기 위한 시적 장치로 활용된다. 김준현의 시는 인간적이되 인간적인 것이 무르익어 폭발하는 인간과 비인간의 문턱 어디쯤에 있는 것 같다. 손미의 물품-인간(인간-물품), 김준현의 개구리-인간(인간-개구리)은 비휴먼적 세계의 주인공들이다. 이들이 새롭게 만들어 나갈 세계는 어떤 세계일까?

시선의 정치성, 시선의 (탈)정체성
―김기택의 시

김기택의 시만큼 본다는 감각 행위에 집중하는 경우도 드물 것이다. 그가 시집 『갈라진다 갈라진다』(2012)의 서문에서 시 쓰기에 대한 "앞뒤 못 가리는 성실성"을 고백한 바처럼, 본다는 행위 자체를 이토록 성실하게 밀고 나간 시인도 드물다. 우리 시사에서 본다는 것에 집중한 대표적 시인으로 오규원이 있다. 그는 본다는 감각 행위보다는 본다는 태도 혹은 방법을 실험했다는 점에서 김기택과는 조금 다른 위치에 있다. 이 두 시인은 주관적 감정을 배제하고 본다는 것을 시적 방법으로 삼기는 하였지만, 오규원이 보는 방법과 보이는 것에 대한 효과를 실험했다면, 김기택은 보는 행위와 감각에 집중했다. 오규원이 보는 주체의 주관성을 배제하고 보이는 것의 사물성과 독자성에 다가가고자 했다면, 김기택은 보는 주체의 주관적 의도를 완전히 삭제하지는 않는다. 오규원은 보이는 것에, 김기택은 보는 주체 쪽에 무게를 두고 있다고 할 수 있다. 따라서 김기택의 보는 행위에는 보이는 것을 보고자 하는 주체의 의도가 내장되어 있으며, 보이지 않는 부분까지도 포착 가능하다. 즉 보이는 것의 잠재적 에너지를 볼 수 있는 투시성을 갖고 있다. 그의 탁월한 시 「얼룩」과 「재채기 세 번」을 보라. 보는 자의 주관성은 냉각되어 있지만, 거기에는 보이는 것에 대한 연민과 보이는 것 속에 은폐된 폭발적 에너지가 들러붙어 있다.

본다는 것이 인간의 행위라고 한다면, 보는 자의 의도와 감정이 완전히 배제되는 시각적 행위는 가능하지 않을 것이다. 그렇지 않다면 그것은 보는 기능에만 주목한 것이 된다. 따라서 보는 주체의 시선에 어떤 감정적 의도가 배어 있는 김기택의 시는 정직하다. 시선의 정직성을 인정하는 지점에서 김기택 시의 다채로운 시각성의 미학이 탄생할 수 있다.

주지하듯이 시각은 근대의 감각이다. 오성과 순수 시각이라는 관념, 원근법의 창안, 카메라의 발명, 팬옵티콘 시스템 등은 근대가 시각을 어떻게 특권화했는가를 잘 보여 준다. 포스트 근대를 살아가는 현재에도 근현대적 시각 시스템은 우리 삶을 구조화하고 있다. 그럼에도 지배적이고 특권화된 현대적 시각 시스템의 구조를 파악할 수 있는 방법 중 하나는 본다는 행위 그것이다. 본다는 것의 근대적 악행을 본다는 행위로 파악하여 그것을 넘어설 수 있다.

김기택의 시는 본다는 것을 시의 원리로 삼아 진화를 계속하는 중이다. 여기서 진화란 사회생물학적 차원의 목적 지향적 발전 개념이 아니라, 탐색과 변화라는 차원에 있다. 대립적인 것들을 충돌시켜 작고 연약한 것들을 옹호했던 초기 시의 시선, 보이는 것들의 바닥에서 죽음과 공포까지 보고자 했던 비판적 태도로서의 2000년대 시의 시선. 그렇다면 최근 그의 시는 무엇을 어떻게 보고 있는가?

1. 시선의 정치성, 사물의 '관계'를 본다는 것—근작 시 읽기

김기택의 근작 시는 보는 자의 시선과 보이는 사물들과의 관계론적 존재 방식을 탐색한다. 김기택의 시는 보이는 사물의 핵심에 가닿으려는 욕망으로 가득하다. 새로운 사물의 존재적 특질을 시각적으로 드러냄으로써 현대 세계의 시각 시스템을 교란하고 재배치하는 효과를 발생시킨다는 점에서 미학적 정치성을 획득하고 있다. 김기택의 근작 시는 보이는 사물의 존재성을 다른 사물과의 관계를 통해 접근한다는 점에서 사물이 놓이는 새로운 시선을 보여 주고 있다.

랑시에르의 말대로 정치적인 것은 기존의 자리와 몫을 위계적으로 분배하는 치안 논리와, 그리고 치안의 논리를 방해하고 평등하게 분배하려는 해방 논리가 서로 경쟁하는 장소에서 발생하는 것이라면, 김기택의 근작 시는 시선의 정치성이 어떤 것인지를 탁월하게 보여 준다. 기존의 시각장에서 보는 주체와 보이는 대상 간의 관계는 일방적이고 폭력적이며 위계적이다. 보이는 대상은 보는 주체의 시각 안에서만 의미를 가지며, 보는 주체의 인식망 속에서 존재할 수 있기 때문에 위계적으로 배치된다. 기존의 시각장은 보는 자와 보이는 자 간에 치안 논리가 작동되고 있다고 비판받았다. 그것은 시각장에서의 통치성과 관련된다. 보는 주체와 보이는 상(객체)이라는 이자 관계는 불평등하며 위계적이라는 점에서 그렇다. 그런데 김기택의 다음 시는 기존의 시각장의 위계질서와 치안 논리를 뒤집고 비튼다.

변기 앞에서 아랫도리는 주저하지 않는다
변기의 눈치를 보며 팬티를 내리지 않는다

변기 앞에서 나는 망설임이 없다
과감하다
화끈하다
처리해야 할 일은 단도직입적이다
가야 할 길은 한 방향이다

구멍 뚫린 의자가
제 구멍으로 내 구멍을 보고 있다
내 구멍과 변기의 구멍이 하나가 된다
내 어둠과 변기의 어둠이 이어진다
내 깊이가 변기의 깊이 속으로 들어간다

변기는 새하얗다
어디가 내 진짜 얼굴인지 알고 있는 색이다
어디에 내 존재가 있는지 알고 있는 색이다
눈 없고 코 없는 색으로 알고 있다
냄새 없는 색으로 알고 있다

다 터놓아서 감출 것이 없는데도
구멍에 앉는 이 의자에서는
다리를 꼬거나 등을 기댈 수가 없다

—「변기」 전문

이 시에서 시선 주체는 누구이며, 시선 주체는 무엇을 보고 있는
가? 이 시는 두 개의 시선 주체로 구성되어 있다. 변기에 의해 보여

지는 아랫도리를 보는 나의 시선: 즉 '나는 아랫도리를 보는 변기를 본다'로 요약할 수 있다. 시선 주체는 변기를 바라보는 게 아니라, '아랫도리를 바라보는 변기'를 보고 있다. 이 시에서 '본다'는 것은 두 개의 층위로 구성되어 있는데, 아랫도리를 바라보는 변기의 시선과 그 변기를 바라보는 시선이다. 전자의 시선은 본다는 시각 행위를 넘어서는 복합적이고 포괄적인 시선이다. 즉 변기와 마주한 아랫도리는 동시에 촉각적 행위를 포괄하는 시각적인 행위이다. 변기와 아랫도리는 기능적으로 몸을 맞댈 수밖에 없기 때문이다.

여기서 아랫도리가 변기를 보는 게 아니라, 변기가 아랫도리를 본다는 점에 주목할 필요가 있다. 변기는 아랫도리가 내보내는 대소변을 처리하는 기능을 갖는 사물이다. 현실적으로 변기는 아랫도리와 위계적 관계에 있다. 그런데 김기택은 변기를 시선 주체로 삼아 아랫도리를 보이는 사물로 바꾸어 둘의 위계적 관계를 뒤집는다. 서로 보면서 보이고, 보이면서 보는 시각적 평등의 관계로 만들고 있다. 비로소 사물들은 관계에 의해 존재하는 사물들로 변환된다. 제 구멍으로 내 구멍을 보면서 구멍이 하나로 이어지는 관계로 승격된다. 또한 변기는 어디가 내 진짜 얼굴인지 어디에 내 존재가 있는지를 아는 존재다. 아랫도리는 결국 '나'인데, 변기는 '나'의 정체성을 다르게 파악하게 하는 매개가 된다.

몸을 갖는 자는 자기 전체를 보지 못한다. 타인의 시선에 의해서만 나를 볼 수밖에 없다. 따라서 '나(아랫도리)'는 자기가 누구인지 모른다. 비로소 변기에 의해 내가 누구인지 알게 된다. 그렇다면 변기는 대소변을 처리하는 더러운 사물이 아니라, 내가 누구인지를 보여주는 거울 역할을 하는 타자라고 할 수 있다. 이 시선의 역설이 이 시의 가장 빛나는 지점이다. 이 시만큼 시선의 역설적 진실을 간명

하고 통쾌하게 보여 준 시는 드물다. 시선의 치안 논리를 거절하면
서 새로운 시선의 정치적 에너지를 보여 주는 탁월한 시로 읽을 수
있다.

2. 시선의 (탈)정체성, 대상의 점액질을 본다는 것─신작 시 읽기

시선 주체는 무엇을 보는가? 무엇을 보는가에 따라 시선 주체의
정체성도 달라진다. 왜냐하면 보이는 것은 시선 주체의 특정한 의도
이거나 취향이거나 의지이기도 하기 때문이다. 김기택의 신작 시에
서 시선 주체는 공통적으로 사물의 점액질을 본다. 점액질은 인간이
분비한 오물이다. 오물은 인간의 몸 밖으로 배출되는 더러운 물질임
에도 시의 시선 주체는 오물을 인간의 가장 핵심적인 것으로 파악한
다. 시선 주체가 무엇을 보는가는 이 문제와도 관련되어 있다. 사물
혹은 인간의 핵심적인 것을 무엇으로 인식하는가라는 근원적인 질
문과 연동되어 있기 때문이다.

> 보이지 않는 상처는 한 쪼가리도 건드리지 못하고
> 안주와 내장만 실컷 파먹은 알코올은
> 부글거리는 위장을 통째로 끌고 나와 뻗어 버린 알코올은
> 얌전하고 악착스럽고 납작하다
> 빗자루만 잔뜩 더럽혀 놓고도 여전히 동그랗다
> 흙먼지와 고린내를 꽉 붙들고 놓으려 하지 않는다
>
> ─「환경미화원」 부분

> 내가 흘러나오느라 온몸이 단단해진다
> 가빠진다 떨린다 뜨거워진다 빨라진다 커진다

뼈가 늘어났다가 줄어들며 흘러 다니는 게 느껴진다

나는 질척질척하고 끈적끈적하고 걸쭉하다
액체팔다리 액체심장 액체허파 액체갈비뼈 액체두뇌가
좁은 통로로 몰려들었다가 터져 나온다

ㅡ「점액질 자아」 부분

이 두 시는 무엇을 볼 것인가라는 시선 주체의 문제의식 면에서
동일하다. 그래서 이 두 시를 함께 읽을 때 읽기의 즐거움이 배가되
는 것 같다. 시「환경미화원」에서 시선 주체는 이중화되어 있다. 토
사물을 보는 환경미화원의 시선과 토사물을 바라보고 있는 환경미
화원을 보는 더 큰 시선. 그럼에도 시선의 초점은 토사물에 있다. 두
개의 시선이 모아지는 곳에 토사물이 있기 때문에 토사물은 더 선명
하게 보인다. 환경미화원의 빗자루에 의해 치워져야 할 토사물은 쓰
레기 중의 쓰레기이기도 하지만, 김기택은 인간 삶에서 가장 핵심
적인 것으로 포착한다. 얌전하지만 악착스럽게, 납작하고 동그랗게,
토사물은 자기의 고유성을 유지하고 있다. 그것은 삶의 괴성과 상처
라는 추상적 감정 상태를 구체적 물질로 시각화하려는 시선 주체의
의지이기도 하다. 나는 혹은 인간이란 무엇인가? 그것은 "부글거리
는 위장을 통째로 끌고 나와 뻗어 버린" 토사물 덩어리가 아니겠는
가? 그것은 점액질처럼 부드럽고 유동적이며 비균질적인 더러운 배
설물 아니겠는가?

시「점액질 자아」는 이러한 사유를 더욱 밀고 나간다. 나는 누구
인가라는 질문에 대한 대답을 위대한 정신이나 숭고한 이념의 영역
에서가 아니라, 몸에서 분비되는 오물인 점액질 같은 물질에서 찾는

다. 부드러운 물질인 점액질을 강조하기 위해 단단해지고 가빠지는 몸과 늘었다가 줄어드는 뼈가 대비되고 있다. 서로 이질적인 것을 대비시키고 충돌시키는 이중 구도는 김기택 시의 오래된 관습이기도 하다. 이질적인 것의 충돌을 통해 시선 주체가 보고자 하는 것을 극대화시키는 시적 효과 때문일 것이다.

인간에게서 핵심적인 것은 무엇일까? 김기택은 인간의 왜소함과 비루함을 시각적으로 탁월하게 묘파하고 있는데, 이는 정체성을 탐색하는 시선 주체의 의도, 취향, 정치성에 의해 만들어진 시적 장치의 효과이다. 김기택 시의 시각성은 일관되면서도, 그 방법은 진화하고 있다. 한국시사에서 오규원 이래, 오규원과는 다르게, 시각성을 독자적으로 발명하고 있는 김기택의 시를 읽는 일은 참으로 즐겁다.

기쁨의 윤리, 악몽의 구조
─손택수와 김정수의 시

1. 관계로서의 자연, 기쁨의 윤리─손택수의 시

서정시에서 자연은 '스스로 그러함'이라는 자연의 섭리 같은 이념이거나, 인간의 바깥에 존재하는 순수 타자로서의 사물과 같은 것이거나, 혹은 인간의 문명을 비판하기 위해 소환되는 유토피아의 원형으로 활용되곤 한다. 서정시에서 자연은 근대적 인간형을 발견하게 해준 모더니티였다. 인간 바깥이라는 관념을 만들어 준 자연 개념 덕분에 인간은 더욱 인간적으로 될 수 있었던 것이다. 인간의 바깥과 내부라는 이분법적 사유는 근대의 헌법이다. 이러한 구분 없이 근대적 인간의 탁월함은 확보되기 어려웠다. 바깥과 내부, 자연과 인간, 남성과 여성, 야만과 문명이라는 이분법은 근대를 지탱하고 구조화하는 힘이었기 때문이다. 그렇다면 근대적 인간을 인간 중심주의라는 관점에서 비판하는 포스트 휴먼이 등장하는 현재, 우리에게 자연이란 무엇일까? 자연을 인간의 바깥에 두지 않을 때, 자연은 인간과 연결된다. 라투르의 행위자 네트워크 이론(ANT)에 따르면 사물은 외부에 존재하는 무능력하고 수동적인 존재가 아니라, 행위자로서 기능하는 능동적 존재가 된다. 여기서 핵심은 네트워크에 있다. 사물은 다른 사물과 네트워크 관계에 있기 사물 이상이 되기 때문이다. 관계를 뺀다면 사물은 존재할 수 없다. 물론 인간도 존재할 수 없다. 따라서 주체라거나 객체라는 것은 허상이 된다. 더 많거나 적은, 끊어지거나 연결되는, 멀거나 가까운, 번역되거나 그렇지 않은 동적인 관계망 속에 존재하는 것이다.[1] 이러한 관점에서 본다면, 사실상 자연은 인간의 바깥에서 이념적인 것, 타자적인 것, 유토피아적인 것으로 존재할 수 없다. 물론 라투르는 인간화된 자연(대상)이란 존재하지 않는다는 입장을 강조하였다. 이 관점에 따른다면, 마찬가지로 객관적인 객체로서의 자연 역시 존재할 수 없다.

손택수의 시에서 자연은 자주 등장할 뿐 아니라, 의미 있는 시적 역할을 담당한다. 그러나 그의 시에서 자연은 인간 바깥에 있지 않다. 그런 점에서 본다면 손택수의 시에서 자연은 (근대적) 자연 없는 자연이다. '스스로 그러함'이라는 절대적인 자연의 원리 같은 것이 아니기 때문이다. 손택수의 새로운 시집 『붉은빛은 여전합니까』(창비, 2020)에서 자연은 자연의 섭리를 통해 깨달음을 얻게 하는 이념화된 대상이라기보다, 인간과 긴밀한 연결망 위에서 형성되는 능동적 행위자로 작용한다. 나는 이 시집에서 주요한 시적 행위자로 등장하는 자연을 관계의 관점에서 바라보고자 한다. 이때 자연은 시적 주체의 감정이 이입된, 단지 시적 의미를 산출하기 위한 대상이 아니다. 자연은 시적 주체와 조화롭게 조우함으로써 슬픔이나 결핍이 아니라, 충만함과 기쁨을 산출한다.

---

1 브루노 라투르, 『인간·사물·동맹』, 홍성욱 편, 이음, 2010, pp.17-124 참조.

꽃잎 속 수술과 암술이 만나려고
바람에 흔들리고 있는 걸 지켜보고 있을 때
벌이 꿀을 따먹느라 붕붕거리는 소리가
간지럽게 들려오고 있을 때
이상하게 나는 여기 존재하지 않는 것 같다
존재하지 않아도 좋은 무엇이 된 것만 같다
그때 잠시 나는 어디에 있었던 걸까
꽃 속으로 내가 빨려 들어갈 때,
저 혼자 일어났다 저 혼자 가라앉는 바람처럼
꽃잎 가상이를 내 숨결로 흔들어 보고 있을 때

—「정지」 전문

    지난 시집들에서 손택수의 자연은 '수치심'이라는 사회적 감정을 산출했다고 여겨진다. 특히 나무는 "신경증과 불면증에 시달리며 피어나는 꽃"을 피우며 "참을 수 없"이 "치욕으로 푸"른 존재이다(「나무의 수사학」). 또는 "꽃 피는 벚나무의 괴로움을 나는/부끄러움 때문이라 생각"하게 되는데, "이 지하철역 가까운 곳에서는 얼마 전/철거민들이 불타 죽은 일이 있"었기 때문이다(「나무의 수사학 3」).[2] 도시의 나무들은 인간 바깥에서 자율적으로 '스스로 그러함'이라는 순수한 이념으로 존재하지 않는다. 나무란 산이나 들에도 있지만, 도시에도 있다. 인간의 영역과 나무의 영역은 사실상 구별되기 어렵다. 영역을 말해야 한다면, 지구라는 공통 지대라고 말할 수 있을 뿐이다.
    손택수에게 자연은 치욕을 불러일으키거나, 괴로움을 느끼게 하

---

2 손택수, 『나무의 수사학』, 실천문학사, 2010.

는 사물이다. 수치심이란 타자의 시선을 통해 자신의 도덕적 결여를 평가할 때 생기는 부정적 감정이다. 죄 없는 나무 앞에서 죄 있는 나는 수치스럽다. 나의 죄란 도시에서 "악착같이 들뜬 뿌리라도 내리"려고 "속마음을 감추는 대신/비트는 법을 익"히게 되었음에도 불구하고, "꽃향기 따라 나비와 벌이/붕붕거"리고 "벌레들이 변함없이 아삭아삭" 이파리를 뜯어먹기 때문이다. 악착같이 뿌리를 내리는 문명의 폭력성에도 불구하고, 꽃향기가 나고 나비와 벌이 붕붕대는 생명력을 느껴야 하는 이중성으로부터 나의 수치심이 발생한다. 철거민들이 불타 죽었던 곳에서 "꽃 피는 벚나무의 괴로움"은 인간으로서 수치심을 느끼게 한다. 수치심은 윤리적 감정이다. 인간의 폭력성을 스스로 부끄러워함으로써 심리적 고통을 겪기 때문이다.

그러나 『붉은빛은 여전합니까』에서 자연은 부정적 감정을 불러일으키지 않는다. 이 시집은 손택수의 시 세계에서 변곡점이 되는 것 같다. 수치심이나 부끄러움 대신 기쁨과 사랑이라는 긍정적 감정이 시집의 기저에 흐르고 있다. 이전의 시에서 자연이 관계성 대신 자아화가 강조되었다면, 이 시집에서 자연은 관계성을 강조한다. 그것은 자연에 대한 시적 작용과 방법, 그리고 인식이 달라졌다는 말이기도 하다.

인용한 시 「정지」를 읽어 보자. 이 시는 물아일체를 보여 주는 익숙한 서정시의 구조처럼 보인다. 하지만 이 시는 내가 사라지고 주객이 융합되어 더 단단해진 자아가 아니라, 납작하고 평평한 인간-자연의 네트워크를 밀도감 있게 보여 준다. 꽃잎 속 수술과 암술이 만날 때, 시적 주체는 사라지는 게 아니다. 그것을 지켜본다. 벌이 붕붕대는 소리를 듣는다. 나는 여기 존재하지 않는 것처럼 느끼지만, 더 정확하게 말하자면 "존재하지 않아도 좋은 무엇"이 된다. 수술과 암술이 만나려고 바람에 흔들리는 현장에 (내가) 참여함으로써 드디어 어떤 관계로 연결되는 것이다. 나의 참여 없이 수술과 암술, 바람, 꽃, 벌은 기쁨의 관계를 형성하지 못할 것이다. 왜냐하면 수술과 암술, 바람, 꽃, 벌은 물리적이고 기계적인 자연 대상물이 아니기 때문이다. 이들은 나의 참여 속에서 더 많은 관계, 더 촘촘한 연결, 더 번역이 잘되는 관계가 된다. 여기서 나는 이 관계들의 주인이 아니다. 그렇기 때문에 나는 주인 기표로서의 인간의 목소리를 내지 않는다. 지켜보고, 듣고, 숨결을 내보낼 뿐이다. 따라서 이 시에서 이들은 평평한 관계를 형성한다. 이들은 관계 속에서 자신의 존재됨을 보존하고 확장하고 능동적으로 연결한다. 이 자연물들은 인간화되지도, 이념화되지도, 이상화되지도 않았기 때문이다. 스피노자에 따르면 기쁨이란 우리 행동과 환경이 본성과 합치하고 있음을 알게 해 줄 때 경험되는 것이다. 기쁨의 정서를 느끼면 행동할 때 모든 존재의 역량은 커지고 자기 자신이 될 수 있다. 모든 사물은 그 자체로 적합하게 완전하다.[3] 사물은 그 자체로 완전하므로, 자신의 욕망을 보존하고 표현할 때 더 자기 자신이 되는데, 슬픔보다는 기쁨의 정서 속에서 가능해진다. 그렇게 본다면 손택수의 시에서 나, 꽃잎, 암술과 수술, 바람, 벌의 관계는 각각의 존재를 그대로 보존하고 연결하기 때문에 이들은 기쁨의 정서 속에 있을 수 있다. 내가 기쁜 상태에 있기 때문이 아니라, 그 반대다. 자연(사물)은 결핍이나 과잉이 아니라, 존재론적 기쁨을 느끼고 자신의 사물성을 보존한다. 손택수의 기쁨의 윤리는 따라서 "행복에 대한 저항"이다. "행복해져야 한다는 생각 때문에/주말이면 쇼핑과 외식으로 파김치"가

---

[3] 발타자르 토마스, 『비참할 땐 스피노자』, 이지영 역, 자음과모음, 2013, pp.144-146.

되는 것은 기쁨과는 정반대이기 때문에 시인은 그러한 행복에 저항한다.(「행복에 대한 저항시」)

이 시집에서 '지켜보는 일'은 주목할 만한 감각 행위이다. 여기서 지켜보는 일은 대상을 바라보는 근대의 시각적 행위와는 다르다고 할 수 있다. 근대의 시각성이 대상과 객관적 거리를 만들고, 대상을 파악하기 위해 다른 감각보다 우월한 지위를 점하였다면, 손택수의 '지켜보는 일'은 '함께함'의 행위이다. 손택수는 그것을 "동거", "여행"이라고 말한다. 즉 지켜보는 일이란 사물을 대상화하는 대신, 상호적인 관계를 맺는 기쁨의 행위이다.

> 석류나무와 한 삼 년 동거를 한 적이 있습니다 이파리 빛깔이며 꽃 잎이 떨어진 뒤 꽃받침이 열매로 둥글어 가기까지를 지켜보는 일이 여행과 같다고 생각했습니다 여행은 여백이나 여운이나 여지와 같은 계통이라서 작은 변화 하나에도 안팎을 두루 술렁이게 합니다 그 어느 여름이었을까요 석류꽃이 다 져 버린 뒤였지요 열매 옆에 때늦게 피어난 마지막 꽃잎 한 장을 기념으로 따 들고 돌아다닌 게 벌써 일주일 전이었습니다 그런데, 아니 이게 무슨 조화랍니까? 무심히 스쳐 지나던 석류나무 빈 가지 옆에 여봐란듯이 새로 올라온 꽃이 저를 내려다보는 것이 아니겠습니까 (중략) 석류나무를 제가 들여다보았다고 말했지만, 당치 않은 것이, 실은 석류나무가 석류나무를 보고 있는 한 쓸쓸한 사내를 보여 준 것이었습니다 오갈 데 없이 한자리에 틀어박혀 가장 먼 곳까지 다녀온 저의 여행기입니다
>
> ─「석류나무와 함께」 부분

이 시는 자연에 대한 손택수의 탁월한 인식과 유려한 기법을 보여

준다. 이 시에서 석류나무라는 자연물은 생명이 있는 식물 대상이라고 말하기 어렵다. 석류나무는 어떤 '것'이 아니라, 함께 동거하는 과정, 가장 먼 곳까지 다녀오는 여행이다. 지켜보는 일은 내가 석류나무를 바라보는 것일 뿐 아니라, 동시에 "석류나무가 석류나무를 보고 있는 한 쓸쓸한 사내를 보여 준 것"이다. 그러니 지켜보는 일이란 우열 없는 상호적 행위이다. 내가 석류나무를 바라보는 행위는 석류나무가 나를 바라봐 주기 때문에 가능하다. 이 둘의 관계는 결핍이나 부정적인 것이 들어서지 않는다. 즉 나무는 나무 바깥을 표현하지 않는다. 나의 수치심이나 부끄러움, 분노, 비판 같은 것을 표현하지 않는다. 석류나무는 자연물이되 대상이 아니며, 생명체이지만 자율적으로 존재하는 개체가 아니다. 석류나무가 석류나무일 수 있는 것은 나와 함께 동거하기 때문이며, 내가 나일 수 있는 것은 석류나무와 함께 살기 때문이다. 그것을 자연과의 교감이나 자연과 하나됨이라고 부르는 것은 적절치 않다. 손택수는 그것보다 더 나아가기 때문이다. 무엇이라고 불러야 좋을까? '평등한 기쁨의 관계'라고 부르면 어떨까?

2. 불화의 세계, 악몽의 구조―김정수의 시

김정수는 세계와 불화한다. 그 불화를 통해 시를 구조화한다. 세 번째 시집을 내는 중견 시인이라면, 세계와 어느 정도 타협하고 조화를 이루려는 욕망을 가질 법한데, 김정수는 팽팽한 시적 대결의 끈을 놓지 않고 있다. 김정수의 시집 『홀연, 선잠』(천년의시작, 2020)에는 환멸과 절망, 분노, 부끄러움 같은 부정적 감정이 가득하다. 불화란 정치적 감정이다. 랑시에르에 따르면 불화는 서로 다른 주장끼리의 갈등이 아니라, 한 사람의 말을 다른 사람이 전혀 이해하지 못할 때를 말한다. 불화는 하얗다고 말하는 사람과 검다고 말하는 사람 사이의 갈등이 아니라는 것이다. 불화란 하얗다고 말하는 사람과 그 말을 알아듣지 못하는 사람과의 갈등을 말한다. 불화란 이해 불가능 성을 전제로 하는 것이다. 그것은 오해나 몰인식, 혹은 의사소통 방 식의 오류 같은 것이 아니다. 서로 공통된 언어가 없다는 것, 한쪽 이 다른 한쪽의 언어를 들을 수 없는 상황을 말한다. 서로 상대를 평 등한 대화 상대자로 받아들이지 않는 상황이 불화의 구조다. 랑시에 르는 마치 로마 귀족이 평민의 요구를 들어주면서 '그들도 우리처럼 말을 할 수 있다'는 사실에 노여워하는 사례를 든다. 귀족들의 질서 는 이름 없는 자들, 셈해지지 않는 자들, 로고스를 알지 못하는 자들 에 의해 발화될 수 있는 '말'을 알지 못한다.[4] 따라서 불화는 기성의 질서에서 배제된 언어 없는 자들의 언어를 사유할 때 발생한다.

김정수는 랑시에르식 불화를 끊임없이 드러낸다. 몫이 없는 자들, 셈해지지 못한 자들, 공통의 언어에 참여하지 못한 자들을 구체적으 로 형상화하지는 않지만, 이들이 존재하는 불화의 세계를 비극적으 로 구조화한다. 자기의 목소리를 낼 수 없는 자는 이 세계에 어떻게 참여하는가? 자기 입을 틀어막고 비명을 지르는 자의 들리지 않는 목소리를 어떻게 드러낼 것인가? 김정수의 불화의 세계는 악몽으로 그려진다.

나는 매번 목만 살아 있어요
목 아래 몸은 암매장당했어요

---

4 자크 랑시에르, 『불화』, 진태원 역, 길, 2015, p.17, pp.55-56.

목각 인형도 없는 침대에서 고양이가 분홍 책을 반복해 읽어요 길들
여지지 않은 가구들이 나를 쏘아봐요 거울 뒷면으로

낯선 불의 통증 몰려와요

점차 목 위로 차오르는 갈증
발가락을 움직이는 데 생의 절반을 써야만 하다니

불면의 접시 위에서 누군가 삽질을 하고 있어요 그래도 난 잘 살고
있어요 악몽이라니요 악몽은 시퍼렇게 살아 있는 눈알 같은 거잖아요
몇 그램의 의식이 잠시 멈춘 사이 의심이 목젖을 흔들어요 (중략)

곧 사라질 빛이 입을 틀어막아요
왼발이 오른쪽으로 까닥까닥 돌아누워요

―「홀연, 선잠」 부분

    표제작이기도 한 이 시는 김정수의 시 세계를 압축적으로 보여 주
는 것 같다. 나는 목 아래로 암매장되어 있고, 목만 살아 있다. '선잠'
이라는 표제가 달려 있으니, 이 시는 악몽 속을 그리고 있다고 봐야
한다. 악몽은 나의 존재론적 상황이다. 나는 여기에서 벗어날 수 없
다. 살아 있는 것도 아니고 죽은 것도 아니다. 시적 주체는 이 악몽
에서 벗어날 수 있는가? 그렇게 보이지 않는다. 이 시는 꿈의 안과
바깥이 구별되지 않기 때문이다. 악몽이 나의 현실이다. 따라서 나
는 이 악몽에서 깨어나 안전한 현실로 돌아올 수 없다. 몸은 암매장
되고 목만 살아 있는 자에게 남은 것은 비명을 지를 자유일 것이다.
그러나 "사라질 빛이 입을 틀어막"는다. 세계와 불화하는 자는 자신

의 비명을 틀어막고 들리지 않는 비명을 지른다. 들리지 않는 이 목소리가 바로 불화의 원인이다. 몸은 매장되고 목만 살아 있는 자의 비명을 이해하고 받아들이면서 대화의 장에 참여하는 세계는 존재하는가? 김정수는 그러한 세계는 없다고 인식하고 있다. 세계는 이미 불화 상태이기 때문에 희망의 출구를 애초에 막아 놓았다.

이 시집에서 탁월한 미적 형식을 잘 갖춘 시 중 하나가 「연두에 그린」인데, 이 시에서조차 시적 주체는 세계와 화해하거나 조화를 이루는 대신, 비극적 세계로부터 벗어날 수 없는 상황 속에 있다.

> 늙은 플라타너스 발밑에서 어린 나무가 제 어미의 시커먼 속을 들여
> 다보다가
> 손바닥만 한 울음으로
> 생의 바깥을 다 가렸다
>
> —「연두에 그린」 전문

이 시를 읽을 때 느껴지는 가슴 아린 슬픔은 출구 없는 비극의 구조 때문에 생겨난다. 이 시에서 "어린 나무"는 잎을 내고, 꽃을 피우며, 뿌리를 내리는 성장한 나무를 꿈꾸지 않는다. "어린 나무"는 "제 어미의 시커먼 속을 들여다보다가" 그것을 가려 준다. 시커먼 속을 가진 어미 나무는 자기 자신이며, 이 세계 자체다. 그러므로 이 세계가 아닌 다른 곳, 다른 자기를 꿈꾸지 않는다. 김정수는 희망의 출구를 애초부터 막아 놓았다. 자기로부터 빠져나올 수 있는가? 없다. 그는 "뼈와 살 사이의 모서리가 네모난 상자를 만"드는 상자 속의 상자다. 마트료시카처럼 "마지막 상자에 꽃 한 송이 내려놓고 탈출"을 시도하지만, 과연 탈출할 수 있을까?(「몸속의 상자」) 몸 밖을 나와도

다른 상자 속일 것이다. 악몽에서 깨어나도 현실은 악몽일 것이다. 불화의 세계는 출구 없는 디스토피아이다.

불화의 세계를 살아가는 방법은 세계를 환멸하는 것이다. 즉 불화를 포기하지 않는 것이다. "속을 꺼내 널자/환멸이 올라왔다"처럼 시적 주체의 내부를 열어 꺼낼 수 있는 것은 "환멸"이다(「꽃의 자세」). 마치 어린 나무가 들여다보는 제 어미의 시커먼 속에 "울음"이 있는 것처럼 말이다. 환멸은 다른 세상을 꿈꿀 수 없을 때 발생한다. 나의 목소리가 들리지 않고 나의 존재가 셈해지지 않으며, 나의 모습이 보이지 않는 불화가 지속되는 세계로부터 벗어날 수 없다면, 나는 이 불화의 구조를 적극적으로 드러낼 수밖에 없다. 김정수는 다른 세상에 대한 꿈꾸기를 하는 대신, 그 꿈을 삭제하는 작업을 한다. 환멸은 지금 여기 이외의 다른 바깥을 상상하지 않는다. 혁명은 일어나지 않으며, 새로운 정치는 불가능하고, 새로운 삶에 대한 기대도 없다는 자각이 환멸의 형식을 낳는다.

형체도 없는 야수가 누런 이빨 드러내며 골목을 서성거려요 가끔 공원 벤치에서 시신이 발견되기도 하고요 오늘도 동생은 집에 들어오지 않았다네요 한밤에도 잠을 자지 않는 야수가 식욕을 채워요 폭식해요 아침이 오기 전, 섭씨 40도의 붉은 기둥이 허공을 밀어내요 차고의 문도 밀려 올라가요 까망 한 대 외출해요 뒷좌석에 칭얼거리던 얼굴 잠들어 있어요 지붕에 멈춰 선 바람에서 야수의 냄새 진동해요 건물 밖으로 피신한 실외기가 애타게 팔을 돌려요 구원은 간절함 뒤에 찾아오는 허무한 말들의 미로, 앰뷸런스가 붉은 신호를 무시한 채 무시로 달려요 폭주 기관차 같은 야수가 펄쩍, 까망 위로 뛰어내려요 뜨겁게 자기복제를 해요 순식간에 차 안으로 뛰어든 야수가 이글이글 짖어 대요

잠시 두고 내린 잠이 질식해요 꿈꿀 새도 없이 목울대 움켜줘요 파랗
게 손목 꺾여요 뒤늦게 받은 연락이 까무러쳐요 불행은 늘 겹쳐서 찾
아오고요 하늘에선 새 한 마리 날지 않고 검붉은 소리, 손톱에서 녹아
내려요 울음이 울음을 불러들여요

—「폭염」 전문

이 시는 재난이 일상화된 디스토피아의 세계를 그리고 있다. 폭염
이 일상을 어떻게 파괴하는지를 비극적 이미지를 활용하여 탁월하
게 묘사한 시다. 인간이 살기 어려울 정도로 망가진 지구를 묘사한
SF처럼 보인다. 기후변화 위기 시대를 살아가는 우리의 삶을 반영
한 시인 것 같다. "섭씨 40도의 붉은 기둥이 허공을 밀어내"고, "폭
주 기관차 같은 야수"처럼 "이글이글 짖어 대"는 폭염은 자연재해가
아니라, 이제 일상의 날씨가 되어 버린 지구의 디스토피아를 묘사한
다. 김정수에게 이러한 재난의 디스토피아는 일상적인 것이다. 인간
들은 "꿈꿀 새도 없이 목울대 움켜"쥐고 쓰러지고, "불행은 늘 겹쳐
서 찾아"오며, "울음이 울음을 불러들"이는 세계에서 우리는 무엇을
꿈꿀 수 있을까? 꿈꾸기의 불가능성을 극단적이고 압축적으로 구조
화한 이 시에서 우리는 김정수의 지독한 불화의 태도를 읽는다. 세
계와 타협하지 않는 김정수 시인의 위험하고도 패기 있는 태도에 박
수를 보낸다. 세계의 칼날에 베이고 환멸에 시달리면서도 시인은 구
원을 꿈꾸지 않는다. 구원 없는 세계가 시를 지탱한다.

다자연과 기쁨의 시학
―김형영의 최근 시

1. 다자연으로서의 자연

　인류학자 에드아르두 가스뚜르의 연구에 따르면, 유럽인들이 아메리카(안티야스 제도)에 도착했을 때, 원주민들은 유럽인의 몸이 자기들과 같은지를 시험했다고 한다. 그들도 자신들처럼 물속에 오래 있으면 숨을 못 쉬고 죽는지, 유럽인의 시체도 썩는지를 테스트했다. 이들은 자연 생명체에게 영혼은 같지만, 몸은 다르다고 보았기 때문이다. 그들은 퓨마든, 곰이든, 나무든, 유럽인이든 모두 영혼을 가지고 있다고 믿었다. 그러나 꼬리나 털, 몸집 등 몸 형태는 서로 다르다고 보았다. 그러한 세계관이 바로 자연에는 영혼이 깃들어 있다는 애니미즘이다. 반면 유럽인들은 아메리카 원주민의 몸은 인간의 몸과 같지만, 영혼은 다르다고 보았다. 유럽인은 고결한 영혼을 가지고 있지만, 아메리카 원주민들도 같은 영혼을 가졌으리라고는 생각하지 않았다. 유럽인들이 단일한 자연관을 가졌던 반면, 원주민들은 다자연적 관점을 가지고 있었던 것이다. 가스뚜르는 원주민들이 오히려 자연을 신뢰했다고 지적한다. 그는 원주민에게 자연은 하나가 아니라, 복수적이며 자기의 관점을 갖는다고 해석한다.

다자연주의적 관점은 자연에게 인간과 다른 관점이 존재하며, 그렇기 때문에 여럿일 수 있다고 보는 것이다. 가령 숲에서 목마른 퓨마에게 인간의 피는 우리가 마시는 맥주와 같은 것이다. 인간은 인간들만 맥주를 마실 수 있다고 생각하지만, 퓨마의 관점에서 보면 자신도 더우면 신선한 맥주를 마실 수 있다는 것이다. 그것이 다자연주의적 관점이다.[1] 이러한 관점주의는 인간과 자연의 관계가 어떠해야 하는지를 사유하게 한다.

포스트 휴먼 인류학의 자연 개념이 김형영의 시를 읽을 때 어떤 참조점을 줄 수 있을까? 김형영의 최근 시는 점차 자연으로 비중이 옮겨 가고 있다. 이때 김형영의 시에 다자연적 관점이 녹아 있다고 생각된다. 그는 1970년대에 동물시를 보여 준 바 있었는데, 사실상 그것은 자연의 영역이라기보다 인간의 영역을 독특하게 해석하는 시적 방법이었다. 죽음과 같은 인간의 본성을 까마귀나 구렁이 등으로 동물화함으로써, 인간의 비극적 아이러니를 드러내고자 했던 것이다.[2] 그러나 최근 시집 『나무 안에서』(문학과지성사, 2009)와 『화살 시편』(문학과지성사, 2019)에 이르러 그는 자연을 탈인간화하고, 탈신성화하면서 이전과 다른 새로운 자연을 그린다.

김형영의 시에서 자연은 무엇일까? 김형영은 자연을 인간 너머의 관점으로 바라보지 않는다. 퓨마의 관점으로 인간과 자연을 바라보

---

1 에두아르두 비베이루스 지 가스뜨루, 『식인의 형이상학』, 박이대승·박수경 역, 2018, 후마니타스, pp.32-54 참조.
2 김형영, 「네 개의 부르짖음」, 『내가 당신을 얼마나 꿈꾸었으면—김형영 시선』, 문학과지성사, 2005, pp.20-23.

지 않기 때문이다. 왜냐하면 김형영은 퓨마가 아니라, 인간이기 때문이다. 그럼에도 김형영은 퓨마의 시선이 있다는 것을 안다. 이러한 자연에 대한 앎을 토대로 그는 자연과 인간을 분리하지 않고 연결한다. 김형영은 또한 퓨마를 신성한 초월적 존재로 바라보지도 않는다. 사실상 그러한 자연은 존재하는가? 인간의 영역과 완전히 벗어난 순수한 자연이라는 것은 있을 수 있을까? 김형영에게 순수하고 이념적인 자연, 즉 청록파가 일찍이 보여 주었던 추상화된 자연은 애초에 존재하지 않는다.

여기에 김형영 시의 강점이 있다. 그는 인간의 시선으로 퓨마를 바라보지만, 그 퓨마를 인간의 시선에 포획된 자연이 아니라, 인간을 바라볼 수 있는 퓨마로 인식한다. 즉 그에게 자연이란 인간의 시선과 퓨마의 시선이 교차하는 자연 문화적 상태를 말한다. 자연 문화란 자연과 인간의 세계가 근대적으로 분리되지 않은, 서로 통합된 세계를 말한다. 근대의 합리적 인간은 자연을 인간으로부터 분리하여, 인간보다 저급한 영역, 인간을 위한 도구로 인식했다. 김형영은 궁극적으로 그러한 이분법적 분리주의를 극복하려고 한다. 그것은 그에게 오래된 시적 방법이자 시적 지향이었다.

하늘과 바다가 内通하더니
넘을 수 없는 선을 그었구나

나 이제 어디서 널 그리워하지
—「수평선 1」(『낮은 수평선』) 전문

2000년대 초반에 쓰인 이 시는 그의 시 세계에서 중요한 위치에 있다. 김주연이 주목한 바처럼, 이 시에서 "내통"이라는 시어는 아이러니이다.[3] 하늘과 바다의 이별이 외부적 힘에 의해서가 아니라, 서로 공모하여 내통한 결과라니 말이다. 김형영은 현대 세계의 구조를 분리주의로 해석하고, 자신의 시적 지향점을 분리가 아니라, 통합에 대한 그리움으로 설정한다. 이러한 시적 질문은 그의 후기 시에서 분기점이 된다는 점에서 '사건'으로 불릴 수 있을 것이다. 시리즈로 발표되고 있는 시 「수평선」은 하늘과 바다 사이에 그어진 선에 대한 질문의 방식을 변화시키고 있다.

이제 네 마음 알았으니
그냥 거기 있거라.
더 다가가지 않을 테니
달아나지 마라.
너를 그리워할 곳이 여기라면
여기서 기다리마.
한 처음 하느님이
그리움 끝에 테를 둘러
경계를 지었으니
그냥 여기서 바라보며 그리워하마.
내 마음 실어 나르는
출렁이는 파도여.
넘을 수 없는 그리움이여.

—「수평선 9」(『화살 시편』) 전문

3 김주연, 「바라봄의 시학」(해설), 김형영, 『낮은 수평선』, 문학과지성사, 2004, p.80.

수평선은 하늘과 바다가 분리된 이분법적 세계다. 그것은 하늘과 바다가 공모하고 내통하여 서로를 타자화한 현대 세계를 상상하게 한다. 시인의 임무는 하늘과 바다가 분리되기 이전의 조화로운 세계를 그리워하는 일이다. 그런데 「수평선 1」에서 시인이 곤혹스러워하는 것은 그리워하는 장소의 부재다. 어디에서 저 수평선을 바라보며 수평선 이전의 세계를 그리워할 것인가? 그 질문에 대한 답이 「수평선 9」에 있다. "그냥 여기"라는 것이다. 왜 그냥 여기일까? 그것은 시인이 수평선을 바라보는 관점, 수평선 이전의 세계를 그리워하는 방식이 달라졌기 때문이다. 이제는 더 이상 수평선을 부정성의 차원에서 바라보지 않는다. 수평선 그 자체를 긍정하고 있기 때문이다. 그러니 "달아나지 마라", "여기서 기다리"겠다고 말하는 것이다. 「수평선 1」이 그리움을 견뎌 낼 장소조차 주어지지 않는 부정성의 세계를 구축한다면, 이제는 수평선 그 자체를 긍정하는 세계를 창출한다. 하늘과 바다가 분리되었는지 어떤지 시인은 크게 관심을 두지 않는다. 오히려 그리움이 가능한 모든 장소를 열어 둠으로써 수평선이라는 이분법의 세계를 약화시킨다. 오히려 경계의 선은 그리움 끝에 테를 두른 것이라고까지 말한다. 그것은 하늘과 바다를 긍정하는 태도이다.

이처럼 자연과 자연, 자연과 인간 사이의 분리를 인정하지는 않지만, 긍정적으로 바라보는 관점은 김형영의 시 세계에 큰 전환점이 되고 있다. 이제 김형영의 시는 분리 이전의 세계를 그리워할 뿐 아니라, 한 발 더 나아가 현실 속에서 그것을 발견한다. 그것은 자연 만물이 연결되어 있다는 것이고, "개나 소도 그걸" 안다는 것이다(「시골 사람들은」). 그러한 자연을 발견하는 것이 김형영 시의 핵심이다.

2. 자연에 대한 앎

1966년에 등단한 김형영은 '칠십년대' 동인으로 활동하였다. 1970년대에 그는 죽음과 같은 비극성을 강조함으로써, 부정성으로서의 현대 세계를 탐색하였다. 그러나 1980년대 이후 종교적인 태도를 통해 이전에 구축한 부정성의 세계를 극복하고자 하였다. 2000년대 중반 이후 그는 자연과 인간의 분리에서 통합의 관점으로 옮아가면서, 자연을 통한 지복의 기쁨을 노래한다. 나는 이것을 '기쁨의 시학'으로 부르고자 한다. 1990년대까지 그가 보여 준 부정성과 신성성은 인간과 신, 인간과 자연의 분리로부터 발생했다고 보아도 좋을 것이다. 최근 김형영은 그러한 모든 분리로부터 벗어남으로써, 다자연적 관점을 확보하고, 그것을 현실적 삶의 지평에서 일원화한다.

근대는 인간과 자연을 분리함으로써 형성된 패러다임이다. 인간은 자연을 초월적 영역에 남겨 두고 그것을 비합리적인 것, 신비한 것, 비문명적인 것, 여성적인 것 등으로 지칭하면서 열등한 지위로 두었다. 그러한 분리를 통해 인간은 스스로 만물의 영장이 될 수 있었기 때문이다. 이솝 우화를 보자. 여기서 동물은 인간의 탁월함을 드러내기 위한 은유에 불과했다. 그러나 브뤼노 라투르가 주장한 바처럼, 우리는 한 번도 근대인인 적이 없었다. 인간의 문화는 자연적인 것 없이 만들어질 수 없기 때문이다. 인간 문화란 자연과 함께 건설된 것이다. 그러므로 자연은 한 번도 인간밖에 존재한 적이 없다. '스스로 그러함'이라는 자연 원리는 근대적 분리주의에 의해 구성된 것이다.

앞서 살펴보았던 「수평선」 시리즈는 그러한 근대적 분리주의를 바라보는 시인 특유의 개성이 드러난 시다. 그것은 자연을 바라보는 관점과 자연에 대한 앎의 변화에서 기인한다. 김형영의 자연에 대한 앎은 객관 세계에 대한 과학적 앎과는 다르다. 자연 대상을 몇 개의 공식으로 완전하게 설명 가능한 앎으로 생각하지 않기 때문이다. 그것은 오히려 모름에 가깝다. 아니 모름의 영역을 그대로 두는 것이 앎이다.

하늘이 불타는 채석강을
우리 함께 걸어 볼까요.
난바다 수평선 바라보며
잃어버린 시간에 잠겨 볼까요.

노을 탓인지 바람 탓인지
일렁이는 흰 물결 따라
물새들 바다를 떠나가면
별은 어둠을 태워 등불을 켜고,

물에 빠져 흔들리는
둥근 달을 건지려 들면
몸과 마음은 흥에 못 이겨
파도와 한 몸을 이루네

(중략)

켜켜이 쌓은 책바위는
하늘과 바다의 글자를 제 몸에 새겨 놓지만
누가 그 까닭을 읽을 수 있으랴.

하늘도 바다도 말을 못 하네.

변산 채석강 진홍빛 노을 따라
나를 찾아 헤매는 나그네여,
감춰진 비밀을 모르면 어떠랴.
지금은 불타는 채석강을 노래하자.

—「채석강」(『화살 시편』) 부분

이 시에도 수평선이 등장한다. 하늘과 바다, 육지는 분명하게 분리되어 있다. 분리 이전의 세계에 대한 그리움으로 인해 시적 주체는 "잃어버린 시간에 잠"긴다. 그러나 시적 주체는 더 이상 잃어버린 것을 그리워함으로써 부재를 생성하지 않는다. 채석강에는 수평선이라는 거대한 분리 구조가 존재하기는 하지만, 분리되지 않은 바다를 발견할 수 있기 때문이다. 하늘의 둥근 달이 바다에 빠져 파도와 한 몸을 이루는 풍경을 시적 주체는 바라볼 수 있다. 이것은 세계가 분리되었다는 선언을 스스로 허무는 선언이다. 분리된 수평선을 바라보면서 분리의 선을 부정하는 또 다른 풍경을 발견하는 것이다. 그것은 그리움을 넘어서는 적극적인 행위이다. 왜 그러한가? 김형영은 분리와 비분리가 왜 일어나는지 원인을 묻지 않는다. 그것은 앎이 아니다.

채석강에 켜켜이 쌓인 책바위에는 수많은 글자들이 새겨져 있을 것이다. 그러나 그것을 누가 읽을 수 있겠는가? 누가 해석할 수 있을 것인가? 그것을 읽으려는 노력은 헛된 것이다. 그것을 읽어 내려는 나그네에게 시적 주체는 말을 건넨다. "감춰진 비밀을 모르면 어떠랴."

감춰진 비밀이 자연의 원리라면, 자연에 대한 앎은 비밀을 그대로 두는 것이다. 왜 수평선이 생겼는지, 왜 하늘과 바다는 분리되었는지, 분리 이전에 대한 그리움은 무엇인지 알 수 없다. 알 수 없음을 그대로 남겨놓는 것이 바로 김형영의 앎이다.

낙엽을 밟으며
산허리 돌아가다
똥 누다

다람쥐 때까치
무심히 바라보더니
바람 따라 그냥 떠나다
　　　　　　　　　—「화살 시편 20—똥 누다」(『화살 시편』) 전문

김형영의 바라봄의 시학이 극에 이른 것처럼 보인다. 그는 최근 동물을 자주 다루고 있는데, 초기 시에서 보여 주었던 동물과는 다르게 접근한다. 초기 동물시가 언어의 구조적 미학을 보여 주기는 하지만, 그때의 동물은 자연-동물이라기보다 인간의 본성과 연관된 개체였다. 그러나 위 인용 시에서 다람쥐나 때까치는 주체의 시선에 장악된 동물이라기보다 본성이 훼손되지 않은 자연-동물로 보인다. 그들에게 똥 누는 인간은 별것이 아니다. 도토리가 굴러 가는 것보다 더 사소한 자연 풍경일 것이다. 똥 누는 인간은 인간의 눈에 보일 때만 특별한 것이 된다. 그러니 "다람쥐 때까치"는 주체의 시선에서 벗어나 무심하게 사라진다. 그것이 그들의 본성적 자유이다. 따라서 김형영에게 자연에 대한 앎이란 과학이나 생물학적 지식과는 거리가 멀다.

자연은 인간의 시선 바깥에 있는 객관적인 것이라고 할 수 없다. 다람쥐나 때까치는 똥 누는 인간과 한자리에 머물러 잠시 시선을 교차시킨다. 그것이 가능한 이유는 이들이 지구라는 생명적 공유지에서 살기 때문이다. 이들이 서로 만나지 않는다고 해서 서로의 존재 바깥에 초월적으로 있다고 말할 수 없다. 그러한 상황에서 이들은 느슨하게 연결된 자연의 존재들이다. 그러므로 다람쥐와 때까치에 대한 앎은 객관적인 것이라기보다 관계적이다. 김형영에게 자연은 비객관적이고 비주관적인 방식으로 인간과 조우한다.

3. 기쁨으로서의 자연

김형영 시의 가장 큰 특징은 기쁨에 있다. 그것은 세계를 적극적으로 긍정하는 태도에서 기인한다. 그는 죽음과 신, 자연을 긍정한다. 죽음은 우리를 불가능한 가능성의 지대로 초대한다. 죽음은 우리에게 절대 타자다. 죽음은 인간에게 달라붙어 있는 생명의 구성적 형식이지만, 그것이 무엇인지 경험할 수 없다. 타인의 죽음을 통해서만 확인할 수 있기 때문이다. 나의 것이면서도 나의 것일 수 없는 이 불가능한 가능성이 죽음이다. 김형영은 1970년대에 이러한 역설적 불가능성인 죽음을 탐구했다. "늙은이가 새벽에/창밖으로 기침을 끝낸 뒤/넋을 잃고 흰 달을 바라볼 때/까마귀는 저 혼자 무덤을 판다"는 구절은 까마귀라는 동물을 통해 우리 내부에 존재하는 죽음의 부정성을 탐색한 것이다(「네 개의 부르짖음」). 그러나 이제 그는 죽음을 부정성으로 바라보지 않는다. 그에게 죽음은 현재의 생명적 형식을 가능하게 하는 것이다. 그것이 설사 고통이라고 할지라도 말이다. 그는 죽음을 어쩔 수 없어 인정하는 것이 아니라, 적극적으로 긍정한다.

> 허파에 바람 들었다는 말은 들었어도
> 허파에 바람 빠졌다는 말 처음 듣던 날
> 기가 막혀 말문을 닫았지.
> 웃는 일에 서툴고
> 웃을 일 아끼다가 걸린 병인가.
> 구멍 난 풍선 같은 공기가슴증에
> 웃음은커녕 숨도 고루 쉬지 못하고
> 가쁜 숨 몰아쉬며 살아야 하나
> (중략)
> 나무들아, 너도
> 풀들아, 너도
> 새들 날아오르거든 공기야, 너도
> 허파에 바람이 들 때까지
> 잔뜩 바람이 들어
> 실없는 웃음 터질 때까지

—「허풍」(『나무 안에서』) 부분

시인은 폐에 공기가 빠져 숨을 잘 쉬지 못하는 기흉에 걸린 상황
에 처해 있다. 그러나 시인은 이 병의 의학적 원인이 아니라, 삶을
성찰하면서 병에 걸린 이유를 찾아낸다. 웃을 일 아끼다가 폐가 구
멍 난 풍선처럼 된 것이라는 결론에 이른다. 그러니 이 병은 웃어야
낫는다. 어떻게 웃어야 할까? 시인은 자연과 함께 호흡하며 웃기를
원한다. 나무, 풀, 새, 공기 모두 허파에 바람이 들 때까지 웃기를 권

한다. 자연을 자신의 호흡기에 가득 넣고 웃어야 한다. 웃음은 삶을 적극적으로 긍정할 때 가능하다. 시적 주체는 병에 걸려 숨쉬기조차 어려울 때 고통과 절망 대신, 웃음을 삶의 원리로 선택한다. 왜 울지 않고, 웃어야 하는 걸까? 그것은 죽음을 긍정하기 때문이다. 죽음은 두렵거나 고통스러운 것이 아니다. 어떻게 살아야 하는가를 성찰하게 하는 삶의 형식이다. 그러니 웃으라는 것이다. 삶을 긍정하고 기뻐하라는 것이다.

우리는 절망이나 결핍에 더 익숙하다. 그것이 삶의 목적이 아님에도 불구하고, 우리는 고통과 절망의 감정이 편하다. 왜냐하면 세계는 분리되어 있고, 차별과 위계화의 구조로 되어 있다는 비판적 판단 때문이다. 그러나 김형영은 그것을 아는 것과 절망을 긍정하는 것을 구분한다. 절망이 아니라, 기쁨을 원한다. 세계의 분리를 비판하는 것도 절망을 멈추기 위해서 그런 것 아니겠는가. 그래서 시인은 "당신이나 나는 웃는 걸 좀 배워야 해요"라고 말한다. 그것이 "당신에게 잘 어울릴 거"라고 말이다. 절망과 고통은 자연의 목적이 아니다. 생명체뿐 아니라 모든 자연은 웃음과 즐거움을 누리는 것이 마땅하다. 그러므로 이제 허파에 바람이 들도록 웃는 일이 "우리가 남길 일"인 것이다.(「당신이나 나는」, 「나무 안에서」)

김형영의 기쁨의 시학은 자연을 다자연적으로 이해하고, 세계를 긍정하는 태도와 맞닿아 있다.

바닷가 모래밭에
한 아이 구덩이를 파서
바다를 담고 있네
조개껍데기로 퍼 담고 있네

저기서 뭐 하느냐 물으면

"바닷물을 다 담으려고요"

"그건 불가능하단다." 일러 주어도

아이는 계속해서 퍼 담고 있네

—「서시」(『화살 시편』) 전문

안 보이는 것의 힘이여

없는 것의 깊이여

—「봄바람」(『나무 안에서』) 부분

　김형영의 기쁨의 시학은 세계에 대한 절대적인 긍정 때문에 가능한데, 여기에는 신성성을 긍정하는 태도도 개입되어 있다. 그의 기독교적 세계관은 이미 잘 알려진 사실이지만, 그에게 신은 하늘에 있는 초월적 존재라기보다 모든 자연에 깃들어 있는 신성한 힘으로 보인다. 그것을 신의 이름으로 부르지 않는다고 해도 상관없다. 자연에 대한 앎이 모름을 긍정하는 것이었다면, 신에 대한 앎은 성서적이라기보다 세계에 깃든 신성을 긍정하는 것이다.

　위 인용 시를 보자. 바닷가에서 조개껍데기로 바닷물을 퍼 담는 아이가 있다. 그래서 시인은 인간의 지혜를 알려 준다. "그건 불가능하단다." 그러나 아이는 그것이 불가능하다는 말을 이해하지 못한다. 바닷물을 다 담는다는 행위 자체가 아이에게는 지극한 즐거움이기 때문이다. 바닷물을 다 담는 행위는 그래서 가능하다. 아이의 행위는 신적 능력과 연결된다. 그것은 인간으로서 할 수 있는 일이 아니다. 그것을 시인은 여러 시편에서 성서적 이미지를 사용하여 묘사하고 있다. 그것을 한마디로 말한다면 "안 보이는 것의 힘"이자 "없는 것의 깊이"라고 할 수 있다.

신성은 보이는 세계와 보이지 않는 세계를 혼합한다. 인간의 물리적 계산법으로는 도저히 존재할 수 없는 것이 자연의 세계에는 있다. 그러나 인간적 앎의 형식으로는 가늠할 수 없다. 과학적 앎만으로 다자연적 세계를 설명할 수 있는가? 그렇지 않다. 있지만 없고, 없지만 있는 세계가 시인이 구축한 현실 세계다. 이 세계에서 하늘과 바다는 분리되지 않고, 자연과 인간은 분리되지 않는다. 그것들은 연결되고 통합되어 있다. 그것을 아는 자는 웃을 수 있으며, 바다를 조개껍데기로 퍼 담을 수 있는 것이다.

비가 오면 비가 와서 즐겁다
눈이 내리면 눈이 내려 즐겁고
바람이 불면 바람 불어 즐겁다

하늘의 변덕과 더불어
그걸 반기며 사는 즐거움
돌밭에 핀 꽃 만난 듯
반갑고 고맙고 즐겁다

생각이 다른 말도 침묵하면
즐거움은 거기서도 샘솟고
바둑에 이기면 이겨서 즐겁고
지면 지는 대로 즐거우니
사는 게 즐거운 게임 아닌가

비가 오면 비가 와서 즐겁고, 눈이 내리면 눈이 내려 즐겁다. 이러한 긍정과 기쁨의 감각은 사회적 부정의를 외면하면서 얻어지는 것이 아니다. 그는 정의까지 비판한다. 불평등한 세상을 위해 정의는 무엇을 할 수 있는가? 그는 "정의는 정의를 모른다"고 말한다(「화살 시편 28—정의」, 『화살 시편』). 올바름이라는 기준으로 자연을 판단할 수 있는가? 정의는 정의를 초과할 때 가능한 것일지도 모른다. 김형영에게 자연은 하나의 자연이 아니라 다자연적인 것이고, 인간과 신성을 포괄하는 현실 세계이다. 인용 시를 읽어 보자. "하늘의 변덕과 더불어/그걸 반기며 사는 즐거움"은 지복에 가깝다. 기후는 변한다. 그것이 인간을 포함한 자연 세계의 특징이다. 자연은 목월의 시처럼 인간이 배제된 청록의 세계가 아니다. 하늘의 변덕이 비를 오게 하고 눈을 내리게 한다. 그것과 함께 사는 것, 그것과 함께 사는 것의 즐거움을 아는 것. 그것이 김형영의 기쁨의 시학이다.

김형영은 우리에게 넌지시 이 기쁨을 권유한다. "당신이나 나는 웃는 걸 좀 배워야 해요".